GUATÁ

FLÁVIO JOSÉ CARDOZO

GUATÁ

Editora Record
RIO DE JANEIRO • SÃO PAULO

2005

CIP-Brasil. Catalogação-na-fonte
Sindicato Nacional dos Editores de Livros, RJ.

C262g Cardozo, Flávio José, 1938-
Guatá / Flávio José Cardozo. – Rio de Janeiro: Record, 2005.

ISBN 85-01-07253-2

1. Conto brasileiro. I. Título.

05-2491
CDD – 869.93
CDU – 821.134.3(81)-3

Copyright © 2005 by Flávio José Cardozo

Capa: EG Design

Direitos exclusivos desta edição reservados pela
DISTRIBUIDORA RECORD DE SERVIÇOS DE IMPRENSA S.A.
Rua Argentina 171 – Rio de Janeiro, RJ – 20921-380 – Tel.: 2585-2000

Impresso no Brasil

ISBN 85-01-07253-2

PEDIDOS PELO REEMBOLSO POSTAL
Caixa Postal 23.052
Rio de Janeiro, RJ – 20922-970

EDITORA AFILIADA

Desci à raiz das montanhas;
os ferrolhos da terra
encerraram-me para sempre.

Jonas, 2,7

Sumário

[Descida] / 9

Duelo ao sol / 11

Por nossas vidas pequenas / 39

O agrimensor e seus ajudantes / 55

O aguateiro / 61

Dia de pagamento / 95

Pontas que nem punhais / 105

Eles apenas saíram / 129

Almoço no Castelo / 135

A mão esquerda de Tobias / 181

Jogadores / 217

Santa Bárbara / 223

Onde o trem bebia / 259

Asas / 285

[Saída] / 301

[Descida]

Entro no Guatá pela Serra do Rio do Rastro, depois volto por baixo, pelo vale do rio Tubarão, onde o trem corria. Assim pensei, assim é. Mas antes de descer estaciono no belvedere, meus olhos pedem a vasta paisagem.

Transluz em esplendor profundo a tarde de setembro, há uns restos de frio dos intensos frios. Do carro deixo saindo em bom volume o som duma clarineta. Cismei com isto: ouvir diante da imensidão a clarineta de Mozart. Evocações flutuam nas asas do adágio. Lá embaixo, na varanda que deve existir na pensãozinha lindamente chamada Olhando a Serra em que vou ficar nesta semana de passeio, tirarei do estojo minha clarineta de amador e extrairei dela alguns solos.

"Deve ser um dos horizontes mais dilatados que a criatura humana pode descortinar na superfície do planeta", ufanava-se o escritor serrano Enedino Ribeiro referindo-se ao panorama que aí se abre. Em dias muito claros até o mar se consegue ver. Mas não procuro o mar longe, procuro a aldeia viva, ali perto.

É ela, naquela mancha. Um pouco mais e nos reencontraremos, depois de tantos anos. Vejo-a na sua perenidade — brinquedos, fantasmas, minas de carvão, mineiros madrugadores, pontas de pedra, pontas de ferro, ecos cavos nas galerias molhadas, rostos com negras máscaras saindo das entranhas milenares ao sol das quatro da tarde.

Ela, a vila da infância: suas águas envenenadas, os meninos mortos, soterramentos, brigas nas vendas, o severo Monsenhor, o retrato de Getúlio num prego da sala, ela dos pequenos e grandes contentamentos, dos faroestes no cinema e pelos morros depois do filme.

Ela da vegetação sofrida. E aqui um relâmpago de cor: na terra adusta, uma flor simbólica, amarela, flor venenosa, dizem, venenosa e abrigo de sanguinários ácaros, mas ao mesmo tempo boa de mel e remédio para feridas. Chama-se flor-das-almas... venenosa e doce, não é assim também a memória?

A vila amava a Serra e seu mistério. Ainda não havia a estrada hoje famosa, essa aí, milagre da engenharia, por onde já vou passar. Subir era um vago sonho. Por uma trilha vinham tropeiros enigmáticos, animal atrás de animal roçando o flanco da pedra. Sob os nossos cinamomos descansavam suas mulas carregadas de queijos, maçãs e peros-d'água.

Entrar pela Serra é uma boa chegada.

A música cessa, volta o incomparável silêncio, que esplendor o dia.

1

Duelo ao sol

— Falou no diabo, olha lá — disse Josafá Dinarte, apontando com o copo um ajuntamento que, se movendo a coisa de uns trezentos metros, clareava a curva da estrada que vem da Serra.

Belmiro Coan levantou a cabeça das contas que fazia. Era mesmo Cilião Palheta com sua tropilha e seu corpo de quase dois metros. Aí vinha queijo, charque, como sempre. Fazia mais de mês que ele não descia.

— As mulas vêm pedindo sombra — continuou Josafá, emborcando o último gole.

Belmiro Coan não estava muito interessado em conversa. Até Cilião Palheta chegar levava algum tempo, por isso ele voltou ao seu caderno de fiado: dava um balanço no que tinha para receber aí do povo. Era um caderno grosso e gasto que abrigava freguês de toda categoria — freguês mais folgado, que não deixava nada de uma semana para a outra, freguês que pagava um tanto e jogava o resto para a frente, freguês na miséria, com duas folhas, até mais, de atraso. Josafá espiou, seu nome estava ainda longe. Pertencia ao grupo intermediário, sempre ficava devendo um pouco, mas nada de o deixar envergonhado.

— Bota mais uma losninha, Seu Belmiro.

Arigozinho bom, embora meio abusado, o Josafá Dinarte. Gostava duma losna que só vendo, um dia ela era boa para o estômago, outro dia para limpar os pulmões, outro para a dor da coluna, tomava umas três antes de resolver ir embora, e tinha esse mau costume de ficar assim perto, a ponto de se poder ouvir seu respirar meio apiançado, o cheiro de carvão da roupa ainda úmida se impregnando na roupa da gente. Naquela hora ele vinha da mina, tinha feito o turno que começava às quatro da manhã. Parou para os tragos habituais e para comprar meio quilo de queijo serrano que a mulher pediu. Não era luxo, era um desejo dela, grávida de sete meses. Belmiro Coan disse que não tinha nada nada de queijo, nem pra remédio, e, em consideração à gravidez da mulher, deu mais explicação: ia para mês e meio que seu fornecedor Cilião Palheta não aparecia por causa das chuvas. Agora que o tempo melhorou decerto não ia demorar. Onde vou poder comprar queijo fiado pra Ondina?, ficou pensando Josafá, e estava nisso quando, como num toque mágico, Cilião apontou na curva com as mulas.

— Serrano esquisito esse, hein, Seu Belmiro...

Na rua, passava Mané Brasil com o Chevrolet de cabine verde levando carvão para a caixa coletora. Pouco faltava para o sol tirar fogo da rua calçada de pirita.

Josafá continuou:

— Homem brabo. Será mesmo verdade que matou dois?

Bah, uma história bem antiga a dos dois bobos que um dia resolveram jogar pimenta num baile, lá por Urupema. Pediram para morrer. Cilião Palheta estava no salão — melhor dizendo, não simplesmente no salão, estava no salão dançando com uma moça de seu especial agrado, todo caprichoso na valsa. A pimenta esmagada por tantos pés logo provocou espirros e justa revolta. E ódio. Fogo no pavio curto de Cilião Palheta. Discussão, nome feio, revólver, pá, pá, tiros certeiros. Era uma vez dois viventes que não tiveram o bom senso de imaginar o que pode fazer um homem brabo com pimenta queimando no nariz. Dois rapazes com a vida inteira pela frente, os bobos. Esticados, cada um com sua bala na testa. Cilião andou uns anos fora, correu um processo frouxo, o caso foi esfriando, esfriando, aí ele veio se estabelecer em Bom Jardim como um homem disposto ao bem, com o qual, no entanto, continuava não sendo recomendável brincar. Ficou a fama, ninguém brincava, só se ele desse uma demonstração segura de querer brinquedo. Duas mortes nas costas e quase dois metros de altura impunham cautela. Não era um brigador de carreira, tipo o Santilho de Jesus, filho do Martim Bugreiro, aquele que, num baile em Bom

Retiro, sem arma nenhuma, botou para correr os três irmãos Urbano, e mais três outros, todos com facão trêslistras, xerenga, carneadeira, até faca de sapateiro, punhal, sei lá mais quê. Santilho tinha uma brabeza estrondosa. Cilião era de outro estilo e formato: pouca palavra, pouco espalhafato, o forte dele era poder ser sempre como foi com os dois moleques, rápido e certeiro com seu Nagant garrão-de-porco. Prevenido como um quero-quero com o ninho, fulminante seria, bastava ser cutucado. Um mocinho de faroeste. Antes daquelas mortes, já se impunha pelo traquejo da arma, foi um dos quinze convocados para esperar o bandido Leonel Rocha na Serra da Forcadinha, pena que esse caudilho e ladrão conseguiu fugir para o Rio Grande por outro caminho com seu bando de cinqüenta arruaceiros. Livrou-se de um belo tiro nos cornos. Cilião Palheta pensava: é no cabelinho da sobrancelha que eu vou atirar, e pam!, atirava mesmo. No tempo em que os tropeiros ainda faziam pouso num galpão do Doze, os camaradas brincavam, deitados, de furar o zinco do telhado. Cilião atirava e ninguém via o furo, porque era furo sobre furo, um tiro bem no buraquinho do outro. Em corpo de homem provou destreza aquela vez, em dose dupla, e bastou. Não fazia cara de amigo à toa, quem que ia se arriscar com ele, mesmo sendo agora um cidadão na tranqüilidade dos quarenta e cinco anos, solteiro ainda, mas se dizia que nos últimos tempos querendo deixar de ser, acomodado nos afazeres da sua fazendola? Gostava de todo mês vir pessoalmente cá embaixo vender o que produzia, vinha na paz, por negócio e também por passeio, e voltava cheio de sal, açúcar, querosene, um pouco de cana, tecido.

— Sabe que olho pra esse homem e até me dá um arrepio? Bota mais uma, bota, Seu Belmiro.

Uma sarna o Josafá Dinarte, não dava para fazer contas com ele perto. Belmiro Coan serviu a cachaça, anotou no livro, fechou-o com ruído. Foi para a porta esperar seu amigo Cilião Palheta.

Amigos? Sim, pode-se dizer que eram. Não de um ir na casa do outro, Belmiro nunca esteve na fazendinha de Cilião, em Bom Jardim, Cilião nunca ultrapassou o balcão para ir lá dentro onde o comerciante morava com a família. Eram amigos de bem conversar e de bons negócios. Isso desde que Belmiro se estabeleceu com a venda, vindo do Rio Carlota, já para mais de dez anos. Nunca tiveram nenhum desentendimento, faziam a pechincha normal que se faz em qualquer comércio e acabavam de acordo. O que Cilião vendia era sempre de primeira, sobretudo o queijo, esse tinha todo um nome consolidado: dizia-se queijo de Cilião Palheta como se dizia cerveja Brahma ou Antarctica, um queijo que se comia no café, com polenta, puro, de qualquer jeito. Não podia faltar na prateleira.

Pois aí estava ele, o grande Cilião, depois de um tempão ausente. Sua tropilha vinha maior, umas trinta mulas, a égua madrinha, uns seis peões. Montava o mesmo imponente ruano de outras viagens, de cima do qual o mundo devia ficar bem pequeno. Apeou debaixo do cinamomo perto da porta lateral, o animal fez um escarceio — gratidão, orgulho — em que todos os metais retiniram. Belo animal. E ajeitado cavaleiro: bombachas, botas (daquelas famosas feitas nos Ronconi, no Doze) com reluzentes chilenas, camisa de riscado, lenço de seda vermelha, chapéu largo quebrado para baixo. O revólver de um lado, a faca prateada do outro. Não comandou nada, os camaradas sabiam da rotina. Como iam comer por ali, podiam dar bom descanso à tropa no pasto ao lado do paiolzinho da venda. Descarregaram bruacas e cangalhas. Água para os animais tinham bastante na bica — não era a cristalina água da Serra, mas mulas e cavalos não têm luxo, e essa água já foi pior, houve tempo em que crianças cá embaixo morriam às dúzias por causa dela. Em todo caso, mantinham um costume: para a sede deles, humanos, traziam borrachões com água lá de cima.

— Levou tempo pra vir, homem de Deus — saudou Belmiro Coan.

— Pois é, que chuvaredo.

— O pessoal estava reclamando.

Cilião Palheta quase sorriu (o máximo de riso nele era um meio sorriso), quem não gosta de ouvir que a mercadoria que vende é apreciada? Logo mostrou que estava mesmo a fim de descontar os atrasados: num instante, estendia no chão, num couro de boi, queijos e mantas de charque para Belmiro Coan escolher a gosto.

Escolha feita, queijos e charque postos na prateleira... ah, sim, o Josafá estava ainda ali firme, à espera de ser atendido.

— Pronto — disse Belmiro Coan entregando o queijinho que o operário pedira. Agora ia se acertar com Cilião Palheta e não queria mais aquele mulato enjoado por perto. Josafá Dinarte, porém, ainda tinha um resto de cachaça para beber, não ia já não. Ficou acompanhando o serrano cujo tamanho e fama lhe davam arrepios e Belmiro Coan fazerem as contas. Tudo bem, ficasse, desde que não se metesse... As contas, na verdade, eram agora apenas a anotação num caderno dos quilos de queijo e de charque que foram comprados; na volta da viagem (descia até Orleans), é que Cilião ia ver o que levar da venda e aí então vinha o balanço final.

Estavam na dita anotação dos quilos de charque e queijo quando aconteceu um fato que haveria de mexer com a vida de Cilião Palheta e de outras pessoas. Vinda dos fundos da venda onde a família Coan morava, surgiu uma mulher. Desde logo, nenhum engano de que pudesse ser Dona Inês, a mulher de Belmiro — era alguém que o serrano nunca vira ali em todos aqueles anos. Aparência boa, distinta, os cabelos claros desabados nos ombros, um pouco baixinha, ou talvez nem tanto, quem sabe mediana, pois quantas mulheres escapariam à classificação de baixinhas diante de um Cilião Palheta? Considerou: um pouco baixinha, sim, mas quartuda, tinha o que um homem pegar com as duas mãos, isso se via até assim de surpresa, na rapidez de poucas passadas. Ela vinha buscar qualquer coisa de que estavam precisando nos afazeres da casa. Seria irmã de

Dona Inês? Belmiro leu essa e outras perguntas na mente do serrano e, vendo como ele a estudava de um certo jeito, apresentou-a: era irmã sua, chamava-se Ema. A ela disse que aquele era seu amigo Cilião Palheta, da Serra, fabricante do melhor queijo do mundo. Cumprimentaram-se, e entre os dois foi tudo. Quando ela voltou para dentro, Belmiro explicou: Ema vivia em Rio Carlota com a mãe, que falecera há dois meses. Ficou sozinha e veio morar com ele, pelo menos por uns tempos.

O certo jeito com que o tropeiro olhou para Ema não enganou Belmiro Coan. Foi mais ou menos assim, ano passado, também ali na venda, que ele se impressionou com uma outra mulher. Como agora diante de Ema, com Angelisa foi a mesma surpresa, uma agitação súbita, invencível. Inesperado comportamento o de Cilião Palheta depois de ver Angelisa comprando as suas miudezas, ele a uns três passos dela, fumando, discreto e imperioso ao mesmo tempo, ela baixinha (ou mediana) com uma beleza parece que martirizada, os movimentos tão comportados, a voz em delicado meio-tom no pedido das mercadorias, toda de uma tal forma envolvida em si mesma e no seu mundo que era como se mais nada nem ninguém, a não ser Belmiro Coan para atendê-la nas compras, estivesse ali por perto. Nenhum exibimento, nenhuma frivolidade. Então, assim que essa mulher de suaves modos saiu, Cilião não se acanhou, quis saber quem era. Tão bonita e tão tristinha, disse. Belmiro contou o que houve na vida dela: o terrível acidente com o marido, um tal de Tobias, há uns dois anos, na mina, o sonho que os dois tiveram de um dia morar na Serra, as dificuldades de hoje, e ela sempre ali, moça ainda, no seu valor, na sua luta. Cilião ficou calado, bebendo um trago. Pensou muito, de repente pediu papel e caneta, foi para um canto do balcão, e pôs-se a escrever, com demoradas pausas entre palavras e frases. O que será que ele está fazendo?, admirava-se Belmiro Coan. Parecia um imenso menino debruçado sobre um dever de escola. Por fim, pediu um envelope e escreveu nele o nome Angelisa com esmeradas maiúsculas, o traço que cortava o primeiro A escapando numa ágil voluta para a esquerda e o do último respondendo com outra ainda mais ousada para a direita — tinha uma letra boa, o danado. Colou o envelope e disse a Belmiro Coan que ia lhe fazer uma pergunta muito séria, podia? Sim, sim, claro que podia. Ele indagou: será que, por especial favor, e com o devido resguardo, o amigo fazia aquela carta chegar às mãos da moça? "Confio na nossa amizade", foi categórico. Ia até Tubarão, nuns sete dias estava de volta, se até lá tivesse uma resposta dela seria muito bom. Belmiro Coan chegou a hesitar, nunca em vida tinha se imaginado numa missão assim delicada, mas disse: "Pode confiar". Fosse qual fosse o conteúdo da carta, ele era um intermediário, não havia mal nenhum em atender ao pedido de alguém como Cilião Palheta, que sempre foi homem correto. E então, no entardecer do mesmo dia, cheio de cautela, foi à casa de Angelisa. Falou baixinho e sucinto: ficou na venda uma carta para ela, veio trazê-la; se dentro de uma semana ela tivesse uma resposta a dar, podia deixá-la a seus cuidados, ele faria a entrega. Belmiro Coan bem se lembra dos olhos admirados de Angelisa, primeiro postos na esmerada bordadura de seu nome no envelope, depois erguidos, confusos, na muda indagação do mistério que podia estar ali dentro. Ela agradeceu e entrou. Leria já, leria logo, não leria nunca? Uma semana foi o tempo que Cilião Palheta imaginou ideal para ter a resposta. O tempo de sua ida a Tubarão e de sua volta, o tempo (pensou Belmiro Coan) para uma reflexão séria de Angelisa sobre o que quer que fosse que ele cismou de escrever. Belmiro ficou pasmo, nem bem passou uma hora da entrega da carta, ali já estava Angelisa para dizer de viva e inabalada voz a decisão tomada; foi quando Belmiro Coan ficou sabendo do estranho conteúdo da carta que levara.*

Altiva, serena, tão sofrida Angelisa... Desde que, dias depois, na volta da viagem, o tropeiro conheceu a resposta dela e ficou um tempo em silêncio, sem um tremor de face, em sofrida busca de palavras, e limitou-se a murmurar "Está bem, ela é que sabe", nunca mais os dois tocaram no assunto. Belmiro Coan nunca falou a ninguém do ocorrido, nem mesmo à sua mulher Inês. Se alguém teve conhecimento do caso não foi por seu intermédio.

---

*A história de Angelisa está em "A mão esquerda de Tobias", p. 181.

Cilião Palheta olhou para Ema da mesma forma que olhou, ano passado, para Angelisa. Belmiro Coan sentiu que aí vinha coisa.

Terá sido o tamanho, a fama, o ser bem de vida? Ou seja: por ser como era, descomunal, temido, abonado fabricante e mercador de queijo e charque, terá sido por isso que Cilião Palheta sequer se apercebeu da presença do mineirinho Josafá Dinarte, ali tão perto? Ou será que, com o juízo um pouco transtornado pelo desejo depois de ter visto Ema, não se preocupou que outros ouvissem o que a seguir ia conversar com Belmiro Coan? O fato é que, tão logo somou e conferiu o que havia vendido, e tomou um trago, ele estendeu o longo braço por sobre o balcão e alcançou o ombro do amigo negociante: ia lhe fazer uma pergunta séria, podia?

— Confio na sua amizade — acrescentou.

Belmiro Coan nem respondeu com palavras, limitou-se a movimentar a cabeça, afirmativamente. Não tinha dúvida do que ia ser perguntado ou, pelo menos, do objeto da pergunta.

— A sua irmã... o amigo disse que ela ficou sozinha?

— Foi. Ela é solteira.

Cilião fez seu meio sorriso, era uma informação que lhe agradava muito, e ficou estudando o modo de prosseguir. Era um homem cuidadoso, muito mais, com certeza, depois da frustrada carta a Angelisa. Por fim, sempre confiante no bom entendimento que uma amizade permite, procurou ir ao ponto:

— Como sou solteiro também, não sei o que o senhor acha se...

Ah, ser pequeno neste mundo, pequeno em estatura, em dinheiro, em tudo... Josafá Dinarte estava ali como se fosse uma caixa vazia de querosene Jacaré deixada fora do balcão para o pessoal sentar. Os dois grandes homens não se lembravam que uma caixa de querosene Jacaré às vezes também pode ter ouvidos e boca.

Belmiro Coan deu uma gargalhada um pouco forçada, pretendia que ela soasse amistosa, concessiva, de quem se espanta com o excessivo cuidado da outra parte. Antes que o serrano a entendesse mal, respondeu:

— O que eu acho? Acho que vocês já não são mais duas crianças. O amigo tem a minha bênção — brincou.

Resposta boa de ouvir. Era mesmo uma bênção: amigo Cilião Palheta, tenho muito prazer num possível namoro, noivado e casamento de vocês dois. Sim, era bem isso. O tropeiro, entretanto, precisava fazer nova pergunta. A mais delicada. A mais decisiva. Ano passado, num momento de fervor diante de outra mulher, serviu-se do amigo para mandar uma carta, estaria esse amigo disponível para levar agora outro recado? Há irmãos que não costumam falar sobre seus assuntos íntimos, Ema e Belmiro Coan podiam ser assim. Tinha de perguntar com cuidado.

— Não sei se o senhor... — foi começando e parando. — Não sei se...

— Se eu falo pra ela?

— É, é isso...

— Falo, sim. Vocês são solteiros. E nós somos amigos, não somos?

— Mas então-se!

— O amigo vai até onde?

— Só até Orleans.

— E volta quando?

— Quinta-feira perto do meio-dia a gente está por aqui.

Josafá Dinarte saiu e eles nem perceberam.

O problema nesta história é que alguém viu Ema primeiro — dois meses antes de Cilião Palheta.

Foi num sábado à tarde. Rosalvo Duas-foices estava indo visitar a mãe, quando, no ponto final do ônibus do Spricigo, viu saltar aquela mulher de cabelos claros caindo sobre o vestido escuro, carnuda, de bom porte para um homem de porte médio como ele era. Alguns passos atrás dela, foi vendo o que podia ser visto (um corpo que, sem nenhuma ostentação voluntária, caminhava num ritmo de sugestões ambíguas, ora remanso, ora correnteza), foi sentindo o que podia ser sentido (que ali ia uma mulher atraente e com todo o jeito de séria, limpa e trabalhadeira): vendo e sentindo isso, Rosalvo admitiu que com uma mulher assim um dia ainda voltava a pensar em casar de novo. Teve uma experiência que o transformou num homem descrente — a moça de Pindotiba. Por sorte, soube a tempo que era de outro que ela gostava; veio-lhe a tentação de dar uns tapas na ingrata, mas controlou-se, decidiu que o desprezo fala melhor e foi uma conclusão acertada. Rosalvo Duas-foices, com suas mãos imensas, dando tapa em homem já era um perigo, imagine fazendo isso numa moça. Chateou-se. Pensar em casamento passou a dar vertigem, mais do que a que sentiu quando, um dia, com amigos, empoleirou-se no cabo aéreo que descia madeira da Serra até o vilarejo do Rio do Rastro e quase morreu nos poucos minutos em que esteve sem chão nos pés. Casamento nunca mais. Num certo momento, chegou a ter interesse por uma coloninha italiana do Doze, mas ela nem ficou sabendo de tal simpatia, italiana não costumava mesmo namorar com operário de mina de carvão. Retomou a disposição, não ia casar. Entretanto, na tarde em que veio caminhando atrás de Ema, sem saber se era mulher desimpedida ou impedida, guiado por um inexplicável sentimento súbito, refletiu: com essa que vai aí, será que... será que eu...?

Não freqüentava a venda de Belmiro Coan. Uma vez, por causa duma dúvida numa conta, se desentendeu com ele, por pouco não lhe sentou o braço, não sentou porque Belmiro entendeu a tempo que valia a pena dar o dito pelo não dito. Nunca mais se falaram. Agora, para deixar Rosalvo pensativo, acontecia aquilo: a moça entrava na venda — na venda não, na parte da venda onde morava Belmiro. Viu abraços de boas-vindas. Foi embora um pouco intranqüilo: seriam parentes?

Não demorou a saber de tudo — que ela se chamava Ema, e que, ao morrer a mãe, decidiu vir para o Guatá morar com o irmão. Solteira. Tinha uns trinta anos, era da maior seriedade, tanta que nunca chegou a ter um namorado de verdade. Precisando cuidar da mãe, sempre doentinha, e sendo a única filha, e o irmão Belmiro morando longe, não pôde ter muitos divertimentos na vida. Tinha também a sua vendinha em Rio Carlota, as duas viviam disso. Quem trouxe para Rosalvo tanta informação foi sua irmã Benigna, amiga desde menina de Inês, mulher de Belmiro. Rosalvo, que havia feito uma simples pergunta (quem era aquela mulher assim e assim?) e recebia tamanho relatório, encorajou-se: confessou à irmã que, se um dia, por loterias da vida, essa Ema chegasse a simpatizar com ele...

Os desejos voam: não demorou e a recém-chegada já sabia do interesse que despertava. "É um operário muito trabalhador", falou Inês, "homem sério; foi noivo duma maluquinha de Pindotiba, ela gostou de outro, ele então ficou mais medroso pra casar, quer encontrar a mulher certa", e tudo mais Ema foi ouvindo, sem empolgação, por ser de natureza contida, e também porque a morte da mãe ainda doía muito. Tudo ouvia com atenção, estimava por demais a cunhada e a palavra dela merecia toda a confiança, uma cunhada assim não ia lhe desejar nada que não prestasse. Inês então foi sincera: Rosalvo era um homem bom, sim; agora, verdade seja dita, não era de brinquedo quando se incomodava, tinha fama de valente, já brigou com mais de um sem qualquer arma, o apelido que tinha, Duas-foices, era por causa da força e da ligeireza nas mãos, sem falar na dos pés; e mais, Belmiro não gostava dele, não, não gostava, os dois uma vez se estranharam por causa duma conta, por pouco Rosalvo não bateu nele, e Belmiro fez muito bem em dizer logo que devia ter-se enganado. Ema escutava tudo, sem empolgação, sim, porém com uma curiosidade que crescia, já se pondo mesmo a imaginar como seria o homem que veio atrás dela no dia em que saltou do ônibus e teve, sabe Deus por qual arte do destino, uma tão boa impressão a seu respeito.

O homem que ficou temeroso de mulher depois do revés de Pindotiba voltava a ter coragem de uma forma que a si próprio espantava. Já não escondia a amigos a admiração por Ema, mesmo sem nunca ter conversado com ela. Viu-a no trajeto do ponto do ônibus até a casa do irmão; via-a aos domingos, muito rápido, na igreja; juntando isso ao que sobre ela vinha ouvindo da irmã, deixou crescer o sentimento. Sim, sim, era uma mulher que lhe agradava, repetia sem receio de passar por entusiasmado demais. Amigos caçoavam: quando ia ser o casamento? Ele respondia, brincando sério: "Quando ela quiser." Um ou outro, mais íntimo, dizia que era uma mulher demais para a sua pobreza. Imagine, a irmã de Belmiro Coan, dono de venda... Rosalvo pensava nisso. Sabia pela irmã o quanto ela já estava ciente de sua simpatia e de sua condição de vida. Perguntava: o que ela comenta? Benigna sorria: não comentava nada, e sorria mais: não comentava nada a favor, não comentava nada contra, isso era bom. Rosalvo insistia: nenhuma demonstração de... desprezo? Não, nenhuma. Mas não demonstrar desprezo não seria uma forma de desprezo? Há pessoas assim, tão lá em cima no seu orgulho, que nem desprezo dão para os cá de baixo. Benigna achava que não e tinha um palpite: Ema estava apenas juntando tudo o que ouvia, as palavras boas ditas pela cunhada, e isso é que tinha peso, e também o que de ruim dizia o irmão, sim, porque Belmiro Coan, já sabedor daquele interesse, não ia omitir sua opinião: o Rosalvo é trabalhador, tudo bem, é até quem mais tira carvão na mina do Firmino Ruzza, só que vai ser sempre um operário, não tem futuro nenhum, e é também um homem muito brigador, por qualquer trocado ou ninharia está baixando a mão nos outros, sangue ruim, perigoso, toma cuidado. Belmiro tentava dizer isso como um conselheiro, Ema escutava, sabia que ele queria o seu bem, mas sabia também do velho rancor.

Como na venda não ia, Rosalvo pensou na igreja. Passou a freqüentar o terço todo domingo, lá era certa a presença dela, sempre de preto por causa da mãe, os cabelos cor de mel sobressaindo entre os das outras mulheres. Do lado de cá, dos homens, ele ficava na expectativa de uma repentina virada de cabeça: saberia ela que estava sendo observada do princípio ao fim da reza, que nenhuma reverência ia para Deus ou para os santos, ia para os seus modos? De domingo a domingo, a expectativa crescia, pois Benigna não deixava de falar a Inês e Inês não deixava de falar a Ema o que Rosalvo sentia. E então, no último domingo, na saída da igreja, os dois se encararam. O dele, um olhar indagativo e declaratório. O dela... Rosalvo leu o que o dela queria dizer: é um olhar que diz que ela pensa em mim, que já pensou em mim antes e está pensando em mim agora, isso, isso, pensando em mim eu sei que ela está, é mesmo como a Benigna diz, não é desprezo, não, ela não me conhece ainda, está é juntando o que escuta, palavras do bem, palavras do mal, quanto tempo ela vai levar escutando e pesando? Escutar e pesar o escutado é algo tão vagaroso. Rosalvo Duas-foices sofria. Em dois meses, aquele na igreja era o primeiro olhar de frente. Quando ia ser o lance maior?

Ao cair da tarde do mesmo dia em que, voltando da mina, parou na venda de Belmiro Coan para beber umas losnas e comprar queijo para a mulher grávida, o mulato Josafá Dinarte foi procurar Rosalvo. Encontrou-o diante do bar do Dal-Bó, conversando com amigos, pediu um particular e deu-lhe a má notícia das intenções de Cilião Palheta.

Três dias de cogitação. Rosalvo Duas-foices conhecia, como todos, a fama de Cilião Palheta: matou os dois sujeitos num velho baile, fazia uma bala passar pelo buraco de outra bala, era como um mocinho de cinema: jogava uma tampinha de cerveja para cima, ela ia parar lá longe, furada no meio. Podia fazer isso só quando era mais moço? Não. Quem aprendeu não esquece, um homem assim é sempre como uma brasa que fica à espera dum sopro para queimar de novo. Ninguém na Serra e cá embaixo tinha a curiosidade de experimentar o que ainda havia nele de boa pontaria.

E Rosalvo era bom no quê? No braço. Eram mesmo dois braços como duas foices ceifando corpos quando vinha a fúria, as mãos abertas, as mãos em soco, as mãos feito lâminas, as mãos como aço, apavorantes. E ele sabia usar as pernas também, o mais certo até é que o chamassem de Quatro-foices. Numa luta desarmada, corpo contra corpo, ninguém por toda a região ganhava dele. Forte e decidido, tirava uns dez malés de carvão por dia. Era o número um do Ruzza.

Então, passou terça, passou quarta, chegou quinta. Na quinta, ele não foi trabalhar. Saiu de manhã atrás de Zuzinha, na serraria, não para ouvir conselhos, não, não, e sim para comunicar-lhe o projeto que tinha em mente e ouvir dele um incentivo. Não fazia nada sem que o amigo fosse o primeiro a saber.

— Uma doidice — opinou Zuzinha.

A doidice era esta: logo mais, quando Cilião Palheta chegasse de volta da viagem a Orleans, ia desafiá-lo para uma briga na frente da venda de Belmiro Coan.

— Está decidido — ele respondeu.

— E por que a briga?

— Por nada. Fiquei com vontade.

— Eu sei que é pra tal da Ema ver. Exibimento teu.

— Pode ser.

Zuzinha podia dizer tudo, com ele Rosalvo não ficava brabo. Eram como irmãos, criados a bem dizer juntos. Disse:

— Besteira tua. Ele não larga o revólver. Te acerta onde quiser. Tu és bom no braço, nas pernas, ninguém te ganha nisso. Mas com o Cilião nem vais ter tempo de chegar perto.

— Grito pra ele: seja homem, larga essa merda!

No pensamento de Rosalvo, seria uma intimação que ele não ia poder deixar de atender. Ia fazê-la na rua, na frente duma porção de gente. Zuzinha repetiu que Cilião não largava o revólver, a maneira dele de ser homem era atirando assim que fosse ofendido. Cada um tem sua maneira. Não viu o que ele fez com os dois que foram botar pimenta num baile? Até hoje se comenta a certeza dos tiros, pá, pá, no meio da testa.

— Faz tanto tempo...

— Ele acerta de novo, querendo. Tu nem acabou de gritar pra ele largar o revólver e a bala já vem vindo. Aquilo não tira o revólver da cintura nem pra dormir.

— Então não é homem.

— Credo, se ele escuta isso...

— Vai escutar. Ao meio-dia, na venda do Belmiro.

— Esquece isso. Esquece.

Zuzinha conhecia aquela teimosia. O melhor era avisar Benigna, o marido dela morreu ano passado de doença nos pulmões, o que lhe restava na vida era o irmão.

— Por onde que anda agora o Cilião Palheta, Seu Belmiro? — perguntou Josafá Dinarte sondando os lados de Orleans. O mulato fingia bem, sabia que, por essa hora, a tropilha estava já por perto, vindo de volta. Ouvira com clareza Cilião Palheta dizer na venda que, pelo meio-dia de quinta-feira, estaria passando por ali de novo, acertavam as contas e subia para Bom Jardim.

Súbito:

— Ei, o Rosalvo!

Belmiro Coan conferiu: era mesmo, lá vinha Rosalvo pela rua Juquinha, e com ele também Zuzinha e Benigna, os dois gesticulando muito, e mais outras pessoas no mesmo passo, todas no rumo da venda. O que era aquilo?

— Que gentarada, Seu Belmiro!

Rosalvo veio vindo, determinado, quando chegou sentou-se no banco debaixo do cinamomo, ao lado da porta lateral da venda, bem onde Cilião Palheta gostava de amarrar seu cavalo. Benigna e Zuzinha sentaram-se com ele. Em número que ia crescendo, pois a notícia de um possível confronto entre os dois valentes se espalhou depressa, obra do próprio Rosalvo, que queria reunir povo, os curiosos foram ficando por ali, na expectativa de um jogo que jamais viram. Imagine, Rosalvo *versus* Cilião Palheta...

— Tira isso da cabeça — insistia Benigna, já sem mais o que dizer. Viera pelo caminho rogando pela alma da mãe que ele abandonasse aquela idéia, aquela bobagem, Ema (ela sentia) estava gostando dele, era tudo uma questão de tempo, Ema não ia querer nada com um serrano assassino, brigar com ele era uma loucura, ninguém atirava melhor que Cilião Palheta, sempre se ouviu dizer isso, e, mesmo que a briga fosse sem arma, o que não ia ser nunca, mas imaginando que fosse, e que ele Rosalvo ganhasse, quem disse que Ema ia gostar? Uma mulher como ela, tão séria e religiosa, não ia gostar de ver briga. Aquilo podia era estragar tudo, ele que deixasse de ser guri pequeno. Rosalvo não respondia, ia brigar com Cilião Palheta e acabou-se.

O sol batia forte. Mais gente chegava, operários que saíam do turno da manhã ou que iam para o turno da tarde paravam e discutiam a decisão de Rosalvo: para uns era como Benigna e Zuzinha achavam, uma completa maluquice, para outros era maluquice, sim, uma maluquice respeitável, quem podia negar isso?, de homem com brio e coragem, ele gostou da moça e tinha mesmo era de não aceitar que um sujeito, porque era rico e pomposo, lhe viesse atrapalhar a vida. Podia morrer? Podia. Em todo caso, todos ali estavam para testemunhar se a luta ia acontecer em boa igualdade de forças ou se alguém ia bancar o covarde. Os espectadores conversavam e a cada instante sondavam a curva da estrada onde, sem demora, pelo previsto, iam despontar as mulas e seu famoso dono.

Benigna levantou-se:

— Vou falar com a Ema.

Foi para o outro lado da venda, por onde se entrava na parte que era a moradia de Belmiro Coan. Nenhuma das duas, nem Ema, nem Inês, envolvidas nos seus afazeres, sabiam o que lá fora se anunciava, melhor dizendo: o que já-já ia acontecer, porque na curva, enfim, surgia o serrano. Enquanto Benigna explicava a louca decisão do irmão, o inimigo vinha vindo, a tropilha agora toda bem leve, num andar ligeiro.

Rosalvo estava de prontidão diante da venda; a seu lado, Zuzinha ainda dizia inúteis palavras de advertência; na porta, Belmiro Coan via o amigo chegar estranhando o povo; Inês, Benigna e Ema vinham para a varandinha.

Cilião Palheta freou o cavalo a dez metros de Rosalvo. Matutou: isso será mesmo comigo? o moço aí estará à minha espera? quem é? que quer? De espírito confuso, e calmo, como era agora seu estilo, encarou-o, depois virou-se para onde estavam as mulheres, reconheceu Ema e cumprimentou-a levantando o chapéu, cumprimentou também Benigna e Dona Inês, teve a sensação de senti-las apreensivas. Moveu a cabeça em semicírculo: tanta gente! Então indagou a Belmiro Coan:

— Isso é comigo, compadre?

— É! — adiantou-se Rosalvo, voz tensa.

— Le conheço? — quis saber o serrano.

— Vai conhecer. Apeia.

Benigna gritou:

— Rosalvo, seu doido, não!

— Apeia — repetiu Rosalvo.

Cilião Palheta apeou, assim em pé seu tamanhão avultava. Andou uns passos. Todos viam: na cintura, de um lado o revólver, de outro a faca prateada. Examinava com dobrada surpresa o desafiante: sim, esse que foi chamado de Rosalvo e que lhe deu ordens para apear, tão soberbo, só podia ser o Rosalvo Duas-foices. Já, já ouvira falar dele. Ele é o tal que enfrenta qualquer homem com as mãos e as pernas, mais nada, o outro pode vir até com adaga e facão, quem sabe até com arma de fogo, ele enfrenta. Sim, deve ser ele, ninguém mais por aqui ousaria fazer o que está fazendo, resta saber por qual motivo faz isso se os dois nunca se viram na vida, nunca tiveram a menor ligação um com o outro.

Benigna implorou de quase fazer eco pelos eucaliptos:

— Rosalvo, pára com isso!

Sem dar atenção à irmã, ele foi adiante:

— Cilião Palheta, tu é homem?

Quem algum dia já se imaginou fazendo tal pergunta a tal indivíduo, ainda mais em praça pública, assim na frente do povo? O ritmo do provocador era rápido, ele foi direto no brio, tu é homem?, o do provocado era lento, Cilião surpreendia com isso, apenas fez uma careta como se sentisse um ferrão machucando a carne. Manteve-se calmo. De cima do cavalo, já tinha visto que o outro estava desarmado, em tempos idos sua mão foi mais nervosa; hoje sabia dominar-se.

— Responde, Cilião!

Era perigo demais, Benigna não se conteve: saiu da varandinha, desceu até onde os dois se encaravam, meteu-se entre eles. Mulher despachada, sabia tomar a dianteira numa emergência. Alta, mais alta um pouco que o irmão, tinha um porte que anunciava resistência e força. Cilião olhou para Ema, encolhida, depois para Benigna, tão decidida, deve ser a mulher do meu desafiante, supôs, uma mulher bem na medida para um homem de coragem. A voz dela persistia:

— Rosalvo, Seu Cilião não quer briga. Pára.

— Responde! — tornou Rosalvo, um passo à frente e num grito que fez os espectadores instintivamente recuarem mais, pois aí podia vir bala. Uma bala de Cilião Palheta não se desviaria nunca do seu destino, partiria segura para o meio da testa do desafiante, mas quem se sente seguro perto de um revólver nas mãos de um homem zangado?

Benigna ainda:

— Rosalvo, Seu Cilião, por favor, não briguem.

— Eu nem sei que briga é esta — disse o tropeiro. — A senhora, que mal le pergunte, é o quê do Seu Rosalvo?

— Irmã.

— Irmã?! — Havia na surpresa uma modulação amistosa.

— Meu marido morreu, quem tenho na vida é só ele. — Cilião reparou no jeito afetuoso como ela falava: havia amor, havia real irmandade em suas palavras. — O senhor não atire nele, eu lhe peço.

Rosalvo irritou-se com a imploração:

— Não atire o quê, atire, pode atirar! Mas eu queria era uma briga de homem, no braço.

Cilião veio grosso:

— Não brigo no braço, brigo na bala. Também é de homem, são gostos. Le peço que me diga o que foi que le fiz que ainda não sei.

Ah, sim, sim, era preciso dizer. Não tinha nenhum sentido estar acontecendo algo tão grande — desafiar Cilião Palheta no meio da rua — e o desafiado não saber o motivo. Rosalvo ia dizer, abrindo o coração, que aquilo era porque gostava de Ema, ali presente, e porque ele, Cilião Palheta, um filho-da-puta, estava querendo tirá-la dele com sua fazendola e seus queijos, e que uma vez um outro fez isso e ele foi muito bom, só deu o desprezo, porém agora tudo ia ser diferente, ia dizer isso e tudo o mais que lhe viesse à cabeça, quando Benigna se antecipou:

— Seu Cilião, o senhor precisa saber o seguinte: é que a Ema gosta dele e ele gosta da Ema.

Cilião escutou aquilo sem tremer nem piscar, sem qualquer abalo aparente, e, em alerta máximo, Rosalvo Duas-foices calculava que pulo precisava dar, se fosse o caso de pressentir algum movimento. O tropeiro olhava Benigna, continuou olhando, como que à procura das palavras. Ali perto, Belmiro Coan se lembrou que foi bem assim que ele ficara, ano passado, ao conhecer a resposta de Angelisa à sua carta. "Ela é que sabe", dissera então, conformado. Ali, por fim, suas palavras foram estas:

— E o que é que eu tenho com isso, minha senhora?

— Não tem? O senhor... — Benigna via uma luz de paz.

— Sejam felizes, é o que desejo. Queria saber é por que seu irmão quer brigar comigo?

Benigna sorriu. Cilião Palheta fez também seu meio sorriso.

— Por quê? — ele insistiu.

— Hein, Rosalvo? Seu Cilião quer saber o motivo da briga.

Rosalvo procurava os movimentos na varandinha, sentia que era para ele que Ema levantava a mão. Cilião não esperou que ele respondesse. Desviou os olhos de Benigna, andou mais um passo, sua voz foi ouvida por todos os presentes:

— O amigo, que mal le pergunte, quer brigar comigo porque eu ... — hoje era homem de paz, hesitava, hesitou, e logo prosseguiu, desse no que desse — porque eu, com todo o respeito, gostei de conhecer a senhora sua irmã e porque... — mas hesitou de novo.

Benigna sentiu-se levantada no ar, subindo a Serra, aquilo era uma agradável mudança de rumos. Sem se dar conta, procurou puxar o tropeiro de suas reticências:

— Porque... porque...

— Bem... porque ela... eu acho que ela... a senhora...

Benigna, esquecida dos outros ali presentes, puxou mais ainda:

— Sim, o senhor acha que ela... que sou eu...

— Sei lá, acho que ela... quer dizer, a senhora... um dia... até que ia gostar de conhecer a Serra...

Ema desceu a varanda, caminhou até onde estavam os três. Ficava mesmo bem pequenininha perto de Cilião Palheta. Mas foi para perto de Rosalvo que ela se achegou. Pegou na mão dele. Pensava nos dois tocando a vendinha que ficou fechada em Rio Carlota.

Benigna elogiou a Serra de Cilião Palheta, todos ouvindo:

— A Serra é linda, muito linda.

O povo aplaudiu.

Na porta da venda, Belmiro Coan refletia: sim, pensando bem, o fim daquilo podia ter sido pior. Sentiu medo, muito medo. Agora, graças a Deus, estava tudo bem, ou menos mal. Ia ver o que Cilião Palheta precisava comprar, acertavam as contas, não iam falar sobre o que acabara de acontecer. E continuavam dois bons amigos.

Josafá Dinarte tomou ligeiro uma losna e foi embora contar à mulher grávida uma historinha de amor e perigo. Como se fosse um farveste.

2

Por nossas vidas pequenas

(...) pois o Senhor não deixa impune
quem pronuncia Seu nome em vão.

Êxodo 20, 7

No bar que durante anos foi do Dal-Bó, dirijo-me a uns homens que não conheço (ou que não me ficaram na memória) e pergunto pelo fotógrafo Pedro Leal. Num censo rápido que andei fazendo assim que cheguei neste passeio, soube que vivem e moram ainda aqui o Américo Matos, o Nabor Guedes, o Paçoca, a Angelisa, o Rosalvo Duas-foices, a Betina do Valmirê, a Dulcídia, o Irineu da Mirta. E outros mais, decerto. Pergunto agora, no velho bar que é tão outro, pelo fotógrafo Pedro Leal.

Quem, menino ou adulto, há quarenta, cinqüenta anos, não passou pelo olho de sua máquina, fosse para um retrato de primeira comunhão, ou de casamento, ou para tirar alguma carteira? Pedro Leal há de ter ficado com muitas cópias do que bateu e eu gostaria de dar uma passada nelas, relembrar pessoas. Me informam que ele morreu já vai para mais de dez anos. E a mulher? Ela vive? Morreu também. E os filhos? Ficaram por aqui? Estou lembrado de que eles eram uma escadinha de cinco ou seis, aos domingos iam todos juntos rezar o terço na igreja, Pedro Leal e a mulher na frente, um cortejo que sempre merecia a atenção de grandes e pequenos. Fico sabendo que, dos filhos de Pedro Leal, somente um não foi embora, o Tércio, que casou com a filha do Amantino, o Amantino Fidélis, um que...

A citação desse nome é muito bem-vinda, me faz deixar de lado, por enquanto, Pedro Leal e as fotografias. Aí está uma lembrança forte e que no entanto me escapava, o Amantino. Bem que eu queria conversar com ele agora, passados tantos anos. Minha avó Palmira e minha mãe falavam do ateísmo dele, sempre com nome feio na boca, e da santidade da mulher, Noemi. O Amantino ainda é vivo? Os homens respondem que Amantino também está morto. E comentam: ah, esse acabou sendo um homem muito sofrido na vida. Chegou à velhice sempre com aquela tristeza, caladão, se remoendo, não chamando mais nome feio como chamava, o duro passado lhe fazendo peso por dentro, uma mistura de culpa e de amargura arqueando o corpo já arqueado pelos seus anos de mina — coitado, não podia mesmo esquecer o golpe que teve, podia? O senhor morou por aqui, era ainda criança, mas deve ter ouvido falar nesse golpe. Respondo que sim, sim, minha avó Palmira esteve presente ao acontecido, foi mesmo bem triste.

Pois é, o Amantino. Contam os homens que, quando, uma vez ou outra, já velho, ele se referia ao que houve, seus olhos brilhavam como os de um moço que acabou de ser assaltado, mordia a boca para não falar demais, e terminava sempre dizendo, sem desrespeito, e também sem receio, que foi Ele, tinha certeza disso, foi Ele quem deu tamanho castigo à pobrezinha Noemi. Não pronunciava o santo nome, só dizia Ele — Ele que sempre lhe pareceu tão longe (chegavam a dizer que era ateu, não, não era, apenas O sentia muito longe), Ele que acabou tão perto e tão terrível — e todos sabiam de quem falava e ninguém tinha coragem de discutir se Amantino estava certo ou errado, pois sofrimento alheio não se discute e cada um vê Deus conforme a consciência lhe permite.

*

— Demônio!

Deus Pai, piedade: é Amantino que vem da rua chamando nome de novo. Tinha chegado da mina sem problema, até brincou com a barriga dela de grávida, minha bolinha, minha barrigona, está quase-quase estourando, e lavou-se, falou que qualquer novidade que ela sentisse mandasse alguém correndo chamá-lo, saiu para dar uma volta no bar, como faz todo dia, foi e agora aparece assim, Deus amado, chamando nome. E ela, esperançosa Noemi, que estava tão contentinha. Ainda hoje de manhã, quando Dona Águeda veio vê-la, comentou cheia de animação: são já sete dias sem um nome feio aqui em casa, a senhora acredita? Dona Águeda disse que bom! e nada mais, embora gostasse muito do filho não botava muita fé nas promessas dele.

— Demônio! — ele repete.

Misericórdia, aí está Amantino outra vez com seu vício, Deus perdoe esse homem fraco de boca suja, fraco, fraco, falou que ia parar e não parou, eu sei que não é por maldade, Jesus bondoso, isso é como alguém que bebe e diz que não bebe mais e acaba sempre bebendo, não quero dizer que ele não tem culpa, tem, tem, a gente precisa lutar e corrigir os defeitos, mas isso nele é quase como um defeito de nascença, fala assim desde menino, aprendeu inocente escutando o pai, aquele sim um homem perverso, blasfemador e implicante, coitada da Dona Águeda! Cada vez que ela voltava da igreja era coberta de horrores, o prazer de Seu Nicácio era debochar das verdades sagradas, falava de Deus como não se fala dum bicho, morreu berrando heresias. Amantino não é assim, meu Deus sabe disso, ele é só um desbocado que nem pensa no que fala, tudo é um costume, um costume feio, muito feio, claro, quantas vezes já disse que isso não ajuda nada, pelo contrário, Amantino, isso dá é mais atraso às nossas vidas. Amantino, o cujo fica feliz de ser lembrado, o cujo a gente esquece, a gente despreza, Amantino. Mas quem disse que Amantino se segura, que freia a língua? De repente, seja por uma razão séria, seja por uma bobagem, lá vem demô... meu Deus, perdão, como isso me dói nos ouvidos e me aperta a alma.

— Demônio! — ele está mesmo bem transtornado, entrou e nem passou a mão na barriga dela, vai agitado beber água do pote. Que fogo que ele está trazendo por dentro? Não seja, meu bondoso Deus, nenhuma desgraça maior, tudo não passe de uma incomodação qualquer, como tantas que já fizeram ele ser assim gritalhão e ímpio. Bebe, bebe, quem sabe isso te acalma. A garganta parece mais estreita, os goles descem com ruído, depois há um longo resfolgo. Amantino bate com a caneca e se senta, as mãos fechadas sobre a mesa.

— Demônio!

Deus onipotente, quando dá é assim, é como um acesso de tosse, um tremor de sezão que se prolonga, uma enxurrada que desce, que depois vai indo, vai indo e chega uma hora pára. Noemi sabe disso e já segue um sistema, vai perguntar o que houve depois que a crise passar e só restar o silêncio, no máximo um nomezinho nojento se debatendo num murmúrio. Se perguntar agora, mais vezes vai ouvir o que não gosta, meu Deus bendito! Sete dias se passaram sem um grito, se ele por acaso falou no indesejável foi somente para si mesmo ou longe de casa, ali tudo estava como ela queria, mais respeitoso e mais calmo, dizendo palavras limpas. O sorriso de Nossa Senhora na parede do quarto parecia ainda mais meigo, a fisionomia de Cristo no pano da cozinha ficou ainda mais confortante, a criança ia chegar numa hora feliz. E, então, de súbito, é essa recaída. Ó meu Altíssimo, eu vos juro que um dia ainda vou fazer entrar na cabeça de meu marido que um homem batizado na fé cristã não pode ser assim. Se o pai foi o que foi, a mãe é tão boa, tão crente nos mandamentos, Dona Águeda é uma santinha que não pensa senão no Bem, e aqui também estou eu, Noemi, me esforçando na prática da religião, a lei de Deus apontando cada um de meus passos, será que isso não pesa, não serve de bom exemplo? Quando ele fala o que fala, os nomes, pode-se até pensar que não serve mesmo, ai que eu quase desanimo, Deus da bondade infinita, mas não me deixo cair: ele não invoca o malvado por gosto, é por raiva da nossa pobreza.

— Demônio! — diz Amantino ainda alto, mas já dando sinais de que o fogo arrefece.

Mais um pouco e ela pode falar, primeiro para saber o que houve, e Deus há de permitir que não tenha sido nada de pior, depois para repetir, sem cansaço, que não é com as forças do Mal na boca que o nosso viver melhora.

— Demônio! — diz ele um pouco mais baixo. — Desgraçado!

Noemi é paciente. A paciência é amor e o amor é tudo. Ela espera pelo silêncio, quando o máximo a se ouvir é o crepitar da lenha no fogão, o chiar da chaleira, algum uivo lá fora, um leve sussurro ainda do marido. O silêncio vem.

Jesus meu, não foi nada grave, não foi nada grave, não foi nada grave.

Na parede da cozinha, há dois panos bordados. O maior traz o desenho de pratos fumegantes e, num floreio bem feminino, os dizeres "Jantar saboroso, marido amoroso". Noemi acha lindo, saboroso e amoroso rimam tão certinho, mas ela só deixa o pano ali porque foi presente de casamento de uma de suas melhores amigas. É tão raro na vidinha que levam terem um verdadeiro jantar... Os dois nem riem mais da melancólica graça que é o pano mostrando a fartura de comida e eles bebendo café preto com pão, às vezes com um pedaço de queijo ou de salame, ou então tomando um prato de minestra. Jantar saboroso... O último foi no aniversário dele, dia 23 do mês passado — galinha, macarrão, uma cerveja e gasosa, até pudim de sobremesa. O próximo será no aniversário dela, dentro de três meses. É assim, com raras variações. Mas nem por isso Amantino deixa de ser amoroso, verdade seja dita. Está na idade em que o sangue se agita só com um sorriso, um roçar de mão, pode vir torto da mina que nunca é indiferente a um carinho. Ano e meio de casados, ano e meio de mais namoro, até nesses últimos dias da gravidez acham espaço e jeito para se amar. Se brigam um pouco é por causa dessa balda que ele tem de, por qualquer miseriazinha da vida, gritar pelo demônio. No mais, é um homem bom, meu Deus do céu sabe disso, quanto jantar saboroso ele que é tão amoroso merece.

O pano menor que está na parede traz a figura de Cristo apontando o coração vermelho. Diz, em letras azuis: "O Senhor nos ama." Foi Dona Águeda quem deu. Noemi não passa um dia que não olhe aquele coração sangrento sem dizer a si mesma, pensando nela e em Amantino: o Senhor nos ama, a vida é dura, pisamos em pedras e espinhos, Ele nos ama, Ele perdoa nossas queixas e nossos erros e nos dá conforto. Noemi confia, hoje como ontem: o Senhor Deus Pai há de perdoar esse que é abusado no falar e relaxado na fé, que não aprendeu a se resignar na hora do sofrimento e da precisão, Deus Pai há de sossegá-lo. Porque tem vez que ele fica malcriado demais, fica, sim, como na semana passada, quando chegou revoltado com o Belmiro Coan, que reclamou, na frente de todo mundo, que o fiado dele estava muito alto, que assim não ia dar, que saldasse aquilo de uma vez por todas. O que Amantino chamou nesse dia pelo coisa-à-toa! Noemi chorou, ele insistiu, continuou tempo numa enfiada de gritos, ela acabou dizendo: chega! chega! ou fala no nosso Deus ou não fala nada! não gosto, não quero! isso me dói, isso me entristece! Deus está aí pra nos ajudar e só te escuto falando no inimigo dele! fala em Deus, em Deus, és criatura de Deus, de Deus! Ele então pegou-a pelos ombros, sacudiu-a com força, perguntou: e adianta? tu vive falando em Deus, adianta? Ah, aquilo ofendeu. Foi como uma facada nas costas, não, nas costas não, no seu ventre, nela e na outra vidinha que, mais um pouco, ia vir ao mundo. Meu Deus, falar assim da minha fé, eu rogando sempre ao Senhor meu Deus, dia e noite, por nossa felicidade e o ingrato diz isso! Noemi não teve mais uma palavra o resto do dia. Mas à noite, quando ele na cama a procurou, e fez-lhe carinhos, voltaram a conversar, e ele então prometeu mudar, fica descansada, disse, posso não chamar por Deus, acho que Ele está tão lá em cima e eu tão cá embaixo, mas pelo demônio não chamo mais, palavra de honra, juro. Foi um juramento por sete dias...

Agora já há silêncio, é só o estalar da lenha no fogo. Noemi se chega e bota a mão na cabeça dele:

— O que é que foi?

— Demônio! — A voz é pouco mais que um movimento dos lábios, ainda assim ela ouve o indesejado nome.

— Não fala assim.

— Pois não é pra falar?

— O que foi que houve?

— Demônio. Sabe a rifa do rádio do Alaor?

— Sei, tu falou nela.

— Mandei botar o 23, dia do meu aniversário. Aí pensei: diabo, em tudo que é rifa sempre botei o 23 e nunca que ganhei nada. Troquei então pelo 22.

— O meu dia.

— Pois pra contrariar, pra mostrar que comigo sai tudo errado, deu o 23. O João Cipriano ganhou. Um rádio Zenith que pega até o estrangeiro.

— Que pena... E que bom também, Deus quis que não foi nada mais sério.

— Demônio...

— Não fala assim.

— A gente ficava um pouco com ele, depois podia vender, fazer outra rifa, era um dinheiro que vinha ajudar.

Noemi bota o café, o pão, Amantino pede a latinha de banha, quase sempre é banha no pão como se fosse daquela manteiga boa dos italianos do Doze. Mais uma vez é bem diferente do que está ali no pano, a vida é assim, pensa ele, uns com banha, ou até nem isso, outros com manteiga escorrendo pelos dedos. O pouco com Deus é muito, costuma confortar Noemi, Ele sempre faz o melhor por nós. Não vê agora? Estava tão aflita — meu Deus, o que terá acontecido com meu marido que chega assim carregado de ódio?, lá fora dá tanta desgraça. De vez em quando tem um metendo a faca no outro, Amantino podia ter-se esquentado com alguém... Meu Deus não quis que fosse isso, foi só uma rifa que ele não ganhou, ganhou o João Cipriano, paciência.

— O João Cipriano tem fé em Deus — ela fala, ingênua, meio sorrindo, meio brincando. Lembra que João Cipriano é da Irmandade do Sagrado Coração, não tem vergonha de cantar alto nos terços e nas missas.

— O João Cipriano é o João Cipriano, eu sou eu.

Noemi aponta o pano do Cristo com o coração vermelho: quer mais uma vez fazer sua doutrina, mas sente que hoje isso é tempo perdido, e baixa a mão. Amantino está ali como uma brasa que basta dar um sopro e se acende, tão cedo não vai se conformar com mais essa falta de sorte. Sempre foi um jogador de rifas, nunca teve a alegria de ganhar uma. E nunca andou tão perto como agora, mandou botar o número certo, tirou, perdeu, continua pensando: não é o demônio?

— Demônio! — volta a dizer alto.

— Amantino... um dia, Deus querendo...

É quando ele não se agüenta:

— Deus querendo, Deus querendo... Mulher, não chateia. Não basta o demônio em cima de mim?

É demais, até uma alma generosa e mansa como Noemi não pode aceitar isso. Ele endoidou. São palavras que um cristão diga, um marido que, mais um pouquinho, já vai ser pai? Noemi treme, não sabe se de ira, se de tristeza ou de medo. Vem-lhe à memória a figura tortuosa de Seu Nicácio humilhando Dona Águeda: Deus meu, o filho estará ficando como o pai? Não, não hás de permitir que assim seja, meu bom Pastor!

Os dois se calam, a lenha também se apaga, a noite chega de vez. Dos três bicos de luz que há na casa, dois estão acesos: no quarto, Noemi se encanta mais uma vez com as roupas do neném, menino ou menina, quem que sabe? Na cozinha, Amantino deita a cabeça nos braços cruzados sobre a mesa, de vez em quando ainda resmunga, dá socos de leve.

É um moço que tem disso: depois de gritar seus maus nomes, e de ficar tempo calado, volta a querer conversa. Noemi já sabe que é assim, não demora ele vem pacífico, passa-lhe a mão na barriga, minha bolinha, minha barrigona, a voz nada lembrando a que ainda há pouco se arrenegava daquele jeito. Só que hoje ele passou da conta, hoje bem que ele soube ofender. Nunca foi assim tão longe, Deus amado! Dizer que ela estava chateando, que já não basta o demônio...

Noemi se deita. E acontece, sim, o previsto, Amantino não demora e vem. Mas ela não cede, não se vira, não adianta agora fazer carinhos e beijar-lhe a nuca. O coração pergunta: tinhas de dizer aquilo, seu ingrato? Deus sabe que não é bem raiva o que está sentindo, é uma aflição fina que corta e golpeia, uma meditação dolorida, o que vai ser da nossa vida se ele pensa assim?, se ele me bota ao lado da mais detestada criatura?, a impressão que está tendo é de que nunca mais vai deixar de ser uma mulherzinha desprezada. Meu Deus, meu Deus, ele faz lembrar Seu Nicácio zombando de Dona Águeda.

— Noemi, fala comigo.

Não fala, e ele acaba dormindo. De manhã até pode ser que fale, não agora. Agora ela quer é rezar dobrado, pedir mais e mais a Deus pelo sossego dele, que não seja tão rebelde com as provações que Deus permite que a gente passe no mundo, se a vida já é trabalhosa mais trabalhosa ela fica vivida aos gritos, ai, meu Deus, fazei que ele entenda que acima de nós existe uma força que nos dá consolo. Agora ela só quer que ele durma e que os bichos do Mal não perturbem seu sono, que lhe seja de todo proveito a hora do descanso, longe da mina escura e molhada, dos perigos e da dureza de cada dia. De manhã vão conversar, sim. Dirá que foi melhor não terem falado à noite, antes de dormir, pois ele estava ainda tão agitado e ela ainda tão surpresa com o que ouviu. Dirá que o neném está quase nascendo — ninguém quer que ele viva numa casa cheia de rancores e gritos, quer? Imagine: um anjinho de Deus ser arrancado de seu sono por blasfêmias e urros sem controle... nem dá para imaginar, meu Deus bendito. Enquanto Amantino estiver botando o sapatão ou sua roupa de ganga, ou arrumando o lampião de carbureto, ou bebendo seu café preto, vai dizer-lhe que, mais do que nunca, é hora de paz: por nosso filho, Amantino!

A manhã chega, levantam.

— Tu não quis me escutar. Ficou chateada.

— Um pouco. Já passou.

— Eu sei, vais pedir de novo pra eu não chamar mais nome.

— Vou, sim. Por nosso filho que chega.

Amantino sente vergonha, quantas vezes já foi assim tratado como um menino teimoso? Vai de novo dizer que nunca mais põe na boca aquilo que ela não quer que ponha.

— Quando vier a vontade de gritar nome feio, chama por Deus, Amantino. Deus, Deus, me ajudai! É como eu faço. Pensa que às vezes também não sinto vontade de me revoltar com a vida?

Ele sabe que não é verdade, tem certeza que Noemi nunca sente vontade de dizer qualquer nome que não seja o nome de Deus, fala isso porque é boa de coração, quer que acredite que os dois são parecidos. Não são. No mundo dela, Deus está sempre presente; no dele, Deus é uma ausência, é bem o que pensa d'Ele, uma ausência, não sabe dizer isso com palavras, diz isso não falando em Deus, ela que fale pelos dois, fale, fale quanto quiser, nunca vai ser como o pai, às vezes pode até lembrar que é como o pai, longe disso, não é, a não ser nessas ocasiões em que se incomoda e grita. Noemi pode até ter medo que um dia ele fique mesmo como Seu Nicácio. Não, isso não tem perigo. O que tem é que não se acerta com a idéia dela de querer que chame por Deus, não se acostumou. Falta de fé, heresia? Não, acha apenas que Ele está longe, muito longe para ouvir sua miserável vozinha de operário. Se o Job, encarregado da mina dos Ruzza onde trabalha, já é grande diante dos seus homens, se o Ascensão, feitor da Companhia, é maior ainda, se o doutor Ismálio, que é o gerente e mora no Castelo, não tem o que ser mais importante e nem se sabe o que fazer quando ele chega perto, o que dizer então do Deus que fez tudo o que há no mundo, que sabe tudo e que manda em tudo?

Ela insiste:

— É tão fácil dizer: meu Deus, meu Deus...

— E adianta?

— Deus do céu, se adianta! Sem Ele não somos nada.

— E com Ele o que é que a gente é, mulher boba?

Ó meu Deus, que ofensa, que loucura! Será que ouvi mesmo ele dizer isso? Não me falte ânimo, meu bom Deus, para responder em vosso santíssimo nome.

— A gente é o quê, Noemi?

Ela se sente trêmula. Muito trêmula.

E então, cá neste enclave de carvão na raiz da Serra, na primeira hora de mais um dia de cheiros sulfurosos, braços tenazes e esperas angustiadas, acontece o inexplicável. Na mais precária das casinhas de tábua podre da rua Japuíba, dá-se o terrível, o que homem algum está preparado para ver.

— Deus, Deus! — clama Noemi. — Deus, Deus, livrai-nos do Mal, protegei-nos!

Amantino se assusta, sua mulher nunca falou tão alto, a voz é outra, aí fora devem estar ouvindo isso que já não soa como oração, é mais um chamado urgente.

— Noemi, estás gritando.

— Meu Senhor, meu Deus, cuidai de nossas vidas!

— Não grita assim.

— Deus amado, nossas vidas... nossas vidas Vos imploram...

— Noemi!

Ela está caindo, demônio, ela não está bem, ela está caindo, Amantino consegue segurá-la antes que vá ao chão com todo o seu peso, o que será isso? Os olhos estão revirados, à luz ainda fraca da manhã sobressai um rosto branco, uma brancura de quem vê alguma potestade espantosa, as mãos vacilam e são frias. Amantino não sabe o que fazer, sabe é que isso é grave, leva Noemi até a cama, dá-lhe correndo um pouco d'água do pote, depois vai à janela e grita a quem possa ouvir: socorro!

— Corram, corram, chamem Dona Palmira.

Tudo é corrida na manhã sufocante. Logo a criança está nascendo, Dona Palmira diz que é uma menina, ajudem Noemi, ajudem senão ela morre.

Fraqueza do coração, falou-se. Na última golfada de ar, ela ainda teve o nome de Deus na boca.

Amantino passou os seus muitos anos sem ela, achando que foi castigo. Tadinha, era Deus toda hora, toda hora,

53

por nossas vidas tão pequenas. Deus em vão, o nome sublime em vão, não está escrito que Ele não gosta? Tadinha, se incomodava tanto com as raivas dele...

*

Vou à casa de Tércio, que se casou com a filha que Noemi nem chegou a conhecer naquela manhã dolorosa. É ela quem me atende, chama-se Teresinha. Me diz que as fotografias deixadas pelo sogro Pedro Leal estão todas com um outro filho dele, o Nenzinho, morando hoje em Laguna. É uma caixa grande, ela lembra, o Guatá inteiro deve estar dentro dela. Não é má notícia. Quando passar por Laguna, na volta deste passeio, vou procurar Nenzinho, quero reencontrar na caixa muitas pessoas dos velhos tempos.

Pergunto a Teresinha se ela não tem ao menos uma fotografia do pai e da mãe. Digo que de Amantino conservo ainda a imagem, de Noemi é que não me ficou nenhum traço. Ela sai e volta com duas fotos. Uma de vovó Águeda, por quem foi criada. A outra dos pais no dia do casamento — uma foto bem gasta, vê-se que já foi vista muitas e muitas vezes. Os dois estão contentes, não estão? Teresinha se enternece. Sim, vê-se que é um casal em dia de festa, Noemi muito sorridente, Amantino um pouco menos, ele sempre foi assim meio sério. Na letrinha dela, atrás da fotografia, está o registro: "Eu e Amantino, 12 de junho de 1947 — Deus nos ajude."

3

O agrimensor
e seus ajudantes

O pai explicou que o homem alto, de roupa cáqui e botas de cano longo, que se via lá adiante com aqueles instrumentos esquisitos, era o agrimensor. Os dois que o acompanhavam eram seus ajudantes.

— Que é isso, agrimensor? — quis saber o menino.

— É um homem que mede as terras.

O menino fez uma viseira com a mão esquerda, concentrou-se primeiro nas três figuras, como se fosse possível descobrir dali mais do que já sabia: que eram três homens, um deles alto, de botas longas, roupa cáqui, o agrimensor, e os outros, comuns como todos os operários, seus ajudantes; com a mão direita, ficou alisando um dos dois revólveres que tinha na cintura. Depois, como que abrindo as folhas duma larga janela, expandiu o olhar, e o que alcançou com ele não era mais o terreno bruto, de barro escuro e pirita, infestado de mata-pasto e erva-grossa, que se desdobrava em barrancos atrás de sua casa, era sim a planície verde batida pelo tropel dos búfalos, cavalos, índios e valentões, sulcada pelas rodas das lentas carroças e apressadas diligências. Na vastidão a perder de vista, o apito e a fumaça branca do trem. Distância, muita poeira, índios pintados que nunca riam, histórias de coragem.

Em seguida, voltando a atenção para o ponto central, ele puxou o revólver que afagava e mirou-o no homem alto lá longe, não para atirar, ainda não, por enquanto era apenas um ajuste de pontaria, uma ação mais séria só depois que o pai respondesse a esta pergunta:

— Ele é do lado dos bandidos ou do mocinho?

O pai tossiu sua tosse rascante, em que havia anos de pó sobre pó até nos últimos alvéolos, e fez o que parecia um riso. Menino louco por faroeste o seu Abelzinho. Milhões de crianças e de adultos pelo mundo afora também deviam gostar de faroeste, mas seu filho garantidamente ficava entre os primeiros. Além dos dois revólveres de pindavuna que trazia, tinha em casa mais um rifle de galho de cabriúva, e, amarrado ao pé da escadinha da porta, obediente parceiro de tantas correrias, um cavalo, o único, o bem-amado, de cabo de vassoura, e ao qual dava o apropriado nome de Bem-bonito. Quando ia à matinê no domingo, saciava toda a fome de heroísmo que se tornara aflitiva durante a semana inteira e voltava de lá sempre com histórias que o pai ouvia como se estivesse ele também diante da tela.

Era um menino muito esperto e o pai se orgulhava disso. E, às vezes, era meio bobinho também. Outro dia, cismou de ter visto em carne e osso, na venda do João Horácio, um homem que havia trabalhado no último filme que foi ver. Engano teu, disse o pai. Não foi não, teimou Abelzinho. Ele, o dito homem, estava comprando fumo em rolo, sal, brim-pedra para calça, riscadinho de camisa, e trazia um revólver que era bem como os que aparecem no cinema. Revólver de verdade, dos grandes. Daqueles que com um tiro fazem um cavalo dar carambotas no chão. O pai riu e quis ser instrutivo, disse que esse homem só podia ser algum serrano de Bom Jardim ou de Urupema que veio fazer negócio cá embaixo, não estava cansado de ver os serranos? Sempre vinham armados de revólver. Ensinou que os filmes são feitos no estrangeiro, muito, muito longe daqui, e que os artistas não saem por aí se mostrando fora da tela, na venda do João Horácio ou em qualquer outro lugar. O menino insistiu: o homem era do filme, sim, era um companheiro do mocinho, um que sabia brigar e que também fazia uma porção de coisas engraçadas, só que no João Horácio ele estava sério, bem sério. Não tinha dúvida, era do filme. O pai não discutiu mais, viu que seu menino estava de fato bem maluquinho pelo faroeste, e tinha certeza de que isso passava, e, mesmo que não passasse, também não tinha importância.

Hoje, agora, de revólver rigorosamente apontado, firme na mira, ele queria saber se o agrimensor da Companhia era do lado dos bandidos ou do mocinho. Ora, que perguntinha um filho da gente faz, assim de repente. Mas o pai, que não queria ver seu menino arranjando tiroteio com o agrimensor e seus ajudantes, respondeu, com toda a firmeza:

— Ele é do lado do mocinho.

— Mesmo?

— Mesmo.

— Ah, bom.

— Pode baixar o revólver.

Abelzinho então baixou o revólver. E, sempre curioso, agora mais que isso, agora tomado de muita simpatia, continuou observando as inesperadas figuras humanas que, com vagarosa disciplina, se organizavam na acomodação dos tripés e dos aparelhos com que iam fazer as medições. Já o pai, fazendo de novo o que era uma tentativa de riso, desta vez um riso mais amargo, pensava no que tinha acabado de dizer, que o agrimensor e seus ajudantes estavam do lado do mocinho, quer dizer, das causas justas. Pensava na Companhia, nas terras dela que iam do Oratório até o pé da Serra, carvão e mais carvão, e nos que iam arrancar esse carvão, essa riqueza, e como de lá saíam, nuns poucos anos. Pensava nisso enquanto o menino desamarrava Bem-bonito e montava.

— Vou lá — disse o cavaleiro.

Pensava que o pai não concordasse. O pai concordou, só pediu que não fosse incomodar o agrimensor e seus ajudantes.

— Será que eles deixam eu ficar perto?

— Se não fizer nada errado, acho que deixam.

Então o menino conferiu bem seus dois revólveres, seus poderosos amigos e protetores da ordem, ajeitou um chapéu que devia ser branco e imponente, cravou as esporas no animal, gritou "eh ah!" o mais alto que pôde e zuniu na direção de onde os homens estavam. Quero-queros zangados voaram com a ventania de Bem-bonito. O pai sentiu que o filho ia muito orgulhoso, feliz de poder ir ver de perto os homens que mediam as terras do bem.

— Ele é do lado dos bandidos ou do mocinho? — ficou a voz do menino no rastro da disparada.

O pai tossiu, contraiu ainda mais o rosto já severo, escarrou preto na terra preta.

4

O aguateiro

John Wayne, foragido da lei, não escuta as súplicas que lhe faz a linda Gail Russell. Aqui você tem sossego, fique com a gente, ela diz, cheia de suavidade e promessa. E é verdade, ali ele tem sossego. Naquela família *quaker*, encontrou refúgio, e também o amor, mas sossego é coisa que ele quer mesmo é mais tarde, como um prêmio para depois da vingança que ainda tem pendente. Se fugiu dos inimigos, dias atrás, lá no povoado, e veio homiziar-se neste lugar, foi por momentânea salvação da pele, e por manha e artimanha, nunca por medo. Nos olhos e no riso de John Wayne há picardia, sarcasmo, ansiedade. Gail Russell não sabe com quem está lidando.

O que as mulheres da platéia desejam? Ora, o que as mulheres desejam... As mulheres desejam que o grandalhão encerre ali na verde fazendola o seu passado de tiros e correrias, se case com a mocinha no juiz e no pastor e tenham um monte de filhos. Ela é tão doce, o lugar tão belo e sereno, aquilo é uma sorte grande que caiu do céu nas mãos do aventureiro, que doidice é a dele de voltar ao destemperado mundo para brincar contra as regras e com a morte?

Pergunte-se aos homens o que acham disso aí e eles todos, até Seu João Cardoso, porteiro do cinema e capelão, por índole e por ofício um inimigo da violência, todos dirão que apóiam John Wayne na sua decisão de voltar à briga, querer paz agora é covardia, sua obrigação é ir lá fazer mais umas das suas. Imagine se John Wayne, com todo o seu tamanho, é de ficar acuado, encolhido num canto como um coelho.

Aos sábados, o cinema enche como a igreja nos domingos. A entrada é sempre baratinha, uma bondade que a Companhia faz para o povo se distrair, entrar um pouco na fantasia. No início das sessões é tocado um pedaço duma marcha de John Philip Sousa e no fim se sai ouvindo o sambinha que diz "Quero uma mulher que saiba lavar e cozinhar / e que de manhã cedo me acorde na hora de trabalhar". Os filmes preferidos são os de faroeste, sobretudo com o John Wayne, o Randolph Scott, o Gregory Peck trabalhando de mocinhos. Muito apreciados também são o John Ireland, o Lee Van Cleef, o Pedro Armendariz, o Ernest Borgnine de bandidos. As mocinhas são todas sempre bem-vindas, principalmente a Joanne Dru, a Linda Darnell, a Jane Russell, a Sarita Montiel, a Olivia De Havilland. Há operários que sabem o nome de todos os artistas e de todos os filmes; aí no fundo da terra, no fundo cá deste fundo do mundo, quantas vezes há movimentadas exaltações hollywoodianas!

O filme de hoje chama-se *O anjo e o bandido* e já vai quase pela metade. Do varandão do rancho, John Wayne avalia a planície — é chegada a hora de ir, não há mais o que conversar, seu sentimento de honra espuma nas veias, e a moça se deixa enlaçar com apreensão e esperança. Ao pé da escada, o cavalo pateia, como que ansioso para branquejar de poeira o horizonte. Suspiram as mulheres, ah, o tirano vai voltar mesmo para a vida bruta, e os homens o empurram, todos (até Seu João Cardoso) iriam com ele se por ele fossem chamados, se não para entrar na peleja terrível, ao menos para apreciar de perto a maestria dos tiros e dos sopapos. É sozinho que John Wayne vai, agora somente suas decididas passadas se ouvem, é quase silêncio no cinema. Homem e cavalo vão cumprir mais um momento de seu destino.

Pois bem agora, bem neste sagrado instante do filme, em que todas as expectativas se afinam, acontece o absolutamente inesperado: um vulto cá de baixo, do público, sobe na sua cadeira. É um vulto magro, quase um espectro a agredir na penumbra a concentração da platéia com este chamado estridente:

— Seu Ascensão!

Foi muito audível, alguém gritou por Seu Ascensão, não há nenhuma dúvida, mas a cada um parece um som do outro mundo, assustador intruso a forçar presença na sombra mística da sala: inconcebível como se alguém no meio de uma missa, quando todos oram diante do Santíssimo, se pusesse a gritar pela tia ou pela avó, ou por um conhecido, assim é no meio de um faroeste esse chamado por Seu Ascensão. Mas é tudo muito real, o grito já se repete, mais alto:

— Seu Ascensão! — e mais alto ainda: — Quero me acertar com o senhor!

Muitos já estão vendo que o homenzinho responsável pela cena é o Luquinhas. Uns até já adivinham a razão, o desmiolado escolheu bem agora para acertar com o feitor o complicado problema disciplinar que teve há alguns dias. A maioria, porém, não tem notícia de nada, o que acontece está muito esquisito. Se acertar com Ascensão? Ficam imaginando coisas. Safadezas. Passionalidades. Por aí afora. No meio de um filme, um sujeito miúdo e sem importância como Luquinhas dizer que quer se acertar com Ascensão, hum... será que Ascensão andou se engraçando com a mulher do rapaz e o rapaz está mordido de raiva e quer explicação? Quem duvida? Ascensão às vezes é meio arteiro.

Luquinhas gosta demais de faroeste. Sempre vem com a mulher, hoje veio sozinho. Chegou encolhido no seu blusão de pelúcia, normalmente ninguém já não daria a menor atenção ao seu mutismo, à sua cara enfezada; hoje, então, nem iam notar que ele existe, o pessoal queria mesmo era ver John Wayne espalhando tiro (os homens) e beijos (as mulheres). Luquinhas é um aguateiro da Mina

2, faz aquele serviço modesto e quase de criança que é ficar o dia inteiro esgotando a água que cai das paredes e do teto das galerias: aquilo de encher o vagonete e ir despejá-lo lá fora, encher o vagonete e ir despejá-lo lá fora, encher o vagonete e ir despejá-lo lá fora...

Ninguém notou que hoje ele sentou na última fila, perto da porta de saída, ele que nunca sentou ali, que é mais de ficar no meio da sala, mas quem algum dia se importou com o lugar onde Luquinhas costuma sentar, sozinho ou com a mulher, quando vai ao cinema ou seja lá aonde for? Ninguém perguntou por que Maria das Dores não veio: ela ou o menino estava doente? houve alguma briga entre os dois? bateu no tolo do Luquinhas algum ciúme da mulher que queria ver o John Wayne? Quem que ia se incomodar com isso? Numa noite assim, é Deus no céu e John Wayne cá na terra, Luquinhas gostou demais que nem olhassem para ele. O Paçoca, o Alexandre Estêvão e o Clécio, que são companheiros de mina, mal lhe deram um aceno de cabeça, nunca foi tão bom ser um cisco, o que mais queria mesmo era ficar no seu canto, e que o filme começasse logo. Ansiedade é que não faltava. Então, ele viu os tiroteios, a fuga de John Wayne para a fazendinha, a linda mulher pedindo paz e amor, o impetuoso caubói se apaixonando por ela e ao mesmo tempo falando em sair para a vingança, Luquinhas viu tudo isso meio embolado, sem acompanhar muito bem o enredo, pois o melhor de sua atenção e entendimento não estava na tela, estava era no seu ousado intento e no que carregava na cintura, debaixo do blusão. Todos de corpo e alma compenetrados no correr do filme, ninguém ia imaginar que ele mantivesse em mira o esguio feitor no seu lugar preferido, duas filas adiante, junto com Dona Corália e a filha, e, num repente, trepado na cadeira, o interpelasse com aquilo e viesse agora com mais isto:

— Parem o filme, quero falar com Seu Ascensão!

É espantoso: o mínimo arigó que, com uma lata, passa os dias tirando água da galeria, um serviço para quem não sabe fazer mais nada na vida, está aí querendo falar com Seu Ascensão no meio da sessão de sábado, cheia da primeira à última fila de cadeiras, e dá ordens de parar o filme. Sim, é extraordinário. E ele parece mesmo muito zangado e decidido, está até com a voz mais grossa, daqui a pouco vai estar quem sabe falando igual ao John Wayne.

— Já disse, parem!

É sério: voz e gestos dão o mais inequívoco sinal de nervosismo. O filme pára, a luz se acende. Ascensão conhece o moço, pois conhece todos os operários, todos, e sabe que até agora Luquinhas não tem sido mais que um magrelinho sem qualquer coragem maior na vida, se fez o que andou fazendo foi só por má-criação, molecagem, contudo é bom não facilitar, homens assim magrinhos e pálidos é que às vezes fazem os maiores estragos. A vida está cheia de exemplos e que Luquinhas não está em seu natural é evidente. Por isso Ascensão se põe já de pé, precisa cortar depressa e com jeito essa inesperada valentia. Faz de conta que nem desconfia do que se trata:

— Luquinhas, o que é isso? Não me nego a conversar com ninguém, mas isto é hora?

Já lhe haviam dito que Luquinhas estava inconformado com a suspensão que levou, quer porque quer que ela seja reconsiderada. Pelo que está vendo aí, o homenzinho ficou bem atrevido.

— O senhor me suspendeu quinze dias, tem que deixar eu trabalhar, sabe que eu preciso!

Todos os que tiveram conhecimento da suspensão acham que ela foi severa demais, é muito tempo um operário ficar quinze dias parado, sem ganho nenhum para dar de comer à família. Agora, a verdade também precisa ser dita: Luquinhas pediu aquele gancho. Foi muita, muita imprudência. Um rapaz em geral calado e ordeiro como ele fazer o que fez foi uma surpresa. Podia-se até esperar um gesto de tolerância de Seu Ascensão, um castigo mais leve, mas que chefe seria ele, num caso assim, se não agisse como agiu? Foi uma falta grave. Sendo bonzinho diante dela, não ia faltar gente para dizer que operário do Ascensão sujava como bem entendia a honra dos superiores e não acontecia nada. O que o Luquinhas fez não se faz. Pelo menos, não se faz em público, gabando-se aos quatro ventos de ter feito, aí é insulto.

Vejam o que deu na telha do insensato Luquinhas. Anteontem, quinta-feira, na boca da mina, ele, o Antônio Prazeres, o Clécio, o Joãozinho Isidro, o Alexandre Estêvão e o Paçoca tinham acabado de almoçar e, como de costume, iam ficar por ali papeando até dar a hora da nova pegada. E estavam começando esse recreio quando o mais quieto de todos, o quase sempre mudo Luquinhas, sem mais nem menos, falou: "Atenção, atenção, eu vou fazer um negócio." O pessoal espantou-se: todo dia, há uns três ou quatro anos, desde que começou a trabalhar aí embaixo, Luquinhas comia a sua marmita, se recostava depois no barranco, fechava os olhos e ficava escutando os outros, sem sim nem não sobre o que quer que fosse, ou então cochilava, se apagava mesmo, e agora, coisa mais estranha, não só falava alto como prometia que ia fazer um negócio. Que negócio? Parecia uma decisão refletida, algo que devia ser sério, pois não havia nenhum sinal de caçoada no que acabava de dizer. Não dava mesmo para esperar brincadeiras dum ser por natureza tão sem graça como o Luquinhas. Alguma malfeitoria comum, das que qualquer um pode fazer, até que sim, era possível que ele fizesse. Não há homem, seja lá quem for, que não faça uma esculhambação, querendo. Mas um negócio assim anunciado o que seria? Os cinco que ali estavam já iam ver. Sem pressa, Luquinhas tirou uma revista da bolsa onde trazia a marmita. Abriu-a em determinada página e pediu que cada um observasse o homem da fotografia maior. Quem era? Ora, já iam ver... Ninguém atinava com aquilo de aparecer com uma revista velha e de pedir que olhassem o sujeito grã-fino, em pose de artista de cinema, risonho, todo faceiro numa festa dos maiorais do Rio de Janeiro. Quem era? Luquinhas então explicou que estava um dia na venda do João Horácio quando o Odilon do Escritório, que tinha acabado de fazer umas compras, ficou folheando no balcão umas revistas que eram usadas para embrulho e, pelas tantas, comentou que o patrão de todos eles estava outra vez na revista, reparem aqui que pose! Luquinhas pediu para ver. Nunca tinha visto a foto do homem a quem os operários se referiam como a uma entidade, a um ser supremo nas nuvens, tão distante que era quase como se nem existisse. Então aquele é que mandava na vida de cada um deles? Dava uma ordem lá longe, no Rio de Janeiro, ali no Castelo o gerente recebia, depois passava para o Ascensão, o Ascensão passava para o chefe de turma, o chefe de turma passava para o mineiro. Se fosse o caso, o mineiro passava até ele, aguateiro Luquinhas, o que a bem dizer nunca acontecia, porque serviço de aguateiro é sempre o mesmo, enche o vagonete, vai despejar lá fora, enche o vagonete, vai despejar lá fora, nunca tem ordem nenhuma que mude. Era esse, então, o dono de todo o carvão, das casas, dos caminhões, dos troles e malés, das ferramentas, do cinema, das bicas d'água? Ele já veio umas duas vezes por aqui e Luquinhas nunca conseguiu vê-lo, estava as duas vezes trabalhando no fundo da mina e o doutor só chegou até a boca, vistoriou ligeiro, foi embora. Luquinhas disse que alguém, vendo no João Horácio a fotografia do homem assim todo alinhado, limpinho, se lembrou da galeria onde eles trabalham, queria ver ele fazendo uma vistoria lá dentro, agachadinho, a água até os joelhos. Bobagem. Não era coisa em que se pensasse, são das que nunca acontecem. O que Luquinhas sentiu foi uma incontida vontade de levar a fotografia para a das Dores ver. Só para ela saber como era importante aquele homem que longe, no Rio de Janeiro, vivia pensando neles, no trabalho deles, no que eles arrancavam de carvão por mês. Perguntou para o filho do João Horácio que estava atendendo no balcão se ele não lhe dava a revista. Ele deu. Luquinhas levou-a para casa, mostrou o homem para a das Dores, ela achou que era um homem muito bonito, por certo que disse isso com todo cuidado, sem desrespeitar Luquinhas, disse que era bonito como quem diz bonito para uma igreja ou um rio. E a revista ficou por ali, das Dores e ele voltaram a folheá-la outros dias, sempre se admirando com o mundo grande lá fora. Então, nesta semana, Luquinhas teve um problema que o chateou muito. A mãe veio perguntar se não tinha um dinheiro para emprestar até o dia de receber a pensão de viúva, estava precisando comprar uns remédios. Ele não tinha, como ia ter? Mas ficasse tranqüila. Foi até o Escritório, pensou num pequeno vale, por ser uma questão de saúde o Aldírio na certa arrumava. Não arrumou, estava cortado qualquer vale por ordem da gerência. É um problema de doença, Seu Aldírio! Não adiantou. Ordem da gerência. Ah, isso aporrinha. Dinheiro, dinheiro, homem sem dinheiro, violão sem corda, relógio sem ponteiro. Luquinhas ficou danado, muito pensativo. E a raiva é mesmo uma péssima companhia. Veio-lhe a decisão que nenhum operário ousou ter algum dia: a revista! Levou-a para a mina. Terminado o almoço, anunciou que ia fazer um negócio. Mostrou a revista, aberta na foto do poderoso homem, ela andou por todas as mãos, voltou às suas, ele ergueu-a no ar e então fez-se mais preciso: "Agora eu vou ali no mato, adivinhem com quê que eu vou me limpar!" Santo Deus, houve risos abafados, aquilo era uma enormidade, uma blasfêmia, uma injúria jamais vista. O que também tinha a sua graça, vindo de uma pessoinha tão insignificante como o Luquinhas. Houve umas tentativas de contê-lo na temerária intenção, tentativas tão frouxas que ele nem deve ter percebido, pois num instante já estava indo para o mato. Entre os amigos, ficou o assombro. Que sujeito mais doido varrido! O que seria do infeliz se a dita obra no mato chegasse ao conhecimento do pessoal lá em cima? Quando mostrou decisão na vida, que decisão! Bateu com a revista na perna como a dizer "vamos lá, grande Luquinhas!" e se foi. Antônio Prazeres, o mais velho dos cinco, ainda gritou "Luquinhas, seu maluco!", sem resultado. Pobre e ingênuo Luquinhas. Devia saber que para botar em prática uma novidade tão delicada o sujeito tem de contar com os bons olhos do destino. Maus olhos é que não faltam no mundo. Tudo teria acontecido sem maior problema, ficando o gesto de irreverência somente entre os leais amigos, se o tal destino, sempre sem muito amor com os pequenos, não resolvesse fazer a mais indesejável das criaturas aparecer àquela hora na boca da Mina 2: sim, Seu Ascensão em carne e osso, bem a tempo de ver e de ouvir, espertíssimo, agachado atrás de um malé vazio, toda a encenação desde o seu começo.

Ascensão gosta demais de tocaias, de vez em quando está pegando alguém matando serviço, tagarelando, falando mal da Companhia. É sorrateiro, quase nem adianta muito olhar para os lados para ver se ele vem, quando a turma se dá conta ele está ali perto, ninguém sabe como, um fantasmão comprido. Foi o que mais uma vez aconteceu. Só se deixou ver quando Luquinhas estava já indo para o mato, ignorando que ele tinha acabado de chegar. Ficou ali em silêncio, de mãos na cintura, prometendo com o cenho em fogo um exemplar castigo no malcriado, e todos o acompanharam na espera. Só se ouviam os passarinhos. Depois, um barulhinho de pés amassando de volta a capoeira. Luquinhas veio ainda se arrumando, a revista nas mãos, querendo botar no rosto o que seria um sorriso de missão cumprida. Que aterrorizada aparência, coitado, quando deu com os companheiros de pé, em semicírculo, cada um mais assustado que o outro, e, sobressaindo entre eles, a fera em pessoa. "Quinze dias de suspensão!", a fera gritou, virando de imediato as costas e saindo, sem dar ao condenado tempo para uma explicação que fosse. "Mas eu...", foi o máximo que Luquinhas disse. Infeliz. Não esperava aquilo, ficou grudado no chão. Os companheiros também. Nenhum deles tentou defendê-lo, quem ia se meter a advogado de tão lamentável causa diante de um juiz como Seu Ascensão? Luquinhas entendeu em que buraco acabava de cair, era uma condenação sumária, nem pensou em dizer aos amigos que foi uma brincadeira e que ia esperar deles alguma solidariedade, a cabeça zunia, o que via nas caras ainda assustadas era piedade, que encrenca foi arranjar de uma hora para outra o bobo do Luquinhas. Ah, não queria mesmo conversa. "Te agüenta, arigó besta", ficou pensando contra si próprio, "te agüenta, burro!" Pegou a bolsa da marmita, enfiou nela a malfadada revista. Os outros vieram silenciosamente bater nos seus ombros, ele teve vontade, sim, de dizer que tudo não passou mesmo duma bobagem, que é que adiantava?, não disse nada, foi embora.

Agora, a verdade é que Luquinhas não gosta mesmo do Ascensão, aquele arrogante. (Que diferentes ele e um outro feitor que houve, Seu Juquinha, tão bem lembrado que chega a ser nome de rua.) Ascensão acha-se o rei. Nas festas da igreja, mesmo descrente como é, tem sempre um lugar de honra. Então arrota grandeza, mostra que dá mais dinheiro que os outros quando passam a salva. Nos bailes do Primeiro de Maio, faz discurso, repete que a Companhia quer ver seus homens se divertindo. Dança no clube dos pretos, nenhum outro branco entra lá, só ele. No bar do Dal-Bó, se quer jogar sinuca e as três mesas estão ocupadas, alguém sempre tem a educação de lhe ceder o lugar. Quando questiona a posição de uma bola, ninguém lhe tira a razão. No cinema, sobretudo quando é um bom faroeste que está passando, é especialmente majestoso. Já aconteceu, em dia de faroeste, de não ter chegado na hora, por algum problema: então um mensageiro foi perguntar se vinha, ele mandou dizer que sim, já estava vindo, e a sessão teve início só depois que ele chegou e se acomodou. Faz tempo que Luquinhas abomina o poder e a glória do feitor. E se compreende. Há razões poderosas. Desde criança, ele ouve dizer que Seu Ascensão teve um caso com sua mãe, isso quando o pai ainda era vivo. Que o pai estava trabalhando na mina e Ascensão dava um jeito de parar na casa deles quando ia vistoriar alguma galeria dos lados do Lajeado. Luquinhas já ouviu até que é filho dele. Um dia, tinha uns dez anos, veio da escola muito chateado porque mais uma vez comentaram isso, então falou com a mãe, queria saber o que havia mesmo. Dona Délia jurou que era tudo uma mentira, o povo, meu filho, é mau, não respeita a gente. Luquinhas viu lágrimas descendo no rosto dela. Lágrimas de raiva por essas ruindades serem assim inventadas ou lágrimas de arrependimento e tristeza, o que seriam? O certo é que Ascensão sempre foi um homem meio abusado com mulher, um aproveitado já começando no jeito de olhar, um jeito que ele mantém, sem muita cerimônia. Dona Délia foi moça de presença, ainda conserva uma aparência agradável, Luquinhas muitas vezes até já fez este raciocínio: não, não é possível que Seu Ascensão, sendo como é, nunca tenha dado em cima da minha mãe, e quem garante que a coitadinha, diante da importância dele, não esmoreceu na sua virtude? Luquinhas combate essa reflexão ruim com uma outra que considera muito lógica: se o desgraçado nunca o ajudou em nada, se sempre o deixou na pior, se desde guri ele está naquilo de passar o dia inteiro tirando água da galeria, que pai ou que homem de sua mãe seria ele para nunca lhe dar uma ajuda, um servicinho melhor que fosse? Em vez disso, o que ainda faz? Dá suspensão de quinze dias por causa duma bobagem.

Te agüenta, Luquinhas, te agüenta — ele falou a si mesmo, vendo o feitor dar-lhe as costas. Mas logo se deixou picar pela raiva, agora mais do que nunca. Aquilo não podia acontecer. Não podia. Quinze dias! Nem disse a verdade para a mulher, preferiu inventar que deram uma folga na mina e que na segunda-feira já estaria de volta. Até lá aquilo se resolvia, tinha certeza. Não era possível: quinze dias! Uma desgraça. Mas será que se resolvia mesmo? Passou a noite de quinta-feira rolando na cama, não lhe saía da memória o rosto crispado do feitor, o dedo condenador, a rapidez com que se virou e se foi, tudo por causa duma bobiça, o homem lá no Rio de Janeiro, no vidão que tinha, ele ali num cafundó de Deus caçoando sem maldade com os amigos e duma hora para outra desaba um castigo desse porte, quinze dias sem o vale para o armazém, o que é que o nojento achava que ele era, o que a das Dores e o menino iam comer, brisa? O sono só veio de madrugada e Luquinhas se levantou eram mais de nove horas. Tomou seu café preto. Ficou na janela diante da rua vazia, pensando e pensando no que podia fazer. Nem respondeu ao aceno de Mané Brasil, que passava com seu caminhãozinho verde já carregando carvão para a caixa. Pensava e pensava. Bem sabia que a palavra do Ascensão é mais dura de enfrentar do que chão de mina. Ele diz sim e é sim, diz não e é não. Pode mudar? Pode: quando outra idéia mais conveniente lhe disser que isso é bom. Questão de força, poder, capricho. Coração? Que coração? Desde quando há coração em gente assim? Ou será que o sujeito, por mais que não preste, sempre tem alguma bondade, é só procurar que se encontra? Luquinhas pensava. E lhe veio uma luz: ir até a casa de Ascensão na hora do almoço. Ir lá pedir que revogasse o que fez, por que não? Todo mundo sempre pede seja lá o que for a alguém, até um rei faz isso, será que o merda do Ascensão nunca pede nada a ninguém? Claro que pede. Até rola no chão, se for preciso. Por que não ir pedir a ele? Então, ao meio-dia, Luquinhas foi. Bateu palmas, disse quem era, a mocinha foi lá dentro e voltou dizendo que Seu Ascensão não estava. Mentira, devia estar. Ele deixou dar duas horas e passou pelo Escritório, lá também deu-se o mesmo, disseram que não estava. Saiu e não o encontrou em lugar nenhum pela rua, a caminho de alguma vistoria. Nem à noite no bar, onde às vezes costumava jogar. Decidiu ir de novo até a casa dele — e a mocinha nem foi lá dentro, já disse ali mesmo que ele não tinha chegado ainda e talvez fosse demorar. Mentira. Luquinhas foi dormir danado. Atravessou a noite de sexta rolando de inconformidade, tinha de achar uma saída, que saída?, que saída?, será que havia saída?, o maldito não ia nunca deixar que ele se aproximasse para uma explicação, quanto mais dar o dito por não dito, quando cismava num assunto era aquilo, todo mundo sabia que era assim, se bem que ninguém nunca tomou a decisão de enfrentar o filho-da-puta, ao seu redor ou a seus pés sempre foi amém e mais amém, a pobreza aí é uma tropa de puxa-sacos, o canalha mexe com a mulher dos outros e ainda há quem ache isso bonito, não ajuda operário nenhum e é tratado sempre como se fosse um pai. Um dia vai encontrar um que não se conforma com o que ele faz e lhe dá a merecida lição. Esses pensamentos chegaram a deixar Luquinhas suado, até afastou as cobertas, e continuou pensando. Súbito, Maria das Dores dormindo seu sono cheio de cansaço, o menino seu sono de pluma no bercinho de caixote, Luquinhas engendrou o que ora bota em prática no meio do faroeste de John Wayne. Linda engendração. Perguntou-se: de que vale viver na covardia? Isso mesmo, de que vale viver na covardia, merdinha de gente? Um homem pode encarar mulher e filho recebendo pé na bunda sem nada responder? Não tem sido sempre pé na bunda o que vem do feitor? Mandão, orgulhoso nas ordens, duro quando tem que punir algum erro. Quem gosta disso? Ah, tem os que gostam, os que até acham que Ascensão é simplesmente um homem implacável que zela pelo cargo, e tem os que não gostam, Luquinhas é um deles, não tem por que gostar, o filho-da-puta sempre lhe fez cara feia, até parece que tem prazer em vê-lo patinhando na pobreza, a secar galerias com uma lata, água e lama todo dia, sempre isso, por um dinheirinho de nada, o futuro só doença, friagem nas pernas, reumatismo, e tem ainda o velho caso da mãe e, o pior de tudo, o comentário nojento de que ele, Luquinhas... imagine... ser filho desse... desse malvado que agora, por uma porcaria de nada, lhe dá meio mês de gancho, não, alguma coisa precisa fazer, pode ser que até vá piorar tudo, o que pensa pode não dar certo, mas isso vai dar, sabendo fazer direito vai dar. Tem confiança, vai dar. Ninguém até agora se dirigiu assim ao seu chefe, assim pública e taxativamente, sem preocupação com as boas formas de tratamento. E sem moleza: duro no duro, não é o que o maldito queria? É o que Luquinhas ia fazer, estava decidido. Se chegou, assim que teve a idéia, a sentir um calafrio de medo (seria capaz daquilo?), logo se encheu de orgulho: estava mesmo ficando muito bom de planos, hein, guri? Entrou a pensar em que lugar faria. Primeiro imaginou a igreja, no meio do terço de domingo, onde mais povo se reúne. Lembrou que Ascensão nem sempre vai à igreja, acabava acontecendo ele não ir e ia tudo água abaixo. Depois, igreja é lugar de respeito, por mais justo que seja o que se quer fazer nela, sempre sai barulho, igreja não quer barulho, quer paz. Não, não na igreja. E se for no cinema, na sessão de sábado, a mais concorrida? Isso sim era um lugar garantido, ainda mais que estava programado o faroeste com John Wayne, Ascensão na certa ia estar lá presente como todo mundo. John Wayne ganha até dos capuchinhos das Missões em matéria de chamar gente. Ia ser no cinema, pronto. E bem numa hora em que todo mundo estivesse preso na tela, subia na cadeira, gritava, dava aquele choque. Os assistentes não iam ficar contentes de ver o filme interrompido, mas iam logo entender sua causa, seu apelo de justiça, e, se não entendessem, azar, era ele e mais ninguém que estava para amargar uma suspensão de quinze dias.

O filme, pois, parou. Luquinhas está de pé na cadeira, chamando o feitor ao diálogo. Já disse o que pretende: a suspensão da sua suspensão, no seu entender ela foi um castigo injusto. E agora, velho Ascensão? Ele está dividido entre mostrar firmeza, gritar logo que Luquinhas desça dali e vá embora, não chateie os outros, e engambelá-lo com palavras que o acalmem, que o façam deixar para conversar amanhã, em lugar apropriado, sem que isso, de modo algum, signifique a possibilidade de qualquer mudança no que já está decidido. Suspenso ele foi, suspenso ficará, não adianta encenar choro nem ranger de dentes diante dos outros. Vai tentar uma fala persuasiva, num tom até brincalhão, quase de companheiro, se for preciso:

— A gente quer ver o filme, Luquinhas. Pára com isso.

Viu? O filho-da-puta falou como se ele fosse um gurizote que estivesse fazendo alguma arte, chateando os mais velhos. Já vai ver o que é que é arte, sim, arte muito séria.

— Aqui estão teus amigos, é uma hora de descanso e união, assunto de trabalho se resolve amanhã, não acha melhor?

Luquinhas abre a blusa. Ascensão prossegue:

— Bem agora que o John Wayne está indo se vingar, Luquinhas. Vamos, vamos continuar assistindo.

Luquinhas exibe o seu estranho cinturão. Do bolso saca algo que nem os que estão mais perto identificam. É um pequeno volume que pode ser tanta coisa. O que será?

— Que é que tu tens aí, rapaz? — pergunta Ascensão, receoso.

Alguém que está bem próximo grita:

— É dinamite, Seu Ascensão, dinamite!

A notícia corre pela sala: Luquinhas tem bananas de dinamite amarradas na cintura e uma na mão, Luquinhas quer matar Seu Ascensão, quer explodir o cinema, Luquinhas está louco! É um espalhamento, uma exclamação de terror em muitas bocas: sim, Luquinhas ficou louco!

Aí está a espantosa invenção do insano quando pensava ontem na janela. Certa vez, numa greve, operários de Criciúma enfrentaram a polícia armados com dinamite no corpo: quem disse que alguém mexeu neles e eles não foram ouvidos nas suas queixas? Luquinhas admirava os mineiros de Criciúma, eram organizados, tinham coragem. Quando soube que fizeram aquilo de se cobrir de explosivos, lamentou não estar lá também, pois devia ter sido mesmo um movimento e tanto. Vêm, vêm, decerto falaram eles com suas bombas, vêm se vocês querem saber como uma parede de carvão se arrebenta toda lá embaixo, vêm se vocês querem se arrebentar também. Foi muito falada a estratégia dos mineiros. Pois na janela de casa, remoendo a suspensão de quinze dias, Luquinhas lembrou-se do que os grevistas inventaram. Imaginou que, se fosse para um lugar bem cheio levando uma boa carga de dinamite no corpo e exigisse que Ascensão revogasse ali, na frente de todos, a sua malvada punição, bem que isso podia ter efeito. Ia haver grito, medo de uma mortandade, o feitor não teria coragem de desafiar um homem tomado pelo ódio e capaz de tudo. Tendo todos por testemunhas, acabaria dizendo: volta, volta na segunda-feira, vai tirar a tua água da mina, seu safado! Tudo tornaria às boas, as luzes se apagariam para John Wayne continuar sua história. Era o razoável projeto de Luquinhas. Dar um susto. Forçar uma atitude, um compromisso, um perdão. Simples. Um susto meio perigoso que tinha tudo para chegar ao que queria, que era o reconhecimento da injustiça, a revisão da pena. Ia pôr em prática, sim. Então visitou o primo Neno no paiol dos explosivos. Levou uma bolsa com umas compras miúdas para disfarçar, ficou ali papeando, na primeira distração do primo pegou quatro bananas da prateleira, meteu-as na bolsa, são as que tem agora aqui, três na cintura e uma na mão. O estouro das quatro bananas espalhadas acaba com este cinema e tudo o que tem dentro dele, não há John Wayne que segure. Com quatro bananas de dinamite quer ver se Ascensão vai ou não vai escutá-lo. Se vai ou não vai acabar com aquela maldade. Não vai? Tudo bem, acende uma banana, joga-a sem dó nem piedade no meio da sala, nisso já morrem uns quinze... Não vai mesmo? Joga outra. E outra. A última é para Ascensão, para Dona Corália, que está ali tão arregaladinha, para a filha e os que estão por perto. Joga mesmo, pensam que não? Está invocado, pouco importa que também morra ou que apodreça depois na cadeia. Interessa viver na covardia?

A notícia de que Luquinhas traz dinamite amarrada no corpo já correu por todo o cinema, o povo está agitado, não é para menos, todo mundo quer mais é sair dali, e o pior é que não dá, ele fecha o caminho da única porta que aqui se usa mesmo em movimentadas noites de faroeste, que é a porta de entrada (a de saída está trancada com cadeado, nunca se imaginou que pudesse um dia acontecer qualquer desgraça nesse até agora pacato cinema), e tudo fica muito perigoso, por isso o feitor sobe rápido numa cadeira e determina:

— Todo mundo parado, calma, calma!

Autoridade é autoridade. Seu Ascensão ordenou, todos obedecem. Se há alguém ali que tem a obrigação e o poder de dar fim ao problema, é ele. Luquinhas é operário da Companhia, o cinema é da Companhia, ele é feitor da Companhia. Isso precisa e vai acabar. O medo é geral. Já ninguém está lamentando a interrupção do filme, interessa a todos é o que vai ser feito com o Luquinhas, que se mantém impassível, a mão direita mostrando um dos poderosos petardos, a outra na cintura, com o blusão de pelúcia aberto deixando ver os demais.

— O que é que está havendo, homem de Deus? — volta-se Ascensão para ele, o mais amistoso e doce que pode.

— O senhor já sabe.

— Sei, é a suspensão.

— Não me conformo.

— Foi uma falta grave, tu sabe disso. Um desrespeito, um tapa na autoridade.

— Foi brincadeira.

— Uma ofensa.

— Só uma brincadeira. O senhor nem deixou eu falar, já foi suspendendo.

— Escutei tua conversa com os outros. Vi tu indo fazer aquilo no mato. Não tinha defesa. Tapa dado nem Deus tira.

— Tinha, tinha defesa. O senhor me dar quinze dias... não pode ser, não posso aceitar.

Ascensão sorri: o atrevido está dizendo que não pode aceitar a suspensão, como se uma suspensão coubesse a um operário aceitar ou não. Boa piada. Imagine todo mundo ficando assim, não posso aceitar esta suspensão, não gostei dela, não posso. Imagine. Ah, presidente Getúlio, os operários de hoje! Ascensão logo fica pensativo: um desregulado desses pode fazer besteira, é bom ir com prudência. Nunca se sabe o que passa pela cabeça de certas pessoas. O cachorro com mais cara de manso muitas vezes é o que mais morde. Quem nunca ouviu falar de gente bem calma, bem humilde, que, por algum motivo sem importância, fica toda fora de si, comete crimes horríveis que passam a ser falados por aí afora? Ano passado, em Urussanga, um homem cheio de ciúme não matou a mulher a machadadas e depois estrangulou os dois filhos? Ninguém dava nada por ele, era um sujeito pequenininho, fez tudo aquilo e três soldados suaram muito para amarrá-lo e levá-lo preso. A raiva faz muita desgraça, tem uma força danada, ninguém que brinque com ela. Já brinquei, hoje sou mais cuidadoso, vai pensando Ascensão. Esse aí, desgostoso com a suspensão, e ignorante como é, quem duvida que não vai cometer um desatino, sabe Deus uma porção de mortes, desgraça de se falar até no estrangeiro? É preciso calma. Calma, mas sem perder a rédea, bem entendido.

— Luquinhas, tu acha que aqui é lugar pra se discutir assunto de trabalho?

Luquinhas não responde, apenas levanta mais a mão com a dinamite. Ele, que é um homenzinho, assim de braço erguido e armado fica um colosso. Qualquer um fica, até Luquinhas. Levanta mais a mão e é o bastante para a platéia se mexer, se remexer, dizer oh, olhar com mais aflição ainda para os dois homens que se elevam sobre todos num duelo por enquanto sem violência, só com palavras e gestos, mas daí a pouco sabe-se lá que tragédia.

— Luquinhas, escuta: estou disposto a receber o amigo amanhã de manhã, no Escritório.

— Amigo, amigo...

— Ué, amigo, sim... A gente se senta, vou te mostrar que eu tinha mesmo que te dar a suspensão. O amigo sabe que errou, não sabe?

— Foi brincadeira, já disse.

— Tá, foi brincadeira, só que uma brincadeira que não podia ser feita. Foi uma ofensa muito séria. Nunca se ouviu falar que um empregado em qualquer lugar do mundo fizesse uma desfeita assim pro patrão, nunca, nem comunista.

Na platéia, todo mundo já está sabendo que tipo de ofensa foi essa que mereceu quinze dias de suspensão, cada um foi-se informando com o outro, até as moças com seus namorados comentam o ocorrido. Há os que estão sérios, os que estão rindo — um riso ligeiro, é verdade, porque há um evidente e enorme perigo no meio deles ali na sala. Ascensão circula os olhos, sente medo de que o pessoal simpatize com a causa de Luquinhas e se manifeste a seu favor, no mínimo para se livrar da ameaça que ele representa. Sim, é preciso dominar a situação, fazer o maluco descer da cadeira, entregar os explosivos, ir embora, e amanhã se vê o que pode ser feito, quem sabe até... sim, vá lá, quem sabe até reduzir um pouco a merda da suspensão, baixar para dez dias, uma coisa assim, dez dias de suspensão no lombo já machucam, agora o que não pode é isso ser decidido aqui, com a ameaça criminosa que ele faz. Só faltava o feitor ter de acertar um problema de disciplina dentro do cinema, no meio dum filme, diante de tantos subordinados, o Luquinhas dizendo quero isso e quero aquilo. Habilidade, não mais que habilidade, é o que o momento está pedindo. Assim:

— Luquinhas, passa amanhã no Escritório às nove horas, a gente conversa sem afobação, na paz. Vou estudar tudo com carinho. Palavra de honra.

As atenções correm para Luquinhas. Palavra, palavra, palavra enche barriga? Ele acha que não:

— Amanhã? Tem que ser agora.

A impaciência da voz deixa Ascensão irritado. O filho-da-putinha quer mesmo lhe dar trabalho. Em quase trinta anos de Companhia, é a primeira vez que um desacato assim lhe acontece. Fosse noutros tempos, quando tinha o sangue mais quente, dava logo um fecho na história: saía de onde estava, cabeça erguida, peito de homem aberto para o que desse e viesse, ia até o malcriado que ousava desafiar sua autoridade, dava três berros, isso já fazia o atrevimento murchar bastante, metia uns tabefes na cara, plaf plaf plaf, arrancava da cintura e da mão aquela merda toda, sempre com todo cuidado, é lógico, que dinamite nunca foi brincadeira, mas sem um pingo de hesitação ou receio, levava o traste até a porta e dava-lhe um pé na bunda, e pronto, mandava o Lili lá em cima recomeçar o faroeste. Até John Wayne ia bater palmas. Teria sido assim há alguns anos, o tempo modifica a nossa natureza, o sangue vai ficando mais manso, a cabeça pondera mais, o homem não fica tão arriscador, arriscar é sempre um perigo, mais próprio para moços a tudo dispostos, porque se é certo que se consegue derrubar alguém só com a cabeça erguida, o peito aberto e uma voz bem forte, também pode ser que não se consiga. A outra parte pode ter um estado de ânimo ainda mais resoluto e resistir, isso já aconteceu e é sempre muito feio quando acontece. Tudo às vezes é uma questão de ocasião. Como agora. É um momento delicado. O Luquinhas queimou-se mesmo, qualquer um vê isso, ele é um cisco de gente, mas um cisco de gente também briga e até mata, e pelo tonzinho de voz que está usando dá para sentir que não vai ceder. Acabou de dizer que não quer ir no Escritório amanhã, quer que tudo seja resolvido aqui hoje. E falou levantando mais uma vez o maldito braço. Ascensão insiste:

— Agora não dá, Luquinhas. Tens que entender. Tenho que ver os papéis, a tua ficha.

O aguateiro não quer saber:

— É só dizer que não tem mais suspensão. O pessoal aqui fica de testemunha. Volto segunda-feira pro serviço.

Ascensão tem vontade de perguntar: e se eu não tirar a suspensão, mocinho, o que vai acontecer mesmo? Mas é uma vontade que logo se desfaz, não é hora de provocações inúteis. É preciso ser realista, não ser cego. Luquinhas é o dono da situação, tem as bananas de dinamite.

— Luquinhas, repito que te dou minha palavra de honra que amanhã eu estudo o que se pode fazer. Chamo os homens que estavam lá naquele dia, eles devem estar aqui agora, mas o certo é irem todos lá no Escritório, pergunto bem como é que foi, eu vi como é que foi mas não custa ouvir a opinião deles, quem sabe a gente pode diminuir um pouco os quinze dias. Disposição não me falta.

— Tem que tirar tudo.

É, o caso está descambando para o ridículo. Ascensão se pergunta: será que, a esta altura, seja partindo para uma atitude de firmeza, com a manutenção da pena, seja com uma de tolerância, perdoando esse morrinhento insubordinado, será que qualquer que seja o caminho a tomar já não ficou comprometida sua autoridade? Se endurecer, tudo indica que o Luquinhas também endurece, e o perigo então é maior, o povo pressiona, pois não quer, e com toda a razão, correr riscos, afinal veio aqui para ver um faroeste na tela e não para levar tiros de dinamite — diante disso tudo o que restaria fazer? Se ceder agora, de vez, será a desmoralização — que deixem as minas sem feitor, o mundo sem quem mande e sem quem obedeça, viva a bagunça! Não vai faltar gente para amanhã mesmo levar ao conhecimento do gerente que ele, Ascensão, na Companhia desde os tempos do doutor Vetterli, ele que viu o Castelo ser levantado, e viu o Guatá nascer, ele que teve a honra (a honra, sim) de receber violenta repreensão do próprio Henrique Lage numa das visitas que ele fazia às minas, pois esse homem experimentado, vai haver quem diga, voltou atrás na justíssima penalidade dada a um arigó que praticou grave atentado à imagem e à honra da autoridade constituída. Bem que Ascensão ficaria grato se tivesse alguém que lhe desse um palpite agora, faz isso ou faz aquilo, e ele ponderaria, isso é melhor, não, melhor é isso, tem aí algum conselheiro? Não tem. Tem é que decidir sem demora — e a situação vai ficando bem encardida, pois quem está aí, já se vê, é mesmo um insensato disposto sabe Deus a cometer quantas mortes com sua demência. Ascensão vai vendo que uma suspensão pode virar um pesadelo em sua vida, tudo depende do que o filho-da-mãe que foi suspenso quiser fazer. Lá no fundo, bem no fundo aonde ninguém chega, está quase admitindo que, se tivesse imaginado o que a suspensão podia trazer de incomodação, não teria nunca suspendido o caco do Luquinhas.

Retoma, então, o tom conciliador:

— Escuta, escuta. O amigo acha que eu tenho que retirar a suspensão. Pode dizer por que que eu tenho que tirar a suspensão depois do que fez na mina? Vamos ver o que é que as pessoas aí vão achar, se agiu bem, se agiu mal. Se eu fui justo, se não fui. Conta, conta bem certinho pra nós.

Eis uma cartada matreira. Com sabido, sabido e meio. Ascensão tem certeza de que, se Luquinhas falar direito o que fez na mina, o povo vai achar que agiu errado e merecia mesmo um castigo. Não é possível que alguém vá apoiar o ato de indisciplina dele. Pode até achar que quinze dias foram demais, e aí ele até pode estudar um desconto, agora, que tem que haver suspensão, isso tem, e o próprio povo vai dizer isso na frente do moleque. Vamos ver o que ele vai contar.

Luquinhas medita alguns segundos e vem com outra proposta:

— O senhor que me suspendeu é que tem que dizer o que foi que eu fiz. Aí eu me defendo.

Ascensão não pode deixar de reconhecer: o merdinha filho da Délia é inteligente. Sempre o tomou por um tolo e, olha aí, é esperto. O pai, coitado, era bem burro, Ascensão até hoje não entende o que a bobalhona da Délia via nele, mas o filho até que é bem sabido. Depois da trapalhada na mina, veio com essas bananas de dinamite, uma maluquice que não deixa até de ser bem arrumadinha e está me jogando contra o povo; agora quer que eu é que conte a todos o que foi que ele fez. Muitos já sabem o que ele fez, mas não é bom, não é bom que seja eu que conte. Sei lá, a turma aí por uma desgraça fica meio revoltada... sei lá quantos vão até achar que ele fez bem, que um operário se revolta ganhando pouco e vendo o patrão em festas e revistas, e isso aqui pode virar uma manifestação contra a Companhia, já não digo uma manifestação aberta, não, eles não vão ter tanta coragem, mas acabam gritando a favor do Luquinhas, pedindo que a suspensão seja tornada sem efeito, e é claro que não se pode chegar a tal ponto, seria uma desmoralização. Vou cortar isso logo. Vou repetir, com boas palavras e também com toda a firmeza, que ele foi muito desrespeitoso com o doutor. Isso não é o bastante? Se não for, onde é que nós estamos, presidente Getúlio? Ascensão tenta, pois, ser persuasivo:

— Fazer aquilo com a fotografia do nosso patrão tu concorda que é errado? Quem faz isso tu concorda que merece uma punição?

— Concordo.

Concorda? Ele falou que concorda. Se concorda... ah, sim, sim, o que questiona é o tamanho da suspensão.

— Em nenhum lugar do mundo, Luquinhas, alguém que faz aquilo leva uma suspensão de quinze dias. Vai pra rua na hora e ainda tem processo na polícia, por ofensa a um superior. Mas a gente gosta de ti.

— Não fiz nada. Foi uma brincadeira.

— Brincadeira? Então não vi?

— Não viu.

— Vi, sim. Vi muito bem.

— Não viu.

Que raio é esse de que não viu? Ascensão viu, viu, escutou tudo, viu o moleque mostrando a revista, anunciando o que ia fazer, se dirigindo para o mato.

Luquinhas levanta bem a voz:

— Seu Ascensão, o Clécio, o Paçoca e o Alexandre Estêvão eu sei que estão aqui, não sei se o Joãozinho Isidro e o Antônio Prazeres também vieram. O senhor chama eles, faça o favor.

Que raio é esse agora de chamar os que estavam lá? Será que vão defender o Luquinhas? Ah, não vão ter coragem, isso eu duvido, duvido muito.

— Chamar eles pra quê, pra te defender? — Ascensão está tão certo de que isso é impossível quanto de que o filme que parou de passar é com John Wayne.

— Pra eu provar que não fiz nada.

Provar? Luquinhas fala tão seguro, alguma novidade o tramposo tramou, será que os cinco estão combinados com ele e vão inventar diante do povo que nada do que eu disse aconteceu, que eu, Ascensão, imaginei tudo isso só para castigar o rapaz ou que então foi uma alucinação, que eu Ascensão estou caducando? Diabo, eu vi tudo. Vamos lá:

— Clécio, Joãozinho Isidro, Antônio Prazeres, Paçoca, Alexandre Estêvão!

Apresentam-se quatro, Antônio Prazeres não veio. Eles estão com uma aparência ressabiada, olham para Ascensão como que pedindo que por favor não os imagine capazes de negar qualquer verdade, o fato aconteceu, eles viram, foi tão desagradável aquilo, tanto o fato em si como a suspensão que Luquinhas teve de receber, e olham para Luquinhas como que pedindo compreensão, ah, se ele soubesse como ficaram chateados e tristes, se pudessem defendê-lo já o teriam defendido, que culpa eles têm se o que houve é tão indefensável? Olham-se, o que é que Seu Ascensão está querendo mesmo com eles?

A platéia está excitada. Vieram ver um faroeste e é como se estivessem vendo um filme de julgamento, o momento agora é decisivo para que o perigo da dinamite seja afastado, Luquinhas demonstra firmeza, o que é que ele vai querer provar?

— E então? — quer saber Ascensão.

Luquinhas mete a mão esquerda por dentro da blusa de pelúcia, num gesto de quem vai sacar um objeto qualquer, mas é tão rápido que nem dá tempo para provocar maiores temores. A mão reaparece com uma revista velha. Diz:

— Então é o seguinte: o senhor manda que eles peguem esta revista.

Ascensão toma a revista, passa-a ao Clécio, que está a seu lado.

— Conhece essa revista? — pergunta Luquinhas.

— Acho que é a que tu levou na mina.

— Abre onde tem o papel marcando.

Clécio abre.

— Quem é que está aí na fotografia grande? Bem limpo, bem bonito. Diz pro Seu Ascensão e pra todo mundo.
— Luquinhas fala dando ênfase às palavras, sente que está golpeando Ascensão.

Clécio quase grita:

— É o doutor!

A revista passa para os outros três: sim, quem está na foto é o doutor, confirmam eles, também espantados. Está perfeito, igualzinho como viram lá na mina. Quer dizer, não aconteceu nada com ele.

— Dá pro Seu Ascensão — pede Luquinhas.

Será que o filho-da-puta não fez o que disse que ia fazer? Ou fez e arrumou outra revista igual, está aqui bobeando com a nossa cara, com a minha, principalmente? Ascensão olha e não tem dúvida: quem está na fotografia, muito elegante, como sempre, é o doutor.

— É ele, não é? — Luquinhas pergunta.

— Sim, é ele. Isso quer dizer que naquele dia tu ameaçou de fazer uma coisa e, na hora...

— Na hora eu pensei: que bobagem, é só uma fotografia, não vou fazer isso. Deixa eles achar que eu fiz, vivem me chamando de arigó frouxo.

— E por que tu não te defendeu?

— E o senhor deixou? Lá na mina, no Escritório, na sua casa?

Sim, no calor da indignação, Ascensão não permitiu defesa. Qualquer um puniria, qualquer chefe que respeita seus superiores, bem entendido.

— Eu quis falar. Não consegui — Luquinhas é enfático.

— Aí inventou de vir com dinamite aqui no cinema... Maluco. Que susto deu na gente. Passa na segunda lá no Escritório.

— O senhor tem que decidir é aqui.

— Decidir o quê? Não tem mais suspensão. Passa segunda no Escritório pra receber o vale. Me disseram que tu queria um vale...

O povo aliviado bate muitas palmas, Seu Ascensão é um homem compreensivo, engana-se quem pensa que ele não tem um bom coração. Ele também está aliviado. Quer dizer, brabo por dentro com o dramalhão que viveu, mas menos mal que o encrenqueirinho não tenha ido além da intenção, e provou isso trazendo ali a merda da revista, a merda da fotografia — epa, merda não, merda não, o doutor desculpe.

— Neno, estás aí, Neno? — ele grita. Neno é o bobalhão que deixou o Luquinhas tirar as quatro bananas do paiol dos explosivos. Neno aparece. — Pega aí a dinamite, dorminhoco. Vai guardar agora no depósito. Eu devia te suspender, dá graças a Deus que só vais perder o resto do filme. Anda, anda, tira esse perigo daqui.

Neno desarma Luquinhas sem problema.

— Lili, apaga a luz, recomeça o filme — grita Ascensão.

John Wayne reaparece. Faz um poeirão na estrada a caminho do povoado. Vai lá, vai lá, mostra que és homem, lhe diz alguém, vencedor, cheio de si na platéia.

5

Dia de pagamento

Alguém diz na rua:

— É aqui. O senhor pode ir entrando. Em dia de pagamento a porta fica sempre aberta. Começa às dez horas, vai até o último sair.

Quem entra é um indivíduo sem grandeza, meio encurvado, hesitante, um vulto que parece espantar-se diante da escassa luz que encontra, ele que vem da espaçosa noite estrelada.

O ambiente é mínimo: um banco onde três homens se entretêm fumando, conversando e rindo, outro banco por ora sem ninguém, uma mesa nua em que treme a lamparina de querosene — e mais o quê? Só mais uma cortina de chitão separando a saleta da cozinha, um quadro de santo na parede e um cheiro de muitos cheiros: carvão, fumaça, mofo, petróleo, aguardente e, hoje mais transbordante do que nunca, o perfume dela, baratíssimo. Mais nada. No alto, telhas que não impedem a passagem do frio que vem da Serra; no chão, tábuas que uma poeira preta trazida por muitos sapatos foi encardindo com o tempo. É mesquinha, pois, a noite aqui dentro. Até para esses homens acostumados com a estreiteza e o sufoco de suas galerias de trabalho, a noite aqui dentro é um quadrilátero torpe, toda a alegria é só uma meia alegria. Mas o homem estranho, seja ele quem for, que se ajeite e perca esse ar de quem não gostou do que está vendo, certo? Entre na fila, se abanque. E é o que ele faz. Com um gesto vago para os três homens presentes, quase um pedido de licença, senta no banco vazio defronte do deles.

— Quem será? — pergunta com os olhos Zezé Machadinho a Silvério Alves.

Silvério Alves sacode os ombros, pouco está se importando com o resto do mundo, o resto do mundo que se lixe, o que ele quer é que o negro Casimiro, que está aí dentro, acabe logo com a função dele, lhe dê a vez de ir com Zidália. Não faz quinze minutos que Casimiro entrou e é preciso ir gritando com ele desde já: se ninguém der uns berros, fica aí até de madrugada, pensam que não? Eta negro bem exibido. Razão tinham os bugres do tempo do meu avô, lá no Rio Chapéu, lembra Silvério Alves: quando pegavam um preto, ficavam esfregando, esfregando, tiravam o couro dele pra fazer ele branquear.

— Anda com isso, fundo de panela!

Casimiro não se abala, se chegou antes, se sempre chega antes, os outros que esperem. Os apressados e incomodados que se retirem.

— Te acelera, negro presepeiro!

Casimiro não se desconcentra, vai firme, todo floreado — o que um homem tem de fazer que faça com calma e capricho, é o que pensa. Mesmo que seja com Zidália, mesmo que fosse com uma cabra pesteada, para que correr, só porque tem mais gente aguardando? Um dia, estava tão demorado que a turma, cá na espera, se pôs a jogar água, pedra, pau, o diabo por cima do tabique. Uma zoeira. Casimiro ignorou tudo, saiu rindo, o puto, todo glorioso como se Zidália fosse uma princesa e não aquela sombrazinha de mulher, e ele, o Casimiro diarista da mina do Antônio Amândio, um príncipe de imenso poder.

— Ô picumã danado!

Aqui no banco, tirando Silvério Alves, que não vê chegar sua hora, a excitação por Zidália é abrandada por esta outra, a curiosidade pelo homem sentado ali na frente. Entre dentes, discretamente elevando o queixo, Zezé Machadinho diz a Nabor Guedes:

— Nunca vi.

Machadinho sabe que não fala nenhuma novidade: mesmo com tão ínfima luz, está claro que o recém-chegado à casa de Zidália é um forasteiro. Por aqui não há gato nem cachorro que não se conheça, todos se conhecem, até os menininhos que brincam nas valetas e barrancos a gente sabe de quem são filhos e quem são os padrinhos deles.

Às vezes, depois de alguma cachaçada nas vendas, os operários se desentendem, se esmurram, podem jogar cadeiras ou as bolsas de mantimento uns contra os outros, há casos de esfaqueamento e houve casos de morte, ainda assim são tão irmãos que se reconhecem até no escuro: o sujeito está na cama com a mulher, prestes já a dormir, na rua alguém tosse, ou passa batendo os passos no duro chão, ou assobia, e ele diz sem erro: é fulano.

— Nunca vi também — responde Nabor Guedes falando no mesmo sussurro.

Cabisbaixo, o estranho nem imagina que se fez assunto para essa conversinha cautelosa. Ele cruzou as pernas, tem as mãos com os dedos entrelaçados sobre um joelho, sua postura é de quem está mais numa igreja do que na casa de Zidália.

— Será um viajante? — propõe Machadinho.

Ficam lembrando que na pensão do Cacciatori às vezes pernoita algum vendedor de miudezas que veio fazer o comércio e atrasou-se. Esse aí vai ver ficou na vila, depois quis uma mulher para se distrair um pouco e alguém teve a delicadeza de dizer que havia a Zidália e trouxe-o até ela. Pelo caminho, veio perguntando e aprendendo: soube que ela é uma fêmea desvalida e velha, refúgio e consolação dos mais aflitos há uns dez anos, murcha como um figuinho seco (quem assim fala é Seu Ascensão, feitor da Companhia, impiedoso, em seu riso, com o mau gosto dos arigós), mas ela é a única na praça. Veio do Barro Branco ou do Rio Fiorita, não se sabe, desceu do ônibus com uma sacola de roupa e um rosto fechado em sofrimento e abandono. Procurou serviço, mas onde? Por uns dias, ficou de favor na garagem do ônibus do Germano Spricigo. Logo lhe arranjaram um casebrezinho perdido no caminho do Rio do Rastro e nele, sem escândalo, numa decisão que ninguém sabe o que custou ou não custou, deitou-se, deitou-se e vem vivendo. Não mata uma mosca. Mantém-se sempre às ordens. Como hoje. Ali estão os três e o desconhecido, e, como são ainda dez horas, mais gente não demora a sentar nestes lustrosos bancos de tantos dias de pagamento — o Amélio, o Celso Goleiro, o Mãozinha, o Louro, este último com um litro cheio debaixo do braço, pois é bom ir molhando a palavra enquanto a vez não chega. Há os habituais e os que vêm uma vez ou outra. O agrimensor e um de seus ajudantes chegaram a vir uma noite, não se entusiasmaram, foram embora logo. E há noites de excesso. Uma vez este cubículo acomodou nada menos de dez homens. Os empreiteiros deram um aumento, a alegria começou no bar do Dal-Bó, veio tumultuosa pelas ruelas ainda barrentas duma grande chuva e continuou aqui na Zidália, que teve horas muito pesadas e passou o outro dia num sono mais parecido com a morte.

— Sai, macaco Casimiro, sai ou não sai? — grita Silvério Alves, indo dar um soco na porta, que estremece.

O desconhecido levanta a cabeça, fica a impressão de que o barulho o incomoda. Do quartinho, entretanto, vem um resmungo grosso, pura provocação de Casimiro, para quem Silvério Alves é um bobalhão, um fiasquento cheio de grito e nervosismo. E que agora, então, anda ainda pior: a mulher teve filho na semana passada, o impedimento é longo, a carne é fraca, o juízo se exalta fácil. São ordens da natureza. Um homem que tira como ele dez vagonetes de carvão por dia e os braços, modéstia à parte, não sentem quase nada, poxa, é um homem de saúde. Silvério Alves não esconde: é uma droga isso de esperar, com a bunda presa neste banco, que o crioulo faça tudo à moda dele, sem pressa, sem consideração com os outros, desgraçado. E o certo é que um Silvério Alves nem era para estar aqui, seu corpo férreo não combina com o de Zidália, coisinha de gente, restinho de gente, o que precisava era ter um pouco de dinheiro para pegar o trem, descer a Tubarão e meter-se o dia inteiro na Mistura ou até mesmo no outro puteiro, de mais preço, o Bico Verde, isto é o que tinha de fazer. Seu Ascensão vive falando no Bico Verde, vai lá todo fim do mês, volta sempre com gabolices. Não perde a oportunidade de fazer desprezo, acaba ainda engolindo aquele riso. Um dia ele também, Silvério Alves, entra no Bico Verde e escolhe duas galegas. Quem arranca dez, doze vagonetes de pedra sem sentir nada o que não é capaz de fazer com duas galegas ou até três, quem duvida? Pode demorar, o seu dia chega, Santa Bárbara ainda há de me ajudar, pensa Silvério Alves. Por enquanto, vá lá, quem não tem galega fica com Zidália, que isso não demore tanto, ô diabo de vida pobre esta nossa! E ainda bem que ela existe: Zidália pacífica, Zidália baratinha como três cervejas, Zidália que, cá pra nós, nem enxerga direito o que recebe em paga. A lamparina dela fica num ângulo do quarto, em cima dum caixote. A luz é pálida, mortiça. Mas não é só Silvério Alves, não, o explorador. A turma toda espolia. Zezé Machadinho, Nabor Guedes, Amélio, Casimiro, Jorge Adriano, Celso Goleiro, Mãozinha, Louro, todo mundo engana Zidália. Ela quer cem? Ingênua Zidália, dona e escrava desse covil de machos também mal pagos: recebe um boró de cinqüenta do Righetto ou um de vinte do Bertussi. O dinheiro nesta terra é outro: cada senhor de mina inventa sua moeda, cada uma com sua cor, e na quase escuridão tudo é igual, à noite todos os borós encardidos valem o mesmo. Zidália nem confere. Depois, mal um vai saindo, outro já vai entrando. Em dia de pagamento os homens são ágeis, bebida e desejo apressam o sangue e Zidália mal consegue lavar-se um pouco na bacia esmaltada e os acompanha. Amanhã ela soma a féria da noite e pensa pela milésima vez· ah, homens malvados! ah, meus malvados irmãos! Pensam que ela fica triste com tanta trapaça? Que algum dia já se negou a algum dos impostores? Qual, são todos também, ela sabe, uns pobrezinhos de Deus, também eles vivem sendo trepados a vida inteira. Por que deixariam de se aproveitar de mim, fraca Zidália, eu com meus restos de corpo e esta minha precisão de vida e comida, este gosto de sempre ter minha latinha de pó-de-arroz Lady e meu vidro de extrato Dirce. Então, que Santa Bárbara ilumine essa cambada que vem repartir uns trocados com esta velha que não sabe nada do mundo, só sabe ficar deitada e fingir alguns gemidos cúmplices. Santa Bárbara guarde Seu Casimiro, Seu Nabor Guedes, Seu Mãozinha, Seu Louro, Seu Amélio, Seu Jorge Adriano, Seu Celso, Seu Zezé Machadinho, tantos outros, e, ah, sim, ilumine e guarde Seu Silvério Alves, ah, moço sem alma que faz meus ossinhos estralarem e minhas pernas quase se romperem do corpo, Santa Bárbara defenda do mal todos esses bichos que saem do fundo da terra e se lembram de vez em quando que eu também existo.

— Quem será ele? — está indagando ainda e sempre Zezé Machadinho.

Silvério Alves nem quer saber, inconformado com a lentidão de Casimiro, e Nabor Guedes conclui que aquele ali, com a cabeça baixa outra vez, não tem nenhum jeito de viajante, é um homem igual a eles, talhado na mesma rudeza e humildade, só tem que está mais triste e parece carregar um peso. Ele agora está acendendo um cigarro e no círculo de luz a face é feia e ansiosa.

Zezé Machadinho cochicha:

— Parece um doente. — Machadinho devia ter nascido mulher, é dado a esmiuçar coisas bem miúdas, pensa Nabor Guedes. — Tem cara de doente — repete um pouco alto, quase a ponto de ser ouvido pelo homem. Machadinho está imaginoso: de repente, jura que vê traços maus naquele rosto. Machadinho vai tendo um mau pensamento.

Casimiro enfim está saindo. Um riso na cara, o puto. Vem feliz, como se viesse da casa duma deusa:

— Entra, cavalo! — diz para Silvério Alves, que nem escuta, já está lá dentro, se tranca, ninguém ouse incomodá-lo, agora ela é toda sua. Casimiro traz no corpo um perfume que abafa o denso cheiro da sala e avisa que Zidália faz anos hoje — sim, gente, ela faz anos hoje! — e derramou meio vidro de extrato Dirce no corpo e meio vidro na cama, está até risonha. — Dia pra se ter consciência, pagar ela direito, seus vagabundos!

O desconhecido se põe de pé, vai à porta, faz menção de abri-la. Talvez para ir embora, arrependido. Talvez apenas para apreciar as estrelas enquanto espera. Está frio e ele fica por ali mesmo, impaciente. Zezé Machadinho não se sofre mais e anuncia sua última e mais aprofundada cogitação:

— É ele, é ele!

Ele? Que ele? Os outros não alcançam quem possa ser, Machadinho continua:

— É ele, ficou descornado e veio, lembrou que é aniversário dela.

Ah, sim, é ele.

Por dez anos, de vez em quando alguém perguntava naquele banco: o tal marido que a Zidália diz que a abandonou não aparecerá um dia? Lá onde estiver não chegarão notícias da vida que ele a obrigou a viver? Pois o estranho aí é ele, Zezé Machadinho tem certeza disso, Zezé Machadinho devia ser delegado.

Olha, escuta que grito! Sim, osso como que partindo e pernas se rompendo, é um grito longo de Zidália.

Silvério Alves escava brutamente, debaixo dele a mulherzinha não é flor, é rocha. Inesperado grito de Zidália.

O desconhecido corre então e põe-se a espancar a porta, está de tal forma insano que as tramelas saltam. Silvério é mesmo um bicho do fundo da terra. O desconhecido entra e tenta separar os dois corpos tão desiguais, mas Silvério Alves é um demônio aflito, prossegue. O homem olha em volta, arma-se então do caixote da bacia, vem bater com ela nas costas e na cabeça de Silvério, interrompe o ato, e Silvério, nem podia ser diferente, se irrita e se zanga, se defende com facilidade e depois, ele que é tão forte, castiga com raiva.

Duro castigo. Batido, mãos e pés amarrados com uma cinta, o visitante é um embrulho no fundo do quarto. Na meia-luz brilham os olhos de animal forçado.

É dia de pagamento.

Silvério Alves recomeça. Depois entrarão os outros. E Zidália vai fazer tudo para mostrar a eles — e ao outro que está aí jogado no canto — o quanto é forte no seu ofício.

6

Pontas que nem punhais

Valmirê Matias voltava, naquele sábado, da oficina onde estivera fazendo serviços extras, quando, na frente do bar do Lindolfo, recebeu o mais inesperado dos avisos: amanhã, depois da missa que vinha rezar na vila, o Monsenhor queria conversar com ele — sem falta, sublinhou bem Delírio Bratti, que é quem trazia a estranha convocação. Determinante convocação, pois todo mundo sabia que uma ordem do Monsenhor era uma ordem de Deus.

Do quanto Valmirê se espantou dizem as perguntas (breves e ansiosas) que ele se pôs a fazer, ele que pouco falava. "É mesmo comigo? o senhor tem certeza? não é engano? não será com outro?" Ninguém de sua retraída natureza e de sua pobre condição social podia esperar que algum dia, saltando do ônibus que chegava de Lauro Müller, Delírio Bratti, fabriqueiro e embaixador dos assuntos administrativos da capela do Guatá junto à paróquia, fosse pará-lo na rua para lhe comunicar tal desejo do Monsenhor. "Sim, é contigo. Existe por aqui outro Valmirê Matias? Amanhã sem falta, depois da missa, foi o que ele mandou dizer." Valmirê ainda quis saber: "Ele disse o que é?" Delírio achou graça: ora se o Monsenhor ia algum dia dizer a ele o que tinha para falar com um paroquiano. Valmirê não compreendia: "Me chamar! Ele nem sabe que eu existo." Delírio deu fim àquilo: "Claro que sabe, se não soubesse ia mandar dizer que amanhã quer falar contigo, sem falta, depois da missa?" — e Valmirê continuou aturdido, meio sem atinar com o rumo de casa.

A informação é de que ele ficara a tarde toda na oficina fazendo hora extra. Já no outro sábado tinha sido assim, almoçou e foi pra lá, quando voltou já escurecia. Betina bem imaginava que tenebrosas horas extras deviam ser... "Me salve, Monsenhor", ela passara mais aquele dia rezando. "Se Deus quiser, amanhã o Monsenhor fala com ele...", repetia. E então aconteceu mesmo: Valmirê chegou em casa com um aspecto ainda mais sombrio que o seu natural, e ela teve a sensação, ou mais que isso, a certeza de que a tão implorada salvação se aproximava: amanhã, conforme prometera, o Monsenhor ia, sim, conversar com seu marido, e a aparência dele era bem a de quem tinha sido avisado disso. Cinco anos de convivência deram a Betina o inteiro domínio das variações do jeito de seu marido: do quieto para o muito quieto, do muito quieto para o quase sinistro, do quase sinistro para o sinistro — me salve, me salve, meu bondoso Monsenhor, ele che-

106

gou tão feio, num silêncio tão feio! Num relance, ela sentiu que havia um peso novo nos olhos dele, baixos como que procurando no chão algum ponto de luz. A testa mais vincada, uns movimentos erráticos, as crianças o procuraram e ele nem as viu, foi até o quarto, ficou lá um pouco, voltou para a cozinha, bebeu um copo d'água, foi para a sala, sentou-se na escadinha com os cotovelos nas pernas e o rosto entre as mãos, veio para a cozinha outra vez e botou comida para o casal de canários, mas aquela cabeça, Betina bem sabia, não estava ligada em passarinhos, devia estar ligada, não tinha dúvida, era no que ela tanto esperara: o aviso do Monsenhor de que fosse falar com ele depois da missa. Monsenhor da minh'alma, santo de Deus, bem que ele cumpria a promessa, o recado foi dado, Valmirê vinha nervoso porque sabia que com o Monsenhor não se brincava, era homem duro contra todos os erros, fossem eles brigas, rancores, bebedeiras, bruxarias, desavenças de casal, velhacaria, desrespeito às autoridades, falta de fé, relaxamento com a igreja, falar com ele era endireitar-se na vida. Gente que tinha tudo para ser até assassino ouvia o Monsenhor e se transformava em cristão. Santo homem, amanhã haveria de ser um grande dia, mas até amanhã... ah! quanto tempo, quanto perigo ainda! O que podia andar pela cabeça de seu marido depois de ter recebido a mensagem do Monsenhor? E se agora ele se transtornasse duma vez, se não desse tempo para o Monsenhor consertar as perigosas idéias que ele, sim, sim, sim, que ele andava tendo? Betina sentiu que seu pavor tinha ainda muito a crescer até a hora da missa, amanhã. Um pavor que fazia o corpo doer, como uma surra dada em cima de outra surra.

O que antes foi medo, e que acabou se transformando no pavor de agora, começou numa tarde do mês passado, quando ela foi à casa duma vizinha pedir qualquer coisa emprestada e a sentiu meio diferente. O que havia? A vizinha quis esconder, acabou confessando: "Estão falando de ti. Uma barbaridade." Betina riu: barbaridade? credo, uma palavra assim até assusta, o que era? A vizinha completou, direto: "Estão falando de ti com o Ireno." Veio uma nuvem na cabeça, Betina sentou, senão caía. Meu Deus... "Quem que está falando?", quis saber. A amiga disse que ouviu o comentário meio por alto, só aquilo de que parecia que ela e o Ireno... Silêncio incômodo, em ambas um mal-estar, mas Betina logo sentiu que era preciso explicar, contar o sonho que teve, por certo era por causa dele que esses mexericos andavam ocorrendo. "Meu Deus, que gente ruim! Eu mal falei dum sonho que tive..." Explicou. Disse que havia sonhado com Ireno uma cena engraçada, os dois tomando banho juntos numa cachoeira — sonha-se cada besteira, que coisa. Cometeu a loucura de contar isso a três ou quatro mulheres na bica d'água, veja só no que deu, Virgem Santíssima. Ia imaginar que alguma delas fosse ser tão traidora? "Uma bobagem. E inventam isso..." A outra respondeu: "Pois é, tem tanta gente maldosa por aí." Havia frieza em suas palavras, Betina entendeu que o diz-que-diz-que não era pouco, devia estar já bem espalhado aí pelos quatro cantos. Então tremeu: e Valmirê? Até ele ia chegar quando? Ou já teria chegado? Não, ainda não — por mais quieto que fosse, logo ia demonstrar qualquer mudança, e, até o momento, nenhuma havia, ao menos não parecia haver. Mas ia chegar até ele, fatalmente ia. E ali começou o medo de Betina, um medo que já vinha grande. Um medo que, em poucos dias, haveria de ficar medonho.

Saiu perdida. Foi embora com o sangue gelado, sem ver pedras no caminho, sem ver pessoas passando. Imagine a desgraça: Valmirê está na oficina trabalhando, chega alguém e lhe diz assim: eh, eh, amigo, é ruim o que vou contar, não sei se posso, acho que posso e que devo: estão falando que a tua mulher e o Ireno... Imagine. Valmirê, já triste e cismador sem motivo, o ódio que não ia sentir com tal notícia! Um ódio que nele ia ficar preso, amarrado lá dentro, o ódio pior de todos. Os quietos são os que mais se vingam, pois bem se diz que água parada é que é a mais perigosa. Betina veio para casa com a imagem desse Valmirê nos olhos, via-o parado, tenso na espera de explicações, ou quem sabe nem à espera de explicações, apenas de um choro de terror antes do necessário castigo. Ah, as explicações, sim, sim, ainda havia tempo para elas. Será que o melhor não era ter a coragem de logo enfrentar o assunto com ele, chegar com simplicidade, a voz bem clara, tudo bem definido na ponta da língua, e dizer: Valmirê, estão por aí inventando uma indecência, não acredita, eu te peço. E então, como se fosse contar um sonho bobo qualquer, contar o sonho sem pé nem cabeça que teve, depois a conversa com as nojentas na bica d'água e a baixeza que elas andavam fazendo. Traiçoeiras. Tudo mentira, Valmirê. Se alguém aparecesse repetindo aquilo, era para ele dizer que já estava tudo explicado, não existia nada, nada, não foi mais que um sonho que ela teve com o Ireno, coitado, o rapaz também estava inocente e as bruxas só querendo o mal dele e dela. Sim, devia falar, cortar tudo pela raiz, mas Betina não falou. Seu medo variava: Valmirê podia pensar que ela estava era de esperteza, que se adiantava com aquela história de sonho para se fazer de inocente, e mesmo que tivesse sonhado, quem ia acreditar que uma mulher direita sonha que toma banho de cachoeira com um homem sem ter estado ou estar de intimidade com ele ou pelo menos sem ter sentido vontade disso? Valmirê talvez nem dissesse nada, de nojo. Os olhos, sim, estariam gritando: ainda vem contar fantasias, sua puta? Betina nada falou. O medo. Mas devia ter falado, porque pior do que ia acabar ficando não podia ficar.

A partir do dia em que soube do boato, ela passou a cuidar de cada mínimo gesto de Valmirê. Era com apreensão que aguardava a chegada dele do serviço. Logo lhe examinava o olhar, o rosto, o movimento das mãos, até a respiração, conferia linha por linha se o seu habitual comportamento não havia mudado. Por uma semana, ele foi exatamente o mesmo que fora nos cinco anos de casado, um homem de pouca pergunta e pouca resposta, um ser encaramujado, viajante secreto sabe Deus por onde, sem entusiasmos, sem riso. Na tarde duma segunda-feira, porém, chegou diferente. Falando? Bem ao contrário, mais sisudo ainda. Betina pressentiu por delicadíssimos fluidos que havia uma novidade dentro dele. Será que lhe foram mesmo fazer o maldito comentário? Ah, dura face nunca tão amarga... Dessa vez ela se investiu de toda força possível, perguntou o que tinha, e dele nenhum som, nada, nada. Continuou perguntando (não era assim que agiria uma mulher inocente?) e admirou-se da própria coragem. Na verdade, uma coragem apenas exterior, porque dentro vivia o terror do que podia ter por resposta: fiquei sabendo, sua perdida, sua falsa, que tu e o Ireno... Mas resposta não vinha. E, no entanto, ele estava mudado, estava, e que razão, senão aquilo que por aí as pestes espalhavam, podia ser mais razão para alterar tanto assim um homem? Betina voltava então a refletir: por que não me encorajo agora e converso duma vez sobre o que estão dizendo? falo do sonho: sim, sim, Valmirê, não te falei do boato antes porque me apavorei, tive medo de não ser acreditada na minha explicação, tu podia achar que eu estava fantasiando pra dizer que sou inocente, eu sei que foi esse boato que te deixou assim como estás, e eu quero te dizer agora, Valmirê, que é mentira o que te falaram, eu tive um sonho bobo com o Ireno, isso aconteceu, mas foi um sonho, só um sonho, sei lá como é que entra na gente uma besteira dessas, e falei disso para umas nojentas, que bobice a minha, e elas saíram por aí inventando o que não podiam, foi o que houve, Valmirê, te juro pelas almas da minha

111

mãe e do meu pai. Te juro... Digo, não digo, Betina hesitou de novo. Ah, que atordoamento! E se falasse e o jeito dele de agora não tivesse nada a ver com o assunto, se ninguém lhe tivesse contado nada? Em que confusão giravam e se repetiam os pensamentos de Betina! Ocorria-lhe até uma indagação: quem disse que um boato desses não morre logo, nem chega perto do conhecimento do marido, que tudo não acaba ficando como se nunca tivesse acontecido? Quem disse que as pessoas não podem compreender que é mau, muito mau, irem perturbar um homem que está sozinho no seu canto? Indagação ingênua de Betina. O medo já provocava delírios, o poder perturbador que tem o medo. Betina enxugava um suor, ia ficar à espera do que Deus mandasse?

Desde o dia em que Valmirê chegou mais taciturno do que já era, os dois passaram a deitar-se e a dormir sem um boa-noite. Ele deitava e por fim dormia enredado em poderosas teias, as mesmas em que se enredara pelo dia todo; ela deitava e dormia ora envolvida em dúvida, ora na quase certeza de que ele já sabia de toda a maledicência, e levantava-se cansada. Tremiam-lhe as carnes a cada respiração, o coração falhava, vinha de momento a momento um vazio no estômago, e enquanto tudo era apenas uma certeza com dúvida e medo, não a certeza autenticamente certeza e pavor que estavam ainda por vir, ela cercava de todo cuidado aquele Valmirê nunca de feições tão rudes, nunca tão mergulhado em si mesmo. Dizia-lhe ainda alguma palavra, perguntava-lhe se queria isso ou aquilo, deixava bem entendido que não se conformava com a penosa distância que estava havendo entre ambos. Dava-lhe uma atenção que era contida, por força do isolamento dele, e era também carinhosa: quando ele chegava do serviço a bacia estava pronta para se lavar, a mesa arrumada com o café, a roupa limpa em cima da cama para ele sair e dar uma volta, se quisesse. Dias sofridos, embora em certos momentos ela ainda tivesse a esperança de que tudo ia acabar bem. Chegou a pensar num Valmirê subitamente conversador: que bom vai ser se hoje ele chegar do serviço e me disser: Betina, fiquei assim chateado, tão mais esquisito do que sempre fui, porque Fulano veio com uma história que me deixou muito revoltado, que tu e o Ireno... que tu e o Ireno... que maluquice... então fiquei muito brabo, muito brabo mesmo, quase me veio a vontade de procurar e matar o desgraçado que inventou isso, aí me controlei, sei muito bem quem tu és, isso basta. Betina, no redemoinho do medo, tinha pensamentos assim felizes e tolos.

Vimos que, no sábado em que Delírio Bratti deu o recado do Monsenhor, Valmirê chegou em casa, ficou um tempo desnorteado, nem quis saber das crianças, foi para o quarto, do quarto foi para a cozinha, da cozinha foi para a sala, deu comida aos passarinhos, sentou-se, levantou-se, depois se lavou, trocou de roupa, nem tomou café, saiu como já fazia há dias: sem uma só palavra e um só gesto para Betina. Foi ver jogo de bola de pau no bar do Lindolfo e de sinuca no bar do Dal-Bó, procurou distrair-se, bebeu um trago e tentou alguma conversação com dois ou três conhecidos, mas nada lhe tirou da cabeça a intrigante novidade de que o Monsenhor queria falar com ele amanhã, depois da missa. Sem nenhuma possibilidade de deixar de ir, dava-lhe um calafrio no corpo pensar na hora em que tal encontro fosse acontecer. Como seria, seria por quanto tempo, o que ocorreria nele? Até agora, aproximava-se do Monsenhor só para se confessar, não mais que umas duas vezes por ano, com aquela grade entre os dois tornando-o ainda mais anônimo, e só para comungar, não mais que uma boca qualquer entre tantas bocas recebendo a hóstia. A simples idéia de ser por ele questionado, de ficar, por pouco tempo que fosse, sob a pressão de seu olhar e de seu verbo de censor, era de preocupar qualquer um, quanto mais um tímido como Valmirê. Nem o gerente da Companhia, nem (se vivos fossem) o poderoso Henrique Lage ou o Visconde de Barbacena, nem mesmo o presidente Getúlio lhe causariam um temor maior. Devia ser assim com todo mundo. Em dia de missa, a manhã toda era do Monsenhor. Mal o carrinho Opel (com motorista usando gravata) que os paroquianos deram a ele de presente de aniversário aparecia na curva do Doneda, seu litúrgico império se instalava. Era como se Deus viesse junto, viesse nele. Quantos poderes e fazeres? Perdoava pecados, corrigia bebedores de cachaça, praticantes de bruxaria, escravos da jogatina, brigadores de faca e de canivete, putanheiros que, nos dias de pagamento, estavam metidos na casinha da Zidália, comedores de cabritas pelos morros e pelos eucaliptos. Quanto estudo que um homem assim precisou fazer para se preparar e vir consertar o mundo. Pois esse homem... pois, de repente, uma criatura mínima cá de baixo, Valmirê Matias, alguém que nem falar não falava, era chamado por esse homem para conversarem amanhã depois da missa, vai ver que até a portas trancadas. Para quê? Por quê? Era aterrador, as grossas mãos suavam frio. Com que voz e com que palavras haveria de responder ao que ele acaso lhe perguntasse? Ah, se pudesse, não aparecia, mas quem ousaria contrariar tal ordem? O que podia acontecer a quem fizesse isso? O mínimo dos mínimos, decerto, ser excomungado pelo resto da vida. Valmirê voltou para casa e deitou-se logo. Ficou tempo acordado, encolhido no escuro da indagação maior: o que o Monsenhor quer comigo?

Será que Valmirê sabe ou desconfia que eu sei que o Monsenhor quer falar com ele amanhã, depois da missa? — angustiava-se Betina, em seu silêncio, em sua também demorada falta de sono.

Nas minas da Companhia, firmou-se um estribilho de trabalho: o pessoal costumava dizer "Eh, Valmirê!" quando uma camada muito dura de carvão pedia mais empenho do trabalhador e uma especial qualidade de sua ferramenta. Equivalia a um grito de guerra, guerreiro e sua lança crescendo diante do adversário para derrubá-lo, e também a um grito de comemoração diante dos destroços. Era uma homenagem a Valmirê, ausente dali, caladão em seu posto no galpão da ferraria, e ali presente com seu capricho, excelente apontador que era de picaretas, pás, cunhas, todo o instrumental de serviço. Na Companhia havia operários exemplares em seus ofícios: Silvério Alves e Ismênio Lopes na rafa e no desmonte, Nabor Guedes na furação de frente, Jorge Adriano na furação de teto, Amélio Filomeno certeiríssimo detonador, Zezé Tournier na carpintaria, Atanael Nascimento de eletricista. E Valmirê Matias na função em que era único e ótimo, apontador de ferramentas. Desde que assumiu o ofício não se via uma ponta rombuda, o mineiro lá no fundo da mina soltava o golpe e a picareta que batia era um raio espalhando pedras da pedra. "Eh, Valmirê!" — gritava-se como quem grita "Eta, mocinho bom no tiroteio!" Que diferença do modesto serviço prestado durante anos pelo Eduardinho! O Eduardinho, cego de um olho, deixava as ferramentas mais cegas do que ele, muito que os trabalhadores se queixavam disso. Tinha até graça: já se viu um homem com meia visão, quem sabe ruim também da que ainda tinha, cuidar de uma parte tão importante na vida de um mineiro, a sua ferramenta? Não tinha explicação tal descuido. Mas como tudo o que Eduardinho sabia fazer na vida era mal-apontar ferramentas, e como logo ia estar se aposentando, o pessoal reclamava e tolerava, ele tinha família grande para sustentar e era um bom sujeito, alegre, prestativo, compadre de muito operário. Agora, que depois dele viesse um apontador de qualidade, era o que todos mais queriam. E aconteceu um dia o melhor que podia acontecer: chegou de Grão-Pará, ou do Rio Fortuna, de um lugar desses, um rapaz magro, rosto comprido e de poucas palavras, à procura de trabalho. Valmirê Matias. Foi aqui, foi ali, descobriram que já havia tido experiência de ferreiro, deram-lhe então um lugar na ferraria. Pois o rapaz até parecia ter feito curso daquilo, agradou logo. Entrou de ajudante, esforçou-se, sempre calado e sem rir, o que não significava estar de mal ou de má vontade com ninguém, muito ao contrário, educação chegou ali e ficou, era dos que não mexem um pé sem pedir licença, tudo num jeito particular e respeitável de levar a vida, e assim cresceu na prática e na fama, de tal maneira que, quando Eduardinho se aposentou, ficou ele de encarregado das ferramentas. Nunca mais se viu picareta sem ponta.

Valmirê, repita-se o quanto for preciso para uma possível compreensão do que aqui se narra, não demonstrava qualquer sofrimento em ser como era, retraído, mais amigo do silêncio que de rodinhas e farras, sempre dando a impressão de viver mais para as profundezas de si mesmo do que para fora. E, se assim foi nos oito anos em que aqui morava, assim deve ter sido sempre: a voz baixa, os monossílabos, no máximo uma frase curtinha, só num absoluto estado de ansiedade dizia duas ou três frases em seguida, discreto de quase nem ser percebido. Trabalhador e inofensivo, desde os primeiros dias. Nunca uma briga, jogo só de brinquedo, beber só um gole ou dois para não fazer desfeita a quem oferecesse. Se ia a um baile, dançava pouco e sempre com a maior distinção. Enquanto solteiro, pagou pensão num puxado que o Eduardinho arrumou para ele atrás de casa. Gostava de ver um filme de faroeste. Mas seu maior divertimento mesmo era uma herança do pai e do avô: caçar. Uma ou duas vezes por mês, com algum amigo ou sozinho, passava o sábado e o domingo no mato, na boca da Serra. Arrumava um cavalo emprestado e ia. Era bom de mira com sua 28, vinha sempre com uma fiada de jacus, macucos e jacutingas, e também quatis e tatus que a família de Eduardinho comia pela semana toda. Se pudesse, passava a vida caçando, lá esquecia as vozes humanas, o barulho dos ferros. Nas tantas vezes que foi, nunca teve um acidente. Ou teve? Rigorosamente falando, será que não teve? Classificar Betina de acidente em sua vida será impróprio. Terá sido, não terá sido? Deus mesmo é que sabe. O fato é que, numa das caçadas, passando pelo Doze, conheceu Betina, filha de um colono. Parou o cavalo numa casa para arrumar um copo d'água e quem atendeu foi ela, risonha. Com seu pouco falar, pediu o que queria; ela logo compreendeu que estava diante de um homem quieto, fez também poucas perguntas. Não foi preciso mais que umas dez palavras e uns olhares para se entenderem. Acontece disso a toda hora. Então, outras vezes se encontraram ali mesmo, em outras caçadas; depois em festas na capela de São Rafael, e no namoro e no noivado, aí já todos os domingos. Casaram-se pela mão do Monsenhor, que não se lembrava mais disso, é claro, pois quanta gente o Monsenhor já não casou aí pelas capelas? Fazia cinco anos, tempo em que tiveram os dois filhos que Valmirê, ultimamente, em sua multiplicada solidão, até esquecia.

No sábado anterior àquele em que Valmirê recebeu o recado do Monsenhor, Ireno foi procurado em casa por seu amigo Jorginho Adriano. Solteiro, Ireno morava com a mãe viúva; não querendo que a velhinha pudesse de alguma forma ficar sabendo do teor da conversa, Jorginho chamou-o com a devida discrição para a rua. Ireno logo imaginou que o assunto só podia ser a dita falação sobre ele e Betina, já lhe haviam avisado que ela circulava. Mas era algo ainda mais sério, ele já ia saber. Jorginho foi dizendo que estava ali para fazer um alerta, cada um é senhor da sua cabeça e dos seus atos, era só um alerta que se sentia na obrigação de fazer: tomasse todo o cuidado com o Valmirê. "O que estão falando é mentira, não sei quem inventou isso!", reagiu o rapaz. Jorginho insistiu que ficasse prevenido, o zunzum podia cair no ouvido de Valmirê... se é que já não caiu, e... e então... então Ireno preocupou-se: "Será? Será que ele já...?" Jorginho bateu-lhe no ombro: "Te cuida, te cuida mesmo", não queria estar sendo precipitado, aquilo que ele e outros que passavam pela oficina estavam vendo podia não ser o que parecia ser, mas sabe como é... "O que é que vocês estão vendo?", Ireno perguntou, numa voz que saiu mais baixa.

Jorginho criava mistério, aquilo deixava-o nervoso, não gostava de mistério. O que é que estavam vendo?, queria saber isso já. Bem... Jorginho repetiu que podia ser uma impressão, todo mundo podia estar enganado, acontece é que o Valmirê vinha há uns quantos dias apontando uma picareta. "Uma? Que uma?" Aquilo era muito grave. "Que picareta?" Tudo bem, queria saber? Pois se queria saber, ia saber, sim, amigo que é amigo não esconde nada, arrenego do amigo que encobre meu perigo, não é como diz o ditado? Ficasse, pois, Ireno sabendo que Valmirê estava há dias apontando uma picareta que não era do serviço, era uma que estava lá num canto, fora de uso. Nas horas de folga, passou a se concentrar todo nela, a limpá-la, mais silencioso do que nunca. Botava-a no fogo, batia, batia, limava, limava, fazia isso uma hora por dia, e no sábado dizem que ainda ia lá bater e limar mais ainda, e a picareta já estava com duas pontas que mais pareciam dois punhais, coisa medonha. O pessoal, ciente do boato a respeito de Betina, não ousava questionar Valmirê sobre fazer tanta ponta numa mesma picareta, todos viam aquilo com desconfiança, medo, o homem deve estar de cabeça virada, trama sabe-se lá o quê, nunca se viu alguém ficar tão cismático, apontando e apontando uma determinada picareta que nem era mais do serviço. "É isso, é o que te falei, te cuida", concluiu Jorginho. Ia saindo, Ireno segurou-lhe o braço: "A Betina sabe dessa picareta?" Não, a Betina ainda não sabia. "Ela tem que saber... se prevenir... meu Deus, de repente, sem mais nem menos... que loucura ..."

Ainda no mesmo dia, Jorginho pediu que Alba, sua mulher, fosse informar Betina, com cuidado, do que as pessoas vinham vendo e desconfiando. Ela foi e contou tudo. "O quê? Valmirê? Uma picareta?" — era um só terror pela face. "Sim, sim... as duas pontas estão como dois punhais... meu Deus, Betina..."

Ireno se indagava e se respondia: quem sabe um encontro com Valmirê, loucura!, ir ao delegado, loucura!, ir embora dali, também loucura, trabalhar no quê lá fora um mineiro que não sabia fazer mais nada? Pensou em comunicar-se com Betina, ir até a casa dela, mas como, depois do falatório solto na rua? Dormiu pessimamente naquela noite, e também nas seguintes, passou a sentir-se olhado com piedade por todo mundo, era um homem com uma picareta de pontas agudíssimas balançando sobre a cabeça, tudo dependia de um movimento de braço, "eh, Valmirê!", e o que ia sobrar de seus miolos? Dias terríveis, um pior que o outro, a hora se aproximando, fosse ela qual fosse. Ah, povo falador, o poder que têm certas palavras ditas sem pensar... a bobagem de Betina contar o sonho... mulher tola, isso é sonho que se conte?

Betina viu um abismo engolir o abismo em que se encontrava: duas pontas já ensangüentadas vinham espicaçar-lhe o corpo, dez, vinte, cinqüenta golpes transformando-a numa lama de carne e sangue, Valmirê silencioso e a picareta com seu som macabro, ah, povo infeliz, tuas palavras matam...

Então, baixou uma abençoada luz, Betina teve a lembrança de procurar o Monsenhor. Claro, o Monsenhor: o homem da união, da conversão, da paz. Como não tinha pensado nele antes? Contava-lhe o sonho sem maldade — sim, Monsenhor, foi um sonho, juro pelas almas de minha mãe e de meu pai que não foi mais que um sonho. Contava-lhe a calúnia de que estavam sendo vítimas ela e um pobre rapaz sem malícia, a ruindade de certas pessoas em espalhar a mentira e em levá-la sem dó até os ouvidos de Valmirê, um homem bom que não diz uma palavra e não move um dedo contra ninguém. Contava-lhe a cólera muda e funda de Valmirê, golpeado em sua honra, o secreto preparo que vinha fazendo da sua arma, o crime que dia a dia mais se anunciava. Somente ele, o Monsenhor, seria capaz de conter a tragédia e restabelecer a verdade. O Monsenhor haveria de se condoer dos que sem culpa sofriam, chamaria Valmirê para dar a ele o seu testemunho de confiança — rapaz, tua mulher esteve aqui e derramou diante de mim toda a pureza de seu coração, ela te é fiel hoje como ontem e como será sempre, tens de confiar nela, Valmirê, como eu, Monsenhor, servo de Deus, confio; vai, filho, que a paz esteja em teu espírito, que o amor te guie, vai para tua mulher e teus filhos.

"Vai, filha, vou falar com teu marido, agora neste domingo, depois da missa que vou rezar no Guatá." Betina, receosa ao extremo, ponderou que, antes mesmo de chegar o domingo, Valmirê talvez fizesse o pior, mas o Monsenhor pôs-lhe a mão no ombro, sorriu, ela que fosse para sua casa com fé, Deus não haveria de permitir isso. Mandaria um recado a ele pelo Delírio Bratti. Com a graça de Deus, tudo haveria de se acertar.

Durante uns tempos houve gente invocando o nome de Valmirê como um santo. O Monsenhor precisou dizer que ele não era santo, que faziam mal os que se apegavam a ele querendo alguma graça. Tirassem aquilo da cabeça. Não podia de maneira alguma ser considerado um santo quem fez o que Valmirê fez.

O domingo veio e com ele a missa. Betina foi para a frente, não via a hora de a missa acabar. Valmirê ficou atrás, penava mais e mais a cada minuto que passava.

Por fim:

Ite, missa est, disse o Monsenhor. Entoaram o último cântico. A dispersão. Betina havia pensado em não ficar ali, o Monsenhor convocou foi Valmirê e não ela. Uma força maior manteve-a sentada, de modo que, num instante, estavam apenas os dois, marido e mulher, na capela. Delírio Bratti aproximou-se dela e disse:

— O Monsenhor mandou dizer que, se a senhora quisesse estar presente, seria bom.

Sim, sim, queria estar presente. Então Delírio Bratti foi até Valmirê e pediu que o acompanhasse, ia levá-lo até o Monsenhor.

Valmirê entrou na sacristia e nem se voltou para Betina, toda a sua torturada expectativa estava para aquele homem que, de costas para os dois, acabava de depor sobre a cômoda as vestes com que estivera na missa. Quando ele se virou, e em seu rosto vermelho havia uma expressão que tentava, sem maior êxito, ser um sorriso, Valmirê teve um tremor mais forte — fosse para o que fosse, a inquietante hora para a qual havia sido chamado enfim estava chegando.

— Sentem-se.

Os dois ocuparam o banco, o Monsenhor acomodou-se na cadeira que havia junto à mesinha. Ninguém mais senão os três, de porta fechada. O severo homem foi de imediato ao tema do encontro:

— Sua mulher esteve falando comigo.

Valmirê moveu a cabeça para ela. Com que pensamentos fazia isso? Não indagava, não se mostrava surpreso, olhava, era um olhar que parecia ultrapassá-la, perder-se na parede, na falta de sentido, ou no mistério.

— Ela está com muito medo.

Fixou-a. Betina estremeceu: não conseguia encontrar ódio nele, nem ódio e nem nada, era ainda a mesma falta de sentido, ou um mistério. O Monsenhor prossegiu:

— Ela me falou dos boatos — Valmirê agora fez um gesto diferente, baixou a cabeça. — Uns boatos muito maldosos. Há pessoas que não pensam no sofrimento que podem causar com suas palavras levianas. — Valmirê mantinha-se cabisbaixo, as mãos entrelaçadas sobre os joelhos. As palavras que ouvia será que o tocavam? O Monsenhor então disse: — Pode ficar certo: ela e o rapaz são inocentes.

Como pôde um homem experiente no trato com pessoas como era o Monsenhor conduzir o caso com tal precipitação? Na hora, Betina achou que estava tudo bem ele dizer aquilo assim direto, era o que havia mesmo pedido, que o Monsenhor chamasse Valmirê e dissesse a ele que tudo não passava de uma calúnia, que ela e o Ireno não fizeram nada do que o povo ruim estava comentando. Mas depois... depois da reação de Valmirê, Betina viu que o Monsenhor, coitado, na ânsia de ajudar, cometeu um grave erro. Valmirê transtornou-se ao ouvir aquilo. Levantou a cabeça, perdido entre os dois, ficou procurando palavras. Conseguiu dizer:

— Que rapaz? Inocentes? Do quê?

O Monsenhor deu-se conta do seu mau passo:

— Não te falaram nada?

— O quê?

Betina, por um momento, sentiu-se aliviada, aquilo significava que não havia projetos de vingança, que a dita picareta que Valmirê apontava não era para o que as pessoas pensavam. Logo, entretanto, veio o sobressalto. Valmirê, enfim, sabia agora que houve boatos sobre ela, e seu aspecto, ela bem via, não era mais o de antes, submisso, agora Valmirê estava de cabeça erguida voltada para o Monsenhor, que se mantinha à espera de um esclarecimento.

— Gente maldosa anda espalhando que sua mulher e um rapaz...

— Rapaz?

O Monsenhor como que pediu ajuda a Betina, ela disse:

— O Ireno. Inventaram que eu e ele... esses desalmados...

As mãos de Valmirê se torciam. O Monsenhor completou:

— Fala-se que você está preparando uma picareta. O povo tem medo que seja para alguma loucura...

Aconteceu então algo muito rápido: Valmirê levantou-se sem dizer palavra, correu para a porta, abriu-a.

— Valmirê! — gritou Betina, seguindo-o.

Ele saiu a toda pressa, não pela estradinha que leva do morro da igreja à vila e sim cortando caminho pelos barrancos. Aonde iria? Ah, sim, não havia muito o que pensar: ia para a oficina onde estava a dita picareta. Sim, não havia muito o que pensar. O Monsenhor chamou Delírio Bratti, mandou que avisasse a todo mundo que aquele rapaz devia ter ido para a oficina, corressem todos para lá! corressem depressa, depressa!

Gente na sua melhor roupa de missa pôs-se a correr em direção da oficina, eram umas duzentas pessoas, homens, mulheres, crianças.

Quando os primeiros chegaram, Betina à frente, já viram Valmirê na porta da ferraria, a picareta pousada no chão, segura pela mão esquerda. Aquele olhar. Aquele rosto fechado agora num quase sorriso, num quase choro. Aquele sinal-da-cruz que ele fazia.

— Valmirê! — gritou Betina.

A picareta subiu no ar, pontas terríveis. Desceu, uma das pontas enterrou-se fundo no barro preto. A outra parecia um raio de luz. Um punhal exposto.

— Valmirê! — gritaram outras vozes.

Ele não ouviu. Fez outro sinal-da-cruz enquanto se ajoelhava e se dobrava num forte impulso sobre o ferro. O punhal entrou e sua ponta rubra apareceu nas costas.

Durante uns tempos houve gente invocando o nome de Valmirê como o de um santo. O que ele fez não era obra de um santo, explicou o Monsenhor. Seria obra de quem mesmo? Quem que sabe?

7

Eles apenas saíram

O dia está lindo, nada de medo.

Rückert / música de Mahler

Eu muitas vezes penso que eles apenas saíram. Foram levar as marmitas e não tiveram vontade de ir para a escola, então saíram para um passeio pelos eucaliptos, por aqueles morros. Saíram por distração, travessura. Foram olhar nossas casas mais do alto e a Serra um pouquinho mais de perto, logo estarão de volta.

Dulcídia não conhece tristes cantares de outras terras, canções para outros meninos. O que sabe, com murmúrios e silêncios, é que os seus meninos apenas saíram. Estão por aí, pelos morros, nos eucaliptos.

"Eu muitas vezes penso que eles apenas saíram" é um verso que está no ar, voz instintiva que dá impulso à busca de Dulcídia para além da janela, lá onde há uma curva promissora, os olhinhos a perscrutar o veludoso passo dos milagres por trás da informe sombra da distância. É uma voz imperante dentro dela: dá ritmo ao seu tricô, ao seu rosário, ao mexer da colher na panelinha de guisado, subjaz num cântico antigo de igreja, eu confio em Nosso Senhor, com fé, esperança e amor, músicas assim. No reclinar da cabeça, no sono que vem chegando, nos entressonhos, no despertar, tudo em Dulcídia canta baixinho — bem baixinho, pois mais ninguém precisa ouvir — que os meninos apenas saíram para levar suas marmitas até a mina, distraíram-se num passeio, lá vão eles entre as verbenas que invadem o pasto ralo, bateu neles quem sabe uma curiosidade por ninhos e plantas, e isso toma algum tempo. Logo estarão em casa de novo.

Ela é precavida e generosa, tem sempre um pouco mais de comida nas suas latinhas de mantimento: são meninos cheios de apetite esses dois que vão chegar por aquela porta, barulhentos como dois cachorrinhos atrás duma bola. Nem a abraçarão direito — que importa isso? Chegam e se sentam no banco que ainda está aí, régia herança, quarenta e cinco anos tem esse banco de madeira forte, seu marido Salésio comprou-o quando os meninos gêmeos nasceram. Bem se lembra Dulcídia: que pobreza a deles, nem tinham banco, comiam sentados num caixote qualquer, e agora vinha a família, Deus quis que viessem os dois duma vez, e a comemoração do marido não foi ir tomar cerveja no bar do Dal-Bó, como era costume de tantos, foi mandar fazer o banco em que os dois molequinhos que saíram para levar as marmitas na mina (e que já voltam) se sentarão como se sentaram ontem. Eh, palavra profunda a palavra ontem. Como ontem, Dulcídia já os vê pedindo o arroz que ela sabe tão bem fazer, bastante daquele torresmo do Braço do Norte que o pai, recebido o vale da Companhia, comprava todo sábado na venda do Doneda e que ela ainda agora compra, amorosamente, sempre, sempre, pois eles gostam tanto.

Eram dois alegres marmiteiros. Seu Souvenir Luciano, bom vizinho, um dia tomou a liberdade de dizer: Dulcídia, teus meninos estão aí crescendo, tenho certeza que se vivo fosse o Salésio aceitava meu conselho: por que não arranjar umas marmitas pra eles levar pros mineiros? Não estudam de tarde? Estudam. Então dá tempo, a Mina 6 é aí perto, se for a do Lajeado também não fica longe, eles levam a marmita, voltam e vão estudar. É sempre um ganho, Dulcídia. Posso até te ajudar a encontrar freguês, lá na Mina 6 tem gente precisando duns meninos bem educados pra levar comida.

Seu Souvenir, bom homem, arrumou quem queria o serviço deles. Os meninos logo aprenderam a fazer aquilo. E iam bem, bem mesmo. Cada um com dois fregueses, de segunda a sexta-feira, um dinheirinho certo toda semana. Dulcídia lembra como se fosse hoje. João levava a marmita do Antônio Polucena e do Marcos Brida, José levava a do Pedro da Eva e do Zezé Machadinho. Ela dava almoço aos dois às onze horas, carregava bastante no feijão, não queria que, pelo meio do caminho, fossem mexer nas marmitas ou que ficassem de olho comprido enquanto os homens comiam. Todo dia, sem falta, fazia a mesma recomendação: vão direito, vão direito, hein! Juntos eles pegavam as marmitas, juntos iam, juntos voltavam.

Não houve uma queixa durante os seis meses em que trabalharam. Todo sábado, esperavam que os homens recebessem os seus vales, iam até eles, o pagamento não falhava nunca. Entregavam tudo a Dulcídia. Nos domingos, tinham com que comprar um picolé da Dona Pina, beber uma gasosa. Quase sempre também iam à matinê.

Ah, eu muitas vezes penso que eles apenas saíram para levar as marmitas, que logo estarão em casa de novo. É uma volta mais demorada essa que estão dando hoje. Deus me perdoe: o Salésio foi o homem que tive na vida, pai dos meus dois meninos, ele sofreu, morreu de pontada e me conformei. É, me conformei, porque ele tinha trinta anos, não é muita idade mas já pôde ver do que o mundo é feito. O que os meus meninos viram do mundo?

Olha, os meninos saíram e logo estarão de volta, veja que tarde bonita para chegarem na tropelia deles, sei que voltam com fome, faz tanto tempo que almoçaram. Comeram torresmo ensopado com batatinha, o José vivia me dizendo que a Bia do Marcos Brida fazia um torresmo ensopado com batatinha que devia ser muito saboroso, era uma tentação o cheiro que ia escapando da marmita pelo caminho. Fiz esse torresmo com batatinha e os dois saíram com as marmitas, eu vi, tão contentes.

O dia estava limpo, quente, a Serra transbordando de azul. Conta-se que foi Antônio Polucena quem disse, na boca da mina: vocês dois aí, seus merdinhas, vêm ver os meus cartuchos. Cartuchos de comer? Daqueles de amendoim com açúcar que João e José às vezes compravam na saída do terço, aos domingos? Não, não é hora de brincar. Eram cartuchos daqueles de explodir. Polucena não fez por mal, coitado, quis só se exibir um pouco com o seu trabalho, mostrar como é que um homem do carvão desmancha tanta pedra lá embaixo, uma bobagem.

Algum descuido, assim Deus quis. Alguma coisa deu a chispa, foi um clarão, um estrondo misturando Antônio Polucena e os meninos na massa escura. Nem deixaram Dulcídia ver, pregaram os caixõezinhos com os restos.

Ela aperta os olhos para ver melhor e os vê da janela — sim, são eles. Não são eles? A tarde que se põe parece um sonho.

Então, pois é, vamos fazer ligeiro a comida, vamos! Dulcídia já não sou: serei só uma sombra se não são eles que em tropelia vêm vindo.

8

Almoço no Castelo

Na pensão Olhando a Serra em que estou hospedado, vejo um folheto de propaganda do Castelo. A informação tem certa graça: o Castelo é hoje uma pousada. Não que o fato de uma mansão ou um palácio virar pousada seja em si algo depreciativo, pode ser até o contrário: quantas vezes é a oportunidade que ela ou ele tem de mostrar alguma nobreza d'alma antes de se acabar em pó como tudo neste mundo. No caso do Castelo, sinto que há um pouco de ironia em sua nova condição: então hoje o inacessível Castelo pede que a gente o visite, que qualquer um de nós vá sentir-se dono dele pelos dias que quiser, desde que faça a gentil contrapartida de algum dinheiro? É uma descoberta quase comovente. Ele escancara-nos sua intimidade, deixa-nos ver paredes e soalhos, louças e cristais com a cruz-de-malta que por vários anos foi a sagrada marca da Companhia, permite-nos experimentar o se-

nhorial refúgio dos que ficaram com os sonhos do Visconde de Barbacena, dormir onde dormiram seu fundador
Henrique Lage e a amada Gabriella, cantarolar onde aquela que foi (como dizem os entendidos) a mais festejada
Carmen de todos os tempos cantarolou árias e modinhas
sabe Deus despertando quantos desejos nos seus cortesãos
humildes, rememorar os zelos do doutor Vetterli, o suíço
da confiança máxima de Lage, homem sem brincadeira,
todo para o trabalho, trabalho e mais trabalho, provar a
sensação (tola, no caso) de dominar quilômetros do velho
Sertão dos Bugres, com a foz do Passa Dois aos pés, ali
que já foi Bom Retiro, Arraial da Mina, Minas dos Ingleses, apenas Minas, tudo isso agora, nas facilidades da lembrança, por uma diária que é (vejo no anúncio) até bem
módica. Sim, é quase comovente a liberalidade do tempo.
Quem te viu ontem...

Claro que não me passa pela cabeça a insensatez de
trocar pelo Castelo a minha pensãozinha, aberta há pouco
na rua Arataú, perto de onde meu tio Souvenir morava
com tia Santina, os filhos e seus galos de briga. Não me
vem hoje o sonho de outrora de ir lá conhecer os tantos
quartos, salas, escadarias, sótãos, alçapões, saídas secretas,
os estábulos de famosas vacas leiteiras, o pombal, a horta,
o parreiral do qual saía um vinho que até os visitantes mais
viajados diziam apreciar. A definitiva imagem que guardo
dele é de onipotência e isolamento, algum dinheiro que
eu jogasse com altivez no balcão da pousada que ele é hoje
não atenuaria em minha mente a sua sombra feudal,

dominadora. Seria um desdém inútil e afinal a pensãozinha Olhando a Serra é bem boa.

Agora, ir almoçar no Castelo, por que não? Diz o anúncio que há nele um restaurante aberto ao público em geral. Então me ocorre: que tal convidar Seu Américo Matos para almoçarmos lá? Seu Américo Matos foi amigo de meu pai, ele com o irmão gêmeo Danil foram dos primeiros moradores da vila, sabe tudo o que aconteceu por aqui desde os tempos de Henrique Lage, do doutor Vetterli e de quantos outros, com maior ou menor poder, mandaram na região; ainda ontem, no meu giro pela vila, encontrei-o forte nos oitenta e cinco anos, tão parecido com o que foi há cinqüenta que o reconheci sem dificuldade. Homem conservado. O gêmeo Danil é que não foi longe: motorista de caminhão, durante a Guerra teve de trabalhar num daqueles Volvo a gasogênio, a caldeira bem atrás do assento, um calor terrível, dizem que devido a isso é que ficou mal dos pulmões, não resistiu. Seu Américo se vinga da morte do irmão, continua firme e faceiro, conversador, cheio de memória, e seria uma boa companhia, entre outros motivos porque, ao falar agora do nosso almoço, me veio dos fundos da infância um caso bem digno de nota: o dia em que um ajudante de mineiro foi até o Castelo, ele, a mulher e os filhos, e lá foram recebidos com honras, um acontecimento ímpar do qual decorreram outros episódios também notáveis. Seu Américo há de me avivar bem o que houve. São ainda dez e meia, dentro de uma hora passo na casa dele, bastará dizer que vou almoçar no Castelo e que será um imenso prazer tê-lo em minha companhia. Estou certo de que vai ligeirinho pular no carro.

Revejo algumas anotações que trago comigo e que serão úteis para sentir melhor o ambiente onde Seu Américo e eu vamos almoçar:

Sobre Henrique Lage (1881-1941). Em 1861, o Visconde de Barbacena obteve do Imperador o direito de lavrar as minas de carvão descobertas no sul catarinense, na foz do rio Passa-dois. Somente em 1884, depois de construída a ferrovia Dona Teresa Cristina (com o braço, sobretudo, dos imigrantes italianos), e tendo a parceria de capitalistas ingleses, é que ele começou a exploração. Não teve sucesso, pois houve enchentes, a ferrovia em vários pontos foi avariada e o carvão extraído ficou sem escoamento, um carvão que, além do mais, continha muita pirita, o que demandava vultosas despesas de beneficiamento. Em 1887, a malograda empresa foi vendida à família Lage, do Rio de Janeiro, mas apenas em 1916, com Henrique no comando da empresa, os trabalhos de mineração foram retomados. Para a gerência local veio o engenheiro suíço Walter Vetterli. Foram anos de sucesso, o carvão teve extraordinária valorização entre as duas guerras e, não menos importante, Henrique Lage sabia administrar. Dinamizou os vastos negócios que tinha Brasil afora: fundou estaleiros, construiu portos, exportou café, produziu e refinou sal, explorou mármore, extraiu ferro, instalou altos-fornos, fabricou lonas, pregos e parafusos, trabalhou com borracha, carbureto e gás, fabricou aviões de treinamento, manteve escolas profissionais, hospitais, companhias de seguro, foi banqueiro, e arrancou carvão do subsolo catarinense. Acompanhava tudo e fez-se uma presença freqüente em Santa Catarina. Deixou fama de ser homem severo com os operários. Quando saía a cavalo para ver o andamento dos serviços, não se limitava a apenas gritar com os que fossem surpreendidos em alguma falta — há a tradição de que chegava mesmo a bater neles. "Dizia-se entre nós, à boca pequena, que ele chegara a matar, com um soco, um operário que trabalhava numa de suas ilhas no Rio de Janeiro", contou ao historiador padre Dall'Alba alguém que foi trabalhador dele na época. Outro disse: "Nervoso que nem uma cobra! Trabalhei com meu irmão no Castelo. Nunca estava satisfeito, nem conosco, nem com as ordens do doutor Vetterli". Era mesmo muito nervoso. Um homem contou: "Como não havia ainda estrada de rodagem entre Lauro Müller e Orleans, as pessoas andavam pelo leito da ferrovia. Os maquinistas vinham apitando nas curvas para prevenir acidentes. Um dia, passando a cavalo, Henrique Lage mandou parar o trem e quebrou o apito, pois já estava cansado daquilo." Brabo e sempre elegante, só andava de terno branco e gravata-borboleta. Quando vinha ver suas minas, um trenzinho especial o trazia do porto de Imbituba, que era seu, até Lauro Müller. Das suas maiores paixões, Gabriella era das primeiras, quem sabe mesmo a primeira.

Sobre Gabriella Besanzoni Lage (1888-1962). Famosa contralto italiana. Corria a lenda de que homens desmaiavam na platéia ao ouvi-la nas árias "Printemps qui commence" ou "Mon coeur s'ouvre à ta voix" de Dalila, tenores que cantavam com ela chegavam a passar mal, tão ardente era. Teve amantes fulgurantes, como Caruso e D'Annunzio. Por ela se apaixonou Henrique Lage, que a trouxe para o Rio de Janeiro e deu-lhe um parque inteiro dentro do qual ergueu uma mansão toda de mármores coloridos, servida por meia centena de empregados. Eram trinta jardineiros, quarenta automóveis, treze cachorros, cinco telefones, incontáveis jóias. Para se desenfastiar, Gabriella quis dar aulas de canto lírico; Henrique Lage arrendou o Teatro Municipal. Não era pouco o ciúme que sentia dela. Algumas vezes a trouxe em suas inspeções às minas de carvão.

Sobre o engenheiro suíço Walter Vetterli. Foi o grande braço de Henrique Lage na reativação das minas, à frente das quais permaneceu por mais de vinte e cinco anos. Não podia haver ninguém que mais do que ele se aproximasse das exigências do patrão — era enérgico, decidido, sempre vigilante. As dificuldades não foram poucas ao longo de seu comando, de modo mais persistente no período de 1929 a 1932, na grande depressão mundial. Enfrentou-as com criatividade. Para pagar os operários quando a crise era mais aguda, arrendava parte das terras da Companhia para os colonos: recebia milho como pagamento, vendia o milho e fazia dinheiro. Dirigiu a construção do Castelo, da igreja, das moradias para os engenheiros, tudo em estilo suíço. É lembrado como um homem severíssimo, carrasco mesmo. A anedota contada por um ex-mineiro ao historiador padre Dall'Alba é ilustrativa: "O doutor Vetterli vinha dirigindo seu automóvel, em visita que fazia aos diversos setores da Companhia. Um operário, decerto por ter-se retirado mais cedo do trabalho, evitou o encontro atirando-se num matagal para não ser visto. Quando saiu do mato, uma criança, que por ali passava com a mãe, comentou: 'Viu, mãe, o medo que o homem tem de automóvel?'" Duros também eram os profissionais europeus que Vetterli contratava. Um agrimensor alemão chamou de burro um operário que não estava acertando a tarefa; com raiva, o operário respondeu que burro era ele. O agrimensor decretou: "Eu burro, tu burro, doutor Vetterli não querer dois burros — tu rua."

Sobre o Castelo. Em 1917, logo depois de ter recomeçado a exploração das minas, Henrique Lage determinou ao doutor Vetterli dar início à construção do Castelo. Foram sete anos de trabalho. Todo em pedra talhada, destinava-se a receber o patrão e personalidades importantes, além de ser a moradia do gerente. Desde logo considerado um castelo, pretendia ser um símbolo de otimismo sobre os novos negócios. O que havia antes no morro que dominava a região era a casinha tosca de madeira ocupada por dois engenheiros ingleses. Agora surgia ali nada menos que o Castelo.

Seu Américo está de excelente humor e o dia é esplêndido. Maravilha. Setembro segura ainda umas cores de inverno já se misturando com as da primavera, o ar está de muita leveza. Uma tarde mais que propícia para quem quiser ver grandiosidades verdadeiras, como o mundo do alto da Serra, por exemplo; para ver o Castelo, não precisava tanto...

É a primeira vez que subo até ele. Sempre o vi de longe, uma entidade incorpórea, alegoria posta diante de nossos olhos mas não de nossas vontades. Havia curiosidade, sim, sobre como ele devia ser, nós das casinhas acanhadas falávamos de suas dimensões e seu luxo, das festas que lá aconteceram nos tempos de Henrique e Gabriella e que ainda aconteciam, não tão faustosas, sem dúvida. O que a memória guardava era não mais que um singelo sentimento de outro mundo. Quem tinha a pretensão de entrar nele? Falava-se de seus cães, que moleque ia algum dia pensar em invadi-lo?

Estaciono à sombra de velhos eucaliptos. Comento com Seu Américo o descomunal tamanho deles e se não terão sido quem sabe plantados pelo doutor Vetterli. "Ah, com toda a certeza", ele responde. Lembra que o engenheiro povoou o território sob a sua guarda com mais de três milhões de eucaliptos. Não é um número inventado, são mesmo três milhões. Quantos dormentes, escoras, barras, prumos, cruzetas, postes, trilhos, troles, vagonetes, cabos de ferramenta, casinhas e ranchos foram feitos com os eucaliptos do doutor Vetterli! Homem arrojado, garante Seu Américo. Um homem como ele hoje levantaria isso tudo aí. Seu Américo foi mineiro no Barro Branco, participou do famoso salvamento de operários presos na galeria-mestra Itapuã, inundada pelas chuvas e esvaziada graças a um furo aberto num morro para os lados do Rio Bonito, heroísmo de muitas mãos sob o comando do doutor Vetterli, que era homem de botar, sim, labaredas pelas ventas, ai de quem não trabalhasse como ele queria, mas que fazia aquilo funcionar. Hoje, credo...

Andamos pelo pátio, vemos o jardim, as casas anexas, a piscina, o parreiral. Nada em particular me impressiona, o Castelo é por certo uma bela propriedade erguida no melhor lugar que poderia haver para ele na região, mas essa conceituação de castelo, agora que se fez pousada, soa melancólica. Será Castelo, sim, na relação com seu passado entre os pobres, seus anos de majestade entre os humildes. O parreiral cobrindo a frente, em declive, ampliava-lhe a grandeza. Passados tantos anos, visto assim de cima para baixo, o parreiral sugere apenas uma tentativa de enfeite. E ele, Castelo, que levou sete anos para ficar pronto, que foi símbolo e quartel duma força que a nosso ver tudo podia, que recebeu gente de vulto e parecia ser mais do reino das nuvens que da terra preta e dura, vejo que ele ficou bom mesmo para ser uma despretensiosa pousada. Ah, o tempo...

Penso nas pessoas graúdas que andaram pelo Castelo e volto a me lembrar do acontecimento insólito, o dia em que nele esteve, com mulher e filhos, um pobre que não tinha mais o que ser pobre, um ajudante de mineiro, e digo a Seu Américo que depois mais quero que ele me lembre bem os pormenores do fato. Foi como citar um acontecimento de ontem: Seu Américo reagiu na hora, como um arquivo tocado na tecla certa: "Ah, sim, o Nicanor. O nome dele era Nicanor. Um negrinho muito direito. Trabalhava na mina da Rocinha, morreu faz uns três, quatro anos. Passou uns apertos por causa daquilo, coitado. Quase que fez besteira. Deus cuidou dele." Seu Américo é capaz de já querer contar tudo, o que eu quero que seja só lá dentro, a gente se sentando na melhor comodidade. Ele ainda diz: "Se o Nicanor soubesse o problemão que ia sofrer quando veio aqui em cima... Ele me contou uma porção de vezes como foi tudo." Peço que me fale dele durante o almoço e brinco: "A nossa vinda aqui não vai dar problemão nenhum, não é mesmo?". Ele ri: "Não, não vai. Hoje qualquer um pode vir aqui almoçar, dormir, tomar banho na piscina. Desde que pague, bem entendido."

Não existe nada de notável no mediano salão que virou restaurante no Castelo. Talvez até mereçam atenção o desmedido pé-direito e os dois janelões com vidraças coloridas. De resto, é um ambiente bastante singelo, não tão

iluminado e arejado quanto seria desejável, bem mais aco-
lhedor por certo no inverno do que no verão, ambos bem
acentuados por aqui. Os móveis são convencionais, calcu-
lo que produzidos no máximo há uns cinco anos. O aten-
dimento está a cargo de dois rapazes e uma moça. Estou
com fome, fazemos logo o nosso pedido.

Enquanto esperamos, vou perguntando a Seu Américo por alguns que eram adultos como ele no meu tempo de criança: Joaquim Rato com a carroça de verduras e
uma carroçada de filhos, Bento Germano com seus ba-
laios de tainha, corvina, gelo e serragem vindos de trem
de Laguna, Seu Virgílio das homeopatias, o Compadre
Tigre, com as mãos cheias de anéis e os pés cheios de bicho... Todos já morreram. "Eu é que estou ficando por
aqui como um eucalipto do doutor Vetterli", ele se compara. "Eucalipto pra pegar ainda uns bons anos", eu agrado. E não é por gentileza que digo isso, não tenho dúvida
de que Seu Américo vai bem longe mesmo. Ele chegou à
vila assim que foi aberta a mineração, em 1937. Vinha do
Barro Branco. É do tempo do Antônio Elias, Manoel Ho-
nório, João Pedro, viu a chegada dos Doneda e dos Ruzza.
Trabalhou em várias frentes, com vários patrões. Conheceu todos os gerentes, desde o doutor Vetterli. Os gerentes? Ah, houve bons. E não tão bons. Como em tudo. Seu
Américo ilustra com um ou outro exemplo a bondade e a
ruindade. Fatos como este, se é fantasia não sei: um gerente precisava botar diversos operários para a rua e não
queria que o tomassem por ruim; chamou-os ao escritó-

rio e disse que ia ser justo, ia dar a eles uma oportunidade; então levantou a mão e mostrou um grilo que tinha entre os dedos, e disse: "Boto este grilo na janela, se ele pular para dentro, vocês ficam, se pular para fora, vocês saem, depende dele"; ajeitou o grilo virado para a rua e deu um vibrante tapa no parapeito para estimulá-lo a se decidir; o grilo se decidiu pela rua e o gerente fez uma cara muito triste, dizendo: "É a vida, não tiveram sorte." Seu Américo garante que isso aconteceu mesmo.

— E o Nicanor? — quero saber, enfim, no exato momento em que vem chegando a comida.

Seu Américo não esperava por mais nada, põe-se a contar logo tudo o que sabe do caso.

Foi um tombo muito violento o que Nicanor Miranda, negro de médio porte então com seus trinta anos e ajudante do mineiro Manezinho Tota, deu na manhã de uma quinta-feira em ninguém menos que o gerente da Companhia, o franzino doutor Ismálio Pederneiras Cunha, na época já entrando nos cinqüenta. Um tombo dado de propósito, com certeza. Por vários dias o homem ficou ruim das costas e de um braço na queda de mau jeito.

O fato, que por pouco não acabou em tragédia, começou com o doutor Ismálio Pederneiras Cunha tomando conhecimento de que na mina da Rocinha despontava um novo movimento revoltoso. Ali, há dois anos, teve início uma manifestação que, por não ter sido tratada a tempo, degenerou numa absurda paralisação de sete dias. Absurda, impensável. Prejuízo para a Companhia, para o conceito do doutor Ismálio e de sua administração, e, naturalmente, para os próprios operários. Outra daquelas não podia acontecer. Que continuava havendo descontentamento por causa de salário e das condições de trabalho a direção sabia, os tempos não estavam fáceis. Por isso mesmo, ela se mantinha atenta ao primeiro sinal de alguma quebra da ordem. Os operários tinham de entender que a conjuntura não estava boa, tudo dependia duma realidade maior, a realidade nacional, sem disciplina aí é que tudo piorava. Decisão do doutor Ismálio junto a seus encarregados nas diversas minas: vigilância e informação imediata de qualquer sintoma de insubordinação coletiva. Ele próprio iria ao foco do problema mostrar que atitudes assim eram negativas, com bagunça tudo piora, e os operários é que mais sofriam, pois se há uma regra que todos conhecem desde que o mundo é mundo é que a corda nunca arrebenta do lado mais forte. Ah, em Criciúma os operários lutavam e, aos poucos, tinham conquistas. Sim, lutavam e tinham conquistas, estavam bem mais organizados, acontecia é que isso era lento e com enormes sacrifícios, e era sempre muito perigoso querer imitar os outros, ainda mais quando não se tinha nem de longe a mesma força. O que os operários da região precisavam era acreditar no futuro, apostar nos seus chefes e no seu próprio trabalho. A riqueza estava aí, propriedade de nós todos, todos juntos devíamos tirá-la para fora da terra e convertê-la em progresso. Dificuldades? Sim, havia. Onde não havia? Vencê-las com união e persistência é que devia ser o objetivo de todos. Etc. etc. Para dizer isso é que o doutor Ismálio queria todos na galeria-mestra da Rocinha, às dez horas da manhã.

Mineiros e seus ajudantes, furadores de frente e de teto, puxadores de cabo, aguateiros, detonadores, limpadores, nenhum dos vinte e seis faltou à convocação. Que o homem não vinha com alguma boa notícia todos já sabiam. O que ia falar é que não se deixassem levar por falsos sentimentos de justiça e não brincassem com fogo. Seria isso. Na cabeça dele deviam estar ainda bem vivos os acontecimentos de dois anos atrás, quando a mina da Rocinha, escondida bem na base da Serra e de todas a mais atrevida, fez o que fez, mostrou que tinha vontade própria e parou. O pessoal acabou não ganhando nada, só umas quantas promessas, as faltas foram descontadas em 50%, mas que foi uma lição de coragem e companheirismo isso foi. O doutor Ismálio precisou dar explicações até para a chefia do Rio de Janeiro. Teve sorte que o movimento não se espalhou pelas outras minas. Então, estava agora mais prevenido. Alguém soprou para o feitor Ascensão que a turma da Rocinha estava cochichando muito, reclamando demais, falando em quem sabe experimentar uma outra parada, Ascensão desceu com urgência até Lauro Müller para os devidos comunicados, e aí logo estava o homem com seu chapéu de engenheiro a resguardá-lo das goteiras, botas até os joelhos, os olhos inquietos atrás das lentes redondas, as feições mais do que carrancudas.

Foi quando se deu o dito incidente. O doutor Ismálio nem teve tempo de tomar a palavra. Ao ir posicionar-se diante do grupo, passou rente a um fio caído sobre uma escora e ia — sim, ele mesmo confessou depois que ia — ingenuamente ajeitá-lo melhor, quando o Nicanor, muito perto, pressentindo o choque, pois sabia que se tratava de um fio de alta-tensão, voou decidido e derrubou o doutor Ismálio contra um monte de carvão. Por uma dessas obras do acaso, Nicanor havia ainda há pouco percebido que o fio, entenda-se lá por quê, estava fora de seu lugar de segurança, ia chamar a atenção do eletricista para o perigo quando o doutor chegou. O tombo que deu nele, duro, brutal, quase fulminante, deixou todo mundo paralisado de espanto. Era mesmo o sempre sossegado Nicanor? Seria uma agressão? Nicanor teria enlouquecido? O homem estava derrubado, coberto de dor e terror, mais que ninguém se imaginando vítima de um atentado, e então Nicanor não perdeu tempo: mostrou o fio, sim, sim, todos viram, um fio de alta-tensão caído, tocar nele era morte certa.

Ascensão e o próprio Nicanor levantaram o gerente, sujo e molhado quase como se tivesse trabalhado um dia inteiro na mina, e dele não se escutava mais que um murmúrio de medo e desconforto. Levaram-no para fora, onde pegou o carro e voltou para o Castelo.

Entre os operários ficou uma longa conversa. Para uns, o ocorrido era de preocupar: aquilo de um simples ajudante de mineiro dar tamanho tombo numa autoridade como o engenheiro Ismálio Pederneiras Cunha, causando-lhe dor e constrangimento perante os subordinados, não ia deixar de custar caro: a Nicanor, que podia ter gritado ou sido menos violento no gesto, e a todo mundo, pois afinal por que que aquilo aconteceu? Aconteceu por causa de um fio de alta-tensão fora de seu devido lugar. E o que era isso senão descuido, relaxamento, para não dizer até uma intenção criminosa? Nicanor escutava calado tais comentários e, pela parte que lhe cabia, sentia-se praticante de uma boa ação, mesmo tendo usado a força que usou. Duvidava muito que fosse merecer qualquer castigo. Que castigo se tinha salvado a vida do homem? Assim pensavam outros também. E mais: descuido, relaxamento, intenção criminosa? Um fio caído é fato muito natural, o doutor Ismálio não estaria agora pensando em nada mais senão que escapou da morte, era um homem feliz, livrou-se de um desastre a que todos nós estamos sujeitos neste mundo, e isso foi possível porque um operário atilado saltou sobre ele na hora certa e fez o que tinha de fazer. Alguém chegou a ser cruel, misturou rancores: Nicanor devia era não ter feito aquilo, ia ser terrível, sim, o Ismálio tocar no fio e morrer eletrocutado, mas quantos por estas minas mal equipadas já perderam a vida, uns levando choques de deixarem o corpo preto na mesma hora, outros esmagados por quedas de teto ou parede ou estraçalhados por detonações erradas? Lá longe, nos salões do Rio de Janeiro, sabendo que um seu gerente morria daquela forma no breve momento em que entrou numa mina, quem sabe os figurões mandavam melhorar as condições de trabalho ali debaixo do chão? Ponderações assim continuaram até a hora da largada.

Na manhã seguinte, bem cedo, Ascensão apareceu na Rocinha, mandou que os operários viessem ouvi-lo, tinha um comunicado a fazer. Todos reunidos, pediu para Nicanor dar um passo adiante. Ele deu. Ascensão foi logo ao assunto: estava recebendo do doutor Ismálio Pederneiras da Cunha, digníssimo gerente da Companhia, a missão de transmitir ao operário Nicanor Miranda os seus agradecimentos pela corajosa atitude de ontem, salvando-lhe a vida. O doutor Ismálio pedia para dizer que nunca mais ia esquecer aquilo. E mandava um convite: para que amanhã, sábado, Nicanor fosse almoçar no Castelo, levando a mulher e os filhos.

Geral surpresa.

— No Castelo, eu? — espantou-se, mais que todos, o salvador do gerente. Olhou para Seu Ascensão, como que indagando se era mesmo real o que acabara de ouvir, olhou para os companheiros, não, não estava acreditando.

— É pra ir, sim. Sábado, com a mulher e as crianças. Ele vai mandar o carro pegar vocês. Fiquem prontos ali pelas onze horas. Ah, mandou dizer pra te dar o dia de hoje de folga. Pode ir embora.

E isso agora?

Seu Ascensão saiu, logo depois saiu também Nicanor, atordoado com a honra jamais sonhada nos dez anos de serviço na Companhia. Entenda-se lá a vida: derrubou o gerente, que por pouco não quebrava a coluna nas pedras ou era atravessado por uma picareta, e recebia um prêmio por isso: o convite para, sábado, almoçar no Castelo. O homem ia morrer, não havia dúvida. Tocasse no fio, adeus. Foi pura sorte Nicanor ter visto o perigo. Não quis nem saber, atirou-se. O que não esperava é que o doutor Ismálio fosse ficar tão agradecido. Imagine, as crianças e a Ceição andando pelo Castelo...

Na galeria ficaram vinte e cinco homens perplexos. Eles não iam demorar a ter uma opinião sobre aquilo.

Ainda na noite da sexta-feira, quando foi jogar dominó no Clube dos Pretos, Nicanor já teve uma primeira idéia do que os companheiros estavam achando e iam ainda achar do almoço no Castelo. O amigo Amâncio Sagaz brincou:

— Virou conde, é? A Ceição agora é princesa?

Nicanor riu, limpo de coração, nem de longe ia imaginar que aquelas palavras eram um mau sinal. Mesmo quando, em seguida, o Tuca da Geralda disse que um arigó dos pés rachados subir o morro do Castelo para ganhar um almoço era uma barbaridade, que aquilo era muito feio, Nicanor não pegou bem o sentido, achou que era uma troça, porque ele próprio achava esquisito à beça um arigó que só tinha uma calça e uma camisa de sair, um par de sapatos que era ainda o mesmo que comprou quando foi testemunha de um casamento, era bem esquisito um pobre como ele entrar naquele palacete.

— Eu se fosse tu não ia — disse Amâncio Sagaz.

Nicanor pensou: Amâncio tem pena da minha vergonha, acha que vão rir muito de nós indo no Castelo, mas podem rir. O homem disse pra gente ir, nós vamos.

Ceição ficou outra no vestido duma prima que era empregada do Alexandre Doneda. Vestido de seda, presente de aniversário. Os dois meninos iam descalços mas limpinhos, o mais velho com a calça azul e a camisa branca da escola, o menor com uma calça que o mais velho tinha deixado porque cresceu e uma camiseta que ganhou de Natal da madrinha. Nicanor com as já faladas calça e camisa e os velhos sapatos, que lavou e escovou para dar um brilho.

Todo mundo já sabia que era por volta das onze horas que o carro do Castelo ia chegar e desde cedo havia muita expectativa. Gente curiosa, gente maldosa. Conversas duma janela para outra. A Ceição vai no Castelo, vai andar de carro, vai ficar bem boba. A pretexto de pedir qualquer coisa emprestada, uma vizinha foi até a casa da Ceição e voltou dizendo que ela estava com muita pose. E o Nicanor? O Nicanor parecia um conde com cara de papamosca. E os dois meninos? Dois macaquinhos engomados.

Riam-se as comadres faladeiras. Com a aproximação da hora, os homens, em bom número, foram vindo para a frente do bar do Dal-Bó, queriam ver com que cara o Nicanor ia passar diante deles.

E o carro então chegou. A família ajeitou-se, claro que Nicanor na frente com o motorista, bem como andava o doutor Ismálio. Tudo bem? Tudo bem. Deram partida. Os meninos saíram abanando para os vizinhos, Ceição não teve coragem, ficou séria e dura de cara para a frente, sabia que nas outras havia a peste da inveja. Nicanor ainda não se sentia bem convencido daquilo. Viu o pessoal reunido na frente do bar — meus amigos, pensou, vieram me desejar tudo de bom — e acenou quando passou por eles. Ia com emoção, nem percebeu que ninguém levantou o braço.

Passou os sete quilômetros até a sede, Lauro Müller, como que flutuando na irrealidade — era a segunda vez que andava de automóvel, a primeira foi na limusine do Seu Orestes, muito rápido, vinha dos lados da Caixa, uma tarde horrível de quente, Seu Orestes deve ter ficado com pena dele, chamou-o, nem quis acreditar, e veio até o centro da vila, não mais do que uns dois quilômetros, nem deu para sentir o gosto, nem se comparava com agora, mais demorado, e o principal: no automóvel do gerente da Companhia, indo para o Castelo, e o mais principal ainda: com a família, a convite. Via o desenrolar do mundo sem a atenção posta em nada. Umas palavras ao motorista, que mal conhecia de vista, sujeito carrancudo, importante. As crianças apontavam a paisagem, Ceição de cabeça erguida, ele pensando: engraçada a vida. Sempre lá no fundo da terra enchendo malé de carvão, limpando mina, de repente aqui no carro do doutor Ismálio, a caminho de um almoço com ele no Castelo. Seria isso, como andou imaginando a Ceição, um começo de vida nova? A Ceição às vezes é boba, sonha, sonha, outras vezes acerta muito bem o que fala. Será que não pode mesmo acontecer o que ela falou ontem umas vinte vezes, que o homem está muito agradecido e o agradecimento dele não vai parar só no almoço? Bem que pode ser, quem sabe ela tem razão. Aquilo na mina ia ser morte certa. Desde o que houve, quantas vezes o doutor Ismálio já não pensou: se esse Nicanor não fosse tão bom no pulo, eu a esta hora estava era acabado, ele foi meu salvador, vou dar uma ajuda boa para ele. Uma colocação melhor, sabe lá até uma subchefia. Ceição ora é boba, sonha, sonha.. ora é sabida...

Na subida do morro, Nicanor tinha uma certeza: não, não foi só para um almoço que o doutor Ismálio mandou Seu Ascensão chamá-lo. Dias melhores estavam por vir, sentia isso. Olhou para Ceição, que se mantinha dura e séria como havia entrado no carro, olhou para os meninos, olhou para a frente, confiante. O portão se abriu, ele entrou como um escolhido por Deus nos domínios do Castelo.

Na entrada principal, os convidados foram recebidos pelo doutor Ismálio, sua mulher e a filha, mocinha duns doze anos. O gerente parecia um pouco pálido, devia ser efeito ainda do tombo levado há três dias. Ao fazer o movimento para cumprimentar, mostrou que sentia o braço e as costas, o que não o impediu de ser simpático com o casal e os meninos. Apertou a mão deles, o que também fizeram sua mulher e a filha. Após o quê, falou, com uma certa solenidade:

— Regina, Betinha, este aqui é o Nicanor, operário da Companhia na mina da Rocinha, o homem que salvou minha vida na quinta-feira. Ele ficou sendo uma pessoa muito importante para nós. Já falei o que teria acontecido se ele não tivesse feito o que fez.

Nicanor buscava em Ceição um socorro para sua falta de graça; quando que, em algum dia da vida, ia se imaginar no Castelo ouvindo um discurso em sua homenagem? Séria e dura, Ceição não se desviava do doutor Ismálio, nunca o havia visto em carne e osso, só escutava seu nome, o que dele se dizia; não, não lhe parecia que fosse uma pessoa sem alma, como falavam, parecia até uma pessoa boa, capaz de agradecer um bem recebido; e encarava-o à espera de mais palavras — as de agradecimento, pois nunca era demais repetir ali e em toda parte que com Nicanor ele nascera de novo, e também palavras de retribuição, a declaração de uma ajuda, e era decerto o que ia ser dito ainda, se não agora, daí a pouco no almoço, tempo para isso é que não faltava.

— O convite pra ele vir com a família almoçar hoje com a gente — continuou o gerente — é uma simples prova de reconhecimento. Simples e muito sincera. Queremos que eles fiquem bem à vontade, não é isso?

A mulher e a filha fizeram um sim com a cabeça. Não sorriram, o que não significava qualquer indiferença pelo que viam ou ouviam, não, mas Ceição não pôde deixar de sentir a falta disso, de um sorriso, a presença delas era meio seca, sequinha, meio como se estivessem numa inauguração, numa cerimônia. Verdade que o próprio doutor Ismálio falou e também não sorriu. Num castelo não se sorri muito, pensou Ceição, tão simples, tão analfabeta, num castelo as pessoas falam sério, deve ser até uma obrigação agirem dessa maneira, as leis de um castelo são outras, não se conversa o que não tem importância, não se há de sorrir à toa. E, pensando bem, o que mais interessava mesmo não era isso, não era o homem falar sério com Nicanor? Que é que adianta sorriso, nada mais que sorriso? Ceição até gostou da seriedade, mãe e filha como rainha e princesa, pareciam até duas imagens de igreja, paradinhas e mudas, fazendo um leve sim com a cabeça e mais nada. Nicanor não pensou nada disso, não viu falta nenhuma de sorriso, viu, sim, foi o doutor Ismálio falando sobre ele, falando para ele, falando como se fossem dois amigos. Procurou de novo pela face companheira de Ceição, desta vez para sentir como ela devia estar orgulhosa de viver com ele tão importante dia. Ceição não frustrou seu sentimento, fez-lhe um breve, um brevíssimo riso (não queria ferir nenhuma regra do Castelo), e estava sendo muito sincera, porque era mesmo um importante dia. O bom doutor e dono de tanto poder que ali morava haveria de torná-lo um dia muito grande na vida deles, se Deus quisesse. Por que Deus não ia querer?

— Agora vocês vão conhecer um pouco do Castelo, certo? — retomou doutor Ismálio. — Minha filha acompanha vocês. Eu queria ir junto, é pena, estou ainda bem doído do tombo... A Regina vai ver como anda o nosso almoço. Fiquem bem à vontade.

O que não iam dizer os companheiros da mina se me vissem andando pelo Castelo, eu, a Ceição e os meninos, conhecendo os empregados, tantos que nem dá para acreditar, as salas, os quartos com banheiros dentro, as lâmpadas, muitas, muitas, como se houvesse ali uma festa, os forros com pinturas, a cruz-de-malta que tem por tudo na Companhia, aqui também, e as portas trabalhadas, os espelhos, as mesas para umas vinte pessoas, as cadeiras com encosto alto, o assoalho que quase dava para a gente se pentear nele de tão lustroso, e isso aí que a mocinha disse que é lareira, imagine, no inverno eles acendem e ficam ali se esquentando com fogo dentro de casa, e os quadros nas paredes, os tapetes (a Ceição tropeçou num, quase caiu), a cozinha com um fogão de não sei quantas bocas, um quadro elétrico que mostra em que portão lá fora alguém está tocando a campainha, a sala com a mesa de sinuca, o porão, um mundo de garrafas de vinho, o sótão, as janelinhas de onde dá para ver o rio, o parreiral, a cocheira, as casas, os eucaliptos, um pouco da Serra, o que os companheiros de mina não iam dizer disso tudo? Nem imagino.

— Almoço! — veio avisar um dos empregados.

Betinha deu por encerrado o passeio, faltava ainda muito para mostrar, mas bem sabia como o pai era rigoroso com horários. Levou Nicanor, mulher e filhos para a sala onde iam almoçar e onde já os aguardavam o doutor Ismálio e a mulher. A mesa estava pronta, um cheiro de rara comida emanava dela.

O próprio doutor Ismálio, já na cabeceira, distribuiu os lugares. À sua direita ficava Dona Regina, à sua esquerda Nicanor. Ao lado de Dona Regina, Ceição. Ao lado de Nicanor, Betinha. Ao lado de Ceição, o menino mais moço. De Betinha, o menino mais velho.

— Fiquem à vontade.

Muito bom seria se pudessem ficar à vontade, mas de que jeito? Tudo tão rico: a vasta mesa, a toalha branca engomada que mais parecia a toalha de um altar, pratos, copos e guardanapos com a cruz-de-malta estampada, as travessas fumegantes (decerto a comida de um sábado qualquer no Castelo, inacreditável banquete para Nicanor e família), as cadeiras altas e fofas, a moça de avental rendado ajudando a arrumar as crianças espantadas, outra moça também com o mesmo avental trazendo ainda mais comida, como iam ficar à vontade no meio de tanto luxo?

Tudo tão palaciano: a maneira como os do Castelo comiam e eles não comiam, a falta de prática com os talheres pesados, e ai se as crianças sujassem a toalha ou derrubassem alguma coisa no chão, ou se ele mesmo, Nicanor, na timidez de se servir, virasse o copo em que o doutor Ismálio botou vinho, ou se a Ceição, tadinha, que nunca viu daquilo nem no cinema, viesse ajudar o menino Leonardo e fizesse também qualquer desastre, ah que era impossível ficar à vontade, pois tudo tinha que sair certinho nesse inacreditável almoço no Castelo.

O doutor Ismálio puxou conversa. Achava a mina da Rocinha uma mina muito especial, muito produtiva, eram trabalhadores de primeira, experientes, um pouco revoltados, sim, o que não lhes tirava o mérito, eram sem dúvida grandes operários. Produtividade alta. Das melhores da Companhia. Nicanor não conseguiu ser um bom interlocutor, repetiu que eram, sim, trabalhadores de primeira, grandes operários, isso o doutor podia ter certeza que eram, e no mais não foi além de uns monossílabos: sentia-se muito bem naquela mesa, nada mais agradável que estar na intimidade do Castelo, mas o doutor que não contasse muito com a sua palavra, falar não era seu forte, aquilo estava infinitamente acima da sua condição. Sabe Deus que assuntos o doutor ainda ia inventar — não, não era brinquedo, não queria dizer bobagem. De modo que o gerente não demorou a perceber que seu salvador não era homem de muito diálogo, se pensou em tirar dele alguma notícia do estado de ânimo dos companheiros da

Rocinha logo mudou de rumo, foi-se limitando a comentários simpáticos sobre os jogadores do Esporte Clube Guatá, principalmente os atacantes Alcir, Olquírio e Alfeu, que podiam (ele garantiu) jogar em qualquer lugar do Brasil, e sobre a Banda Santa Bárbara, que ainda agora no Dia da Pátria tocou tão bem, e outras matérias assim, que Nicanor escutava com agrado sem precisar fazer mais que aprovar com a cabeça e uma que outra palavrinha qualquer. Ceição já falou mais, chegou a responder a umas perguntas de Dona Regina — se os meninos iam bem na escola, só o maiorzinho, o Moacir, explicou ela, estava estudando, o Leonardo era ainda muito novinho, ia fazer cinco anos; Dona Regina quis saber como estava a água na vila, aí Ceição disse que a água que distribuíam agora de caminhão pelas casas era boa, tomara que logo ela já estivesse correndo nas bicas, a de antes, contaminada, ajudou a matar tanta criança, e Dona Regina fez uma cara de nojo quando ouviu Ceição lembrar isso; depois ela perguntou se o Nicanor gostava do trabalho que fazia e isso fez Ceição sentir um estremecimento, que interesse seria aquele?, e ela aproveitou e respondeu que não era por Nicanor ser seu marido, não, mas homem trabalhador estava ali mesmo, cumpridor de toda a obrigação que lhe davam, e cumpriria mais se mais tivesse; Dona Regina escutou, fez um levíssimo sorriso que bem podia ser uma aprovação pelo que acabara de ouvir e não perguntou mais nada.

Terminado o almoço, o doutor Ismálio bateu num copo com a colher da sobremesa. Pediu licença para mais algumas palavras, que palavras seriam agora?, Ceição ficou de novo esperançosa; Nicanor, um pouco leve com o copo de vinho que bebeu, nem se perguntava o que o gerente podia ainda querer dizer depois do quanto já havia dito. Era tudo um deslumbramento.

— Amigo Nicanor, para mim, para a Regina e minha filha este foi um dia que não vai dar de esquecer. Ficamos muito felizes com a presença de vocês aqui entre nós. Espero que tenham gostado também da visita e do nosso almoço. Vou me retirar para descansar um pouco, pois minhas costas estão ainda bem doloridas. Se quiserem continuar conhecendo o Castelo, a Betinha vai junto. Às duas e meia o Alzemiro leva vocês de volta. Muito obrigado.

Dona Regina também se retirou com o marido. Nicanor e as crianças quiseram ir com Betinha ver mais ainda do Castelo, Ceição não quis, ia ficar num banco do jardim esperando a hora de ir embora.

Três horas de esplendor e glória, quantas de vergonha e arrependimento? Já ao descer do carro em frente à casinha preta em que morava, Nicanor ouviu de Sebastião Tobiano, que passava:

— Tu, hein?

— Tu o quê? — quis saber.

Tobiano não parou, muito menos respondeu. Ceição, que também ouviu, entendeu logo que era um desprezo. No Castelo ela já havia pensado: nunca que vão perdoar

Nicanor pelo almoço no Castelo. Sabia que o gerente não era benquisto. Pura verdade. Na administração dele já tinha havido a greve na Rocinha, e os operários começavam agora a se mostrar outra vez descontentes. Era um homem sempre de cara fechada, veio do Rio de Janeiro meio empurrado, nunca se ambientou por ali. Saltava do carro com nojo do chão em que ia pisar. Outros que o antecederam gostavam do povo, o povo gostava deles, mesmo havendo dificuldades. Esse aí não conversava com ninguém, só mandava. Na greve que houve há dois anos, não foi capaz de receber uma vez os operários. Tinha de ser como ele queria. Resultado: sete dias de braços cruzados, prejuízo para todos. Só que ele não aprendeu, continuou ruim, surdo, indiferente, com o rei na barriga. Por isso houve quem achasse que Nicanor nem devia ter-se importado que ele batesse no fio e se fritasse todo com o choque. Nicanor pulou, salvou o homem. Tudo bem, foi um gesto que veio num repente, falou mais alto no negrinho a obrigação de livrar um ser humano da morte, isso todos aceitaram — se o homem era ruim, nem por isso um cristão ia deixar que ele se queimasse podendo saltar e defendê-lo. Tudo bem. Agora, ir almoçar no Castelo era demais.

— O pessoal ficou chateado, Nicanor.

Ele não compreendia o que Ceição estava dizendo. Era um homenzinho simples que custava muito a acreditar que isso ou aquilo tivesse maldade. Estavam chateados por quê?

— Porque não era pra tu ter aceito a gente ir no Castelo. Ninguém gosta do doutor Ismálio. Tu falou que a turma anda descontente, querendo parar de novo. Bem agora ir almoçar no Castelo?

— Mas eu salvei o homem!

Ceição entendia o marido, entendia também os outros.

Nicanor foi até o bar do Dal-Bó, à noite. Queria ver se o que Ceição dizia tinha algum pé de verdade. Bobagem dela, foi pensando. Era estimado por todos, não estava cansada de saber disso?

Já no caminho, podia ter percebido alguns sinais: risinhos, olhares enviesados, cumprimentos mudos. Na calçada da farmácia do Lindomar, encontrou alguém que era de sua muita confiança: Lino Madeira, companheiro seu quando trabalhou na mina do Righetto, homem sincero no que dizia e fazia. Deu boa-noite, ele respondeu. Perguntou pela família, ele disse que ia bem. Ficou esperando que perguntasse pela sua, ele não perguntou. O Lino estava diferente? Bem, parece que estava. Fez uma experiência: o Esporte Clube Guatá ia jogar domingo com o Minerasil de Santana, que é que achava? Lino era doido pelo esquadrão da vila, lembrou as tantas vezes que o Guatá já ganhou do Minerasil, e domingo, profetizou, pode escrever aí, vai ser de três a zero, dois do Olquírio e um do Alfeu, sem piedade. Nicanor ouvia aquilo com alegria, não por causa da ufania e do entusiasmo do Lino, mesmo porque também achava que o jogo ia ser fácil, e sim porque ficava muito claro que o Lino, que tudo sabia, não sabia de desagrado nenhum dos companheiros por causa do almoço no Castelo. Besteira da Ceição, vou ali no bar, tudo vai estar bem, decidiu. Ao despedir-se do Lino, ele o reteve pelo braço:

— Nicanor, uma coisa: tá todo mundo tiririca contigo. Vais no bar?

Tremeu. Fez-se de espantado:

— Por quê?

— Tu é que sabe — e foi embora.

Também embora, logo depois, foi Nicanor. Nem chegou a entrar no bar. Se o Lino, homem sincero, dizia que os companheiros estavam brabos, é porque estavam mesmo. Meu Deus, estavam brabos... Ceição acertou. Disse a ela que voltou logo porque estava cansado. Ela não tocou mais no assunto, sentiu que falar ia deixá-lo pior.

O domingo inteiro Nicanor passou dentro de casa brincando com os meninos. Foi um longo domingo, em que procurou evitar qualquer referência ao Castelo, ao almoço e aos amigos. À noite, forçada pela preocupação, Ceição chegou a dizer:

— Amanhã, na mina... — mas parou, entendeu que não precisava continuar, Nicanor bem sabia que, amanhã, na mina, eles iam mostrar o seu descontentamento, sabe Deus com que palavras.

Ninguém se dirigiu a Nicanor na segunda-feira. Ninguém. Ele chegou dando bom-dia, simulando uma tranqüilidade que já não tinha desde sábado, mas não houve qualquer resposta. Fez outras tentativas, procurou os mais chegados, todos se esquivaram dando sinais de que não queriam ou não podiam conversar. Então não insistiu, entendeu que havia um pacto de silêncio contra ele. O próprio mineiro com quem trabalhava, Manezinho Tota, deu-lhe as ordens que precisava dar fazendo uns gestos mínimos. Na hora do almoço, eles se sentaram em roda, como sempre, e ficaram aos murmúrios, de longe Nicanor não distinguia um pio do que diziam. Foi um dia doloroso, jamais imaginado. Nicanor saiu da mina mais cansado do que se tivesse trabalhado em dobro.

— Te maltrataram? — Ceição perguntou.

Ficou quieto, depois contou que não lhe dirigiram uma palavra o dia todo.

— Nenhuma?

— Nenhuma.

Ceição ficou com medo: o que vai ser disso?

Ele não deu bom-dia a ninguém na manhã seguinte. Foi para o seu canto, botou lá a bolsa com a comida, pôs-se a trabalhar. Não queriam falar? Pois não falassem. Tinha a consciência limpa, se foi àquele almoço sábado no Castelo não fez isso para prejudicar ninguém, nem por ser puxa-saco. Salvou uma vida, quem foi salvo ficou agradecido, fez um convite, ia desprezar? Era crime levar a mulher e os filhos para conhecerem um lugar que eles nunca viram, como o Castelo? O que estavam fazendo era uma injustiça, qual foi o mal que cometeu? Isso ficou batendo na cabeça de Nicanor: qual o mal que cometeu?

Deviam achar que foi um mal muito feio, pois nem se viravam para ele, é como se ali estivesse não um homem, um amigo, mas uma pedra, menos que uma pedra, que ainda serve e até se respeita, mas qualquer porcaria.

Na parada do meio-dia, Nicanor foi para o canto em que sempre deixava a bolsa com a marmita, sentou por ali mesmo, como no dia anterior. Tentou comer, não pôde. Na garganta crescia um nó que já não deixava nada passar. Os outros comiam e, de novo, falavam baixinho. Às vezes, um ou outro olhava para ele, como que para sondar se não os ouvia. Não, nada ouvia. Aquilo ficava insuportável, ser assim posto de lado doía muito. Nunca em todo seu tempo de mina aconteceu coisa mais doída. Doeu tanto que, não agüentando mais, se levantou, caminhou para o grupo, nem sabia se as palavras que tinha para dizer iam poder sair, sabia é que aquilo precisava acabar. Tentou:

— Falem comigo.

Era pouco mais que um gemido, o suficiente, contudo, para os homens ouvirem. Nicanor esperou que alguém lhe dissesse alguma palavra, ninguém disse nada. Ficaram calados.

— Falem! — agora era um grito. Pareciam decididos a não falar, Nicanor não se conformou: — Falem! O que é que vocês têm?

Um deles, Dilvo Correia, rompeu então o silêncio:

— Volta pro teu canto, Nicanor, volta.

— Não volto. Quero saber o que é que vocês têm contra mim que estão assim. Falem!

Raul Constâncio também pediu:

— A gente está discutindo uma coisa importante. Dá licença.

Dá licença? Era uma punhalada. Quantos anos trabalhando juntos e agora, por causa dum almoço que comeu no Castelo junto com o gerente, o tratavam daquela maneira. Não podia aceitar.

— Vocês estão assim comigo por causa do almoço que eu fui no Castelo. Eu sei que é isso.

Raul Constâncio consultou com um gesto os companheiros: podia falar duma vez o que tinham contra Nicanor? Sim, podia, era bom que ele soubesse duma vez o que sentiam.

— A gente ficou muito desgostoso, é isso — ele disse.

— Só porque eu fui no Castelo?

Dilvo Correia:

— O doutor Ismálio não é nosso amigo.

Zé Pedro:

— Ir lá bem quando se está pensando numa greve.

Demerval Gervásio:

— Se ainda fosse com um gerente bom.

Raul Constâncio, categórico:

— Foi uma traição.

— Traição? — Nicanor sentiu uma pontada nos ouvidos, um peso nos ombros. — Traição?

— Foi. Traição. Um companheiro fazer isso...

Manezinho Tota botou a mão no ombro do desafortunado ajudante, no silencioso gesto quis dizer que lamentava muito, mas o que fazer? Nicanor suava. Era demais ouvir tal palavra, traição, tão franca, tão fria. Voltou para o canto, sentou-se, meteu a cabeça entre as mãos. Não era um traidor, nunca seria. Ceição estava certa: não, não devia ter aceito o almoço. Pensou tempo sobre isso. Depois botou a camisa, pegou a bolsa da marmita, saiu sem dizer nada a ninguém, nem a seu chefe Manezinho Tota.

Ao vê-lo mais cedo em casa, Ceição sentiu raiva. Não de Nicanor, que era um homem bom, nem dos companheiros dele, que tinham seu orgulho, nunca podiam imaginar que alguém do grupo fosse um dia almoçar no Castelo com quem eles mais detestavam. Ceição nem sabia que raiva tinha, era simplesmente raiva, devia ser apenas um sentimento vindo da pobreza.

Ela pediu a Nicanor que não fosse trabalhar por uns dias. O ambiente não estava bom, eles queriam agora discutir a greve, ir lá seria para se incomodar. Nicanor não aceitou. Não indo iam dizer: traidor e covarde, cagão covarde. Mesmo que continuassem no desprezo, ia estar junto com eles em tudo. Tinha de desfazer a opinião que estavam tendo.

E foi. Continuaram a esconder o que combinavam, Nicanor se fazia de desentendido, aproximava-se, paravam, ele então se distanciava e depois voltava, e eles tornavam a parar, de modo que não havia jeito, Nicanor continuava sendo um corpo que não queriam por perto.

— Não sou traidor! — gritou num daqueles tristes dias de isolamento.

Como podia imaginar que amigos fossem um dia tão duros para perdoar? Errou, já admitia isso, mas que conseqüência tão ruim podia ter tido o almoço? Nenhuma, meu Deus. Comportou-se mal quando esteve lá? Na mesa, o doutor Ismálio puxou conversa sobre os mineiros da Rocinha, o máximo que lhe respondeu foi que todos eram ótimos trabalhadores, só isso. Pensavam o quê? Que tivesse feito comentários sobre o que diziam do gerente ou que tivesse contado quem é que mais andava de novo pensando em greve? Não falou nada disso, nunca ia falar, o que queria mesmo era só conhecer o Castelo.

— Não sou traidor! — tornou a gritar no dia seguinte. — Não sou traidor, merda, merda!

Todos se voltaram para o canto de onde ele mandava a sua queixa. De dolorida, a voz se afinou. Ah, o Nicanor estava ficando difícil de agüentar. Fez o papel que fez, andou de cochicho com o homem no Castelo, agora choramingava, atrapalhando a conversa dos outros. Um pouco mais de vergonha até que lhe ia bem. O que deviam mesmo fazer com ele?

Raul Constâncio propôs:

— Não é traidor? Tudo bem. Prova.

Os outros concordaram: isso mesmo, prova.

Provar? Como provar que não se é traidor? Nicanor ficou pensando, gostaria de saber. Haveria um jeito? Haveria? Pois devia haver. Ia procurar.

— Vou provar — decidiu, sem ter a menor idéia de como ia conseguir isso.

Muito difícil a proposta de Raul Constâncio. O que podia ser dito ou feito? Eles estavam achando que era um traidor, acabou-se, não tinha mais defesa. Adiantava jurar que não disse ao doutor Ismálio uma palavra que fosse contra os companheiros ou sobre o que vinham planejando? Quem podia servir de testemunha disso? Ceição? Os meninos?

Nicanor passou a consumir o tempo com seu novo problema, provar que não era um traidor, que estava do lado dos amigos, como sempre esteve, e não do doutor Ismálio. Precisava dar uma prova que não deixasse mais dúvida, que o limpasse de tudo para o resto da vida. Era uma questão de poder andar de cabeça erguida. Podia imaginar os meninos levando nas costas a lembrança de que o pai um dia traiu? Nunca. Tinha de mostrar que não traiu. Custasse o que custasse. Como?

Seu Américo, neste ponto do relato que veio a servir de base para a narrativa que o leitor tem em mãos, faz questão de dizer que Nicanor foi talvez a pessoa mais séria, de mais brio que ele conheceu por aqui. Parecia ser meio tolo, podia até ser mesmo, e isso porque era bom, é muito comum o sujeito bom passar por tolo, abobado. Agora, o que de verdade ele era, acima de tudo, era sério. Os companheiros estavam falando aquilo de ser traidor por causa do momento especial em que estavam: a greve que queriam fazer, o descontentamento cada vez maior com o doutor Ismálio, as reivindicações desprezadas, e bem nessa hora acontece o extraordinário fato de um deles ir almoçar no Castelo, passar um tempo com o dito cujo, os dois conversarem sabe lá Deus o quê. Aquilo foi bem esquisito. Seu Américo pergunta: no fundo, será que acreditavam mesmo que Nicanor falou o que não devia? Sempre achou que não acreditavam, só tinham medo.

Depois de muito pensar, Nicanor chegou a uma conclusão extremada: se não havia maneira alguma de provar com testemunhas que era inocente, e se era tão vital tirar da cabeça dos outros a acusação injusta, uma boa prova de lealdade que podia dar aos camaradas talvez fosse desfazer o que havia feito.

— Desfazer a visita ao Castelo? — pergunto com ingenuidade a Seu Américo. — Como seria possível o milagre?

Ele ri. Brilham seus olhinhos. Digo que não entendi isso de Nicanor desfazer o que havia feito. Ele explica que Nicanor chegou à conclusão de que tinha de desfazer aquilo que motivou a sua ida ao Castelo, ou seja, tinha de desfazer a salvação do doutor Ismálio dentro da mina. Por outras palavras...

— Desfazer a salvação... — balbucio, em busca de luz. Meu raciocínio anda mesmo bem lento.

— Sim, senhor, desfazer a salvação: matar o gerente.

Quem sopra um pensamento desses numa cabeça tão singela e pura como a de Nicanor? Que anjo, que demônio? Era espantoso o que acontecia: ainda há pouco, esse cristão levava uma vidinha pobre e tão sem maldade, sem nunca uma briga, sem nunca um só desentendimento com algum vizinho, nunca uma raiva maior de ninguém; e então, porque praticou um bem, o melhor bem que se pode fazer a outro, que é o de salvar-lhe a vida, estava aí pensando no pior mal que um ser humano pode levar a outro ser humano, que é a sua morte. Incrível. Isso quase que da noite para o dia — ou do dia para a noite, porque aquilo era sair da claridade para as trevas. E pior: sentia que não era uma cogitação passageira, algo que tivesse aparecido no calor do desespero e já ia se dissipar por ser absurdo, não, era uma tentação que, passado o primeiro espanto de tê-la, ia se impondo forte e determinante, algo como a descoberta de um dever a que já não podia fugir: sim, Nicanor, o dever de anular o que fizeste e que te deu o desprazer infinito de te chamarem traidor; está em tuas mãos, e apenas nelas, recobrar a estima que todos tinham por ti; vais para a cadeia, mas ninguém dirá que para a cadeia foi um traidor dos amigos; lá, à espera da visita de todos, estará um homem decente.

Loucura. Mente perturbada. Coitado.

A ninguém Nicanor revelou sua decisão. Ia preparar tudo em silêncio, queria que todos tivessem a surpresa, saíssem gritando mundo afora: o Nicanor matou o doutor Ismálio, o Nicanor matou o doutor Ismálio! Depois, então, diria para que fez aquilo, ou nem ia ser preciso dizer, o fato falaria por si mesmo. Não queriam uma prova de que eu não estava do lado dele, de que estava era do lado de vocês, que sempre foi também o meu lado? Pois aí está, companheiros, matei quem salvei, isso basta?

Foi trabalhar e fez questão de não se aproximar de ninguém. Que continuassem nos seus segredos e na sua ira, para ele tudo se resumia agora em tramar, calcular, pensar no principal: como ia pôr em prática o que resolvera fazer?

Em casa, Ceição não estranhou que ele estivesse ainda mais fechado, não podia ser diferente, pensou ela, os mineiros da Rocinha e, a esta altura, também os de outras minas que souberam do almoço, todos queriam mesmo era castigar seu marido com isolamento e desprezo. Ela tentava consolá-lo. Nicanor agora se irritava fácil, queria silêncio.

Fazia já uma semana que tinha acontecido o almoço quando Nicanor decidiu. Ia lá, no Castelo, procurar o gerente. Não com a arma ideal, revólver, pois não tinha revólver; muito que pensou nisso, que fosse com um revólver, tão mais rápido e mais limpo; quase que foi pedir emprestado o do primo Zé Ambrósio, não foi, ele não ia emprestar, estava sabendo da desavença com os companheiros da Rocinha, por certo ia fazer perguntas e ficar todo cheio de imaginação e suspeita; para que um sujeito como o Nicanor ia querer revólver? Podia até pensar que fosse para se matar. Não, com o revólver do Zé Ambrósio não dava para ir. Ia, pois, com o punhal. Tinha um punhalzinho que recebeu de volta na venda dum galo de briga, escondia-o no guarda-roupa sem saber mesmo para quê. Eis, quem diria?, que o dia do punhalzinho chegou.

Loucura, loucura.

Não disse a Ceição onde ia. Saiu como se fosse apenas dar uma volta no bar do Dal-Bó, o que era comum nas manhãs de sábado. Não demorou a pegar o ônibus. Nele, desde logo, o silêncio. Já quase se acostumava com isso, o silêncio. O sentimento dos amigos da Rocinha estava à vista por toda parte: Nicanor, o arigozinho metido a besta, o traidor dos camaradas de serviço, ali vai ele, ninguém lhe dê bom-dia. Mas já não se importava tanto, o dia da prova que queriam estava chegando. Prova dura, jamais pensada. Afundava-se nesta dura descoberta: seu destino de homem direito passava pelo destino de matador. Que assim fosse. Mostraria a todos que não se pode, sem mais nem menos, chamar de traidor um homem de bem. Estremecia com a repercussão que o fato ia ter: por todas as minas o gesto seria falado, até no Rio de Janeiro o nome Nicanor ia andar por muitas bocas, quem sabe pelos jornais, pois o acontecido tinha mesmo o seu lado fora do comum: "Em Santa Catarina, o operário de mina de carvão Nicanor Miranda matou com três punhaladas o gerente da companhia em que trabalhava, o engenheiro Ismálio Pederneiras Cunha, cuja vida ele próprio havia salvo uma semana antes, derrubando-o quando ia tocar num fio de alta-tensão. O motivo da morte é que os amigos, que articulavam uma greve, passaram a chamá-lo de traidor por ter ido a um almoço na residência oficial da empresa, oferecido pelo gerente em sinal de gratidão e reconhecimento. Inconformado com o desprezo e a ofensa de que traiu os companheiros, Nicanor decidiu provar que era inocente. Achou que a melhor forma de fazer isso era desfazer o que fez: matar o homem que não deixara morrer."

Subiu o morro do Castelo em febre, as pernas pesadas. Nunca tão decidido — não, não desistiria. Traidor não é palavra que quem é limpo ande carregando. Iam ver quem era Nicanor, um homem capaz de salvar outro homem da morte, capaz também de tirar-lhe a vida, se necessário fosse. Era necessário.

Loucura.

Tocou a campainha do portão principal. Veio um empregado, apresentou-se: era o Nicanor que esteve ali, sábado passado, almoçando com o doutor Ismálio. O empregado disse que se lembrava, sim, ele e a família, e lhe deu a má e a boa notícia: a má, que o doutor Ismálio estava em Criciúma, só voltaria amanhã à noite; a boa, que na segunda-feira de manhã ele iria visitar a mina da Rocinha.

Seu Ascensão pediu que todos se aproximassem, o doutor Ismálio veio de novo até a frente de trabalho deles para fazer uma comunicação. Da outra vez, lembrou, quase que se deu aqui uma desgraça. Felizmente, graças ao Nicanor... Parou, estava sabendo da indisposição geral contra o operário, chegou a comentar isso com o doutor Ismálio. Não era bom falar no que o Nicanor fez. A dois passos do gerente, com uma pá na mão, Nicanor encarava-o com fisionomia severa.

Com a palavra o doutor Ismálio:

— Senhores, vou ser breve. De hoje até quarta-feira, vou visitar todas as minas. Estou me despedindo.

Nicanor apertou o cabo da pá: se despedindo?

— No fim desta semana volto para o Rio de Janeiro, pedi minha transferência, foi aprovada. Vem aí um novo gerente.

Os mineiros se entreolharam, aquilo podia influir nos planos de greve? Nicanor perguntou-se: aquilo alterava a decisão para a qual estava pronto, ali ao lado?

— Peço que esperem a chegada do novo gerente antes de qualquer paralisação. Quem sabe ele pode atender os seus pedidos.

Aquilo parecia ter sentido. Quem vinha aí vinha com outras decisões, por que não conhecê-las?

— Nesta mina foi que aprendi a dar mais valor à vida. Alguém me salvou da morte, não vou esquecer isso nunca mais.

A mão de Nicanor suava no cabo da pá.

— Fico sabendo que quem me salvou está sendo chamado de traidor. Me desculpem, é uma injustiça. Ele é um homem direito. Vocês não gostam de mim, mas podem acreditar no que digo, Nicanor é um homem muito fiel aos amigos.

Os mineiros sentiram-se um pouco confusos. O homem veio se despedir, pedia algo bem razoável, que esperassem a chegada do novo gerente, e falava bem de Nicanor. Falava de Nicanor de um modo que parecia não ser somente para agradar, dava para ver que era sincero.

Raul Constâncio opinou:

— Doutor, seu pedido pra se esperar o novo gerente... eu por mim... sei lá, acho que é bom.

Nicanor queria ouvir mais, queria alguma palavra a seu respeito.

— Sobre o Nicanor... bem, ele tinha ficado de provar pra nós que não é traidor... não fez isso ainda...

A pá, Nicanor segurava a pá com as duas mãos. O gerente pensava. Esse aí é um homem bom. Duvido que me engane. Esse aí não pode de forma alguma ficar entre os amigos como o traidor que não é. Por trás dos óculos redondos, os olhos do doutor Ismálio examinavam Nicanor. Por fim, falou:

— Amigo Nicanor: já lhe disse como fiquei agradecido pelo que fez. O almoço no Castelo não foi nada diante do que lhe devo.

Como seria possível insistir em matar um homem que falava isso? Nicanor sentia-se confuso, o gerente continuou a falar com ele:

— Tenho uma notícia. Eu não podia ir embora sem fazer isso. Vou lhe dar uma colocação melhor na Companhia. Você vai trabalhar lá fora, pode ser na carpintaria, se quiser, ou na caixa de coleta. Você escolhe.

A sorte estava lançada, todos os homens ouviram. Mais que todos eles, Nicanor. Trabalhar lá fora, na caixa de coleta? Na carpintaria? Quem sabe na oficina de tratores com Seu Souvenir, que tanto apreciava galos como ele?

Os homens esperavam a reação. Ele pensava, quem sabe em Ceição, nos seus meninos. Em dias melhores, outra vida. Devia pensar nisso. Quando se deu por resolvido consigo mesmo, falou:

— Se o senhor não leva a mal, quero ficar aqui na mina.

Seu Américo diz que até morrer, há uns três ou quatro anos, Nicanor foi muito benquisto. De vez em quando, contava como quase ficou na História matando um homem de quem poucos dias antes tinha salvado a vida. Ia matar mesmo, ele fazia sempre questão de garantir.

Quem o conhecia, bom como era, não acreditava muito nisso.

O novo gerente foi dos melhores que a Companhia já teve desde os tempos do doutor Vetterli. Chegou e, logo no primeiro mês de gestão, tomou uma providência: determinou ao feitor Ascensão que transferisse o ajudante de mineiro Nicanor Miranda do subsolo para um lugar bem bonzinho na caixa de coleta. Sem direito a dizer não, avisou. Nicanor obedeceu, melhorou razoavelmente de vida. E todo mundo achou que era bem merecido.

9

A mão esquerda de Tobias

O que pode um homenzinho como ele
trazer do fundo da terra?

É Tobias que chega: vem encolhido da rua gelada e senta vagaroso na cama. No primeiro relance, achou que Angelisa já dormia, mas logo viu que não — preocupada como anda, ela não iria dormir, e pela interjeição de alívio que balbucia dá para ver que ficou feliz. Nada pergunta, tem a certeza de que ele vai espontaneamente contar o que tem, não importa o quanto isso demore. Infeliz da mulher que não entende de espera.

Tobias vai ficar quanto tempo assim com a cabeça entre as mãos? Ela examina o perfil arqueado, a vontade é tocá-lo num braço, sem dizer palavra, apenas tocá-lo num braço para lembrar que seu destino é lhe fazer companhia, mas quando decide isso, a interferência mínima de tocá-lo, vê, com renovada inquietação, a volta do mistério: a mão esquerda do marido deixando o rosto, pousando mais uma vez aberta no joelho, e sobre ela a mesma concentração esquisita.

Está assim desde ontem. Chegou da mina, lavou-se, sentou na escadinha da porta da cozinha e absorveu-se na mão como se tivesse acabado de descobri-la, maravilha ou monstruosidade brotando no corpo. Ensimesmado na palma calosa, estava para além dela, por outros mundos. Angelisa aproximou-se, o café estava pronto, disse, e afagou-lhe a cabeça. Não era novidade Tobias ficar assim pensativo, sempre foi mais quieto do que falador, novidade era ir sentar-se na escadinha, ficar na contemplação da mão, num espanto diante de algo que, ela via, nada tinha de diferente, era a mesma mão de todos os dias. O que tens?, quis logo saber. Nada, ele respondeu. Nada... Pois sim. Podia dizer mil vezes que não era nada, qualquer cego via que algum problema estava havendo, e problema sério, ninguém fica assim cismático por nada. Não era normal. Inevitáveis, então, os maus pensamentos, a começar pela suspeita horrível: seria doença? pulmões estragados? algum mal sem remédio, mesmo sendo tão moço? aquele era seu modo de mostrar desespero? Uns se agitam, choram, gritam os piores nomes, ele olhava a mão, como que indagando o futuro. Outra suspeita: vai ver ele feriu, quem sabe até matou alguém com aquela mão! Não era homem de ter inimigos, só tinha uns sujeitos de quem não gostava, como todo mundo tem — será que brigou com algum deles? O que mais dá por aqui é operário bebendo e se desentendendo, às vezes puxando faca ou canivete, cortando. Angelisa tremeu. Foi briga? Doença, briga, o que quer que fosse, ele nada respondeu. Isso ontem à tarde. À noite, por longo tempo ficou assim, na cama, virado para o canto, certamente perdido na mão até dormir. Nenhuma resposta, nenhuma explicação. E tudo se repetiu hoje, já de madrugada, antes de ir para a mina, a mão de novo, de novo o silêncio, saiu mal se despedindo, e, de tardinha, foi o mesmo enigma, a mão era um visco, nem comeu e foi para a rua envolvido no mesmo feitiço, Angelisa ficou agoniada na janela, Tobias endoidou? No bar, aceitou jogar dominó com Almerindo Cruz, Jerominho e Gabriel Pianço, os três depois disseram que ele não se concentrava nas pedras, de vez em quando examinava a mão, como um lunático, Almerindo Cruz fez uns versinhos zombando e não adiantou, o homem estava mesmo muito complicado. Voltou para casa tão misterioso como quando tinha saído. Está aí assim, sentado à beira da cama.

Deus há de fazer que ele fale por vontade própria, ela pensa. Há de abrir logo esse coração, essa boca. De repente, da cabeça atordoada vai surgir uma luz: vou conversar com Angelisa, ele há de decidir, não encontro no mundo ninguém de mais confiança. Vou, vou, sim. Deus é poderoso. E não é então que Deus interfere e ilumina mesmo? Sim, de verdade. Tobias desvia os olhos da mão, eleva-os para os dela, quer falar, as palavras como que estão grudadas, venham, venham a meus ouvidos, palavras, ela incentiva, e a voz enfim sai trêmula:

— Quero te dizer uma coisa, Angelisa.

— Sim, Neném, diz, diz.

Na frente dos outros ele não gosta de ser chamado de Neném, como se fosse o filho que ainda não tiveram; assim sozinhos gosta, pois ela diz Neném de um jeito muito delicado e amoroso. Ao sair de madrugadinha, ela o acompanha até à porta, diz "Deus te guie" com um abraço tenso, um rápido beijo; quando volta à tarde, preto de carvão, o abraço é alegre, ela diz "graças a Deus", beija-o mais demorado. Tudo é agrado. Com um pedaço de torresmo do Braço do Norte ela prepara uma comida boa. As vasilhas estão sempre bem areadas. A roupa para ele botar depois que vem do serviço está sempre limpa. Contudo, o que mais alegra Tobias é o abraço na madrugada, quando vai trabalhar, e no cair da tarde, quando volta, e também ouvi-la dizendo Neném quando estão sozinhos.

— Sabe, estive pensando...

Tem tudo para ser a tomada de uma decisão, ela imagina, uma decisão tão séria que não está dando para passar na garganta. Será enfim a Serra? Largar a mina e fazer o que há tempo quer fazer, deixar o Guatá e ir morar na Serra? Pelo fundo dos olhos dela passa o contorno azul das montanhas ali perto, a imagem dos silenciosos tropeiros, vagos vislumbres do que lá em cima se esconde.

— Conta, Neném, é o serviço, é a Serra?

Desde menino que Tobias vê a Serra encantado, é tão bonita, ergue-se ali perto e ao mesmo tempo tão longe, em dias bem limpos até parece que estendendo o braço dá para alcançá-la, e no entanto é um outro mundo, ou quase, o que existe para se ir até ela é uma vereda para aventureiros a cavalo. Comenta-se a construção de uma estrada de verdade, sabe Deus para quando. Tobias cresceu vendo e desejando a Serra. Entrou na mina por uns tempos, era a sua idéia, não mais que por uns tempos. Um dia ia trocar a vida escura e arriscada por uma bem clara, ao ar livre, a Serra. Devia ser muito bom respirar lá em cima, disse muitas vezes a Angelisa, os dois ainda namorados, e ela aprendeu a ter o mesmo desejo. Casaram, de vez em quando ele ia para a janela, ficava mirando e pensando, ela vinha e, por algum tempo, acompanhava-o na silenciosa admiração da paisagem. Nunca esquece: um dia, ele chegou em casa dizendo que ainda ia comprar uma coisa. Fez mistério: adivinha o que eu quero comprar assim que tiver um dinheiro sobrando? Ela deu várias respostas, todas erradas. Queria comprar um binóculo, ele revelou. Seu Orestes Righetto tinha mandado buscar um pelo reembolso postal; acabara de recebê-lo, deixou os que estavam na venda dar uma espiada. Na sua vez de olhar, Tobias procurou logo a Serra, só que estava tudo nublado, não viu quase nada. Seu Orestes garantiu que, estando claro, aquilo era binóculo para se ver até os botões da bombacha do Cilião Palheta descendo a pirambeira com suas mulas. Era mesmo de vir para casa pensando no poderoso binó-

185

culo, mas ia ser bem difícil ter um enquanto trabalhasse na mina, Tobias falava que ia comprar só por falar, era mais uma forma de repetir o quanto queria ir morar na Serra. Sem qualquer noção do preço de um binóculo, Angelisa é que acreditou que iam tê-lo, por que não?, nem precisava, disse ela, ser como o de Seu Orestes, bastava que desse para ver um pouco da Serra, ela também queria ter o prazer de vir à janela para vê-la mais de perto, sobretudo no inverno, com a neve brilhando ao sol. Agora, o que mais queria mesmo era estar lá, de corpo e alma, morando numa casinha que, no começo, podia ser até pior que essa da Companhia em que moravam. Queria ontem e continua querendo hoje, cada vez com mais esperança. Para viver do quê? Para viver do que fosse, Deus não iria mudar a gente para pior. Tobias tem dito que quer trabalhar numa fazenda, aprender tudo o que a peonada faz, tem certeza de que, mesmo já com vinte e seis anos, se acerta fácil em qualquer ofício, basta lhe darem uma oportunidade. Será que a oportunidade chegou? Angelisa estremece: será? Vai ver que sim, vai ver é isso que ele está querendo contar. Tobias diz:

— Sabe, nunca que eu pensei tanto em morar na Serra. Tu quer?

Ela arregala uns olhos que brilham, balança a cabeça: isso é pergunta? é o que sempre quis, ele bem sabe. Alvoroça-se:

— Tu arrumou serviço na Serra, Neném?

— Ainda não.

— Então o que é?

— Minha mão...

— Tua mão?

— É, quero conversar contigo... esta minha mão... ela vai ajudar muito a gente.

Como entender isso? A mão que ele levanta até a altura do peito vai ajudar muito a gente? Como?

— O que é que tem a mão?

Tobias chega mais perto, Angelisa e mais ninguém vai ficar sabendo do passo que ele quer dar na vida. Diz:

— Nossa vontade é ir pra Serra, não é? Pois tem um jeito.

— Tem?

— Tem. Eu me aposentando.

É para entender ainda menos. Tobias tem vinte e seis anos, trabalha na mina há uns oito. Para quem é da profissão ainda está com saúde, sente apenas umas dores nas costas e uma friagem nas pernas, o que é normal. Aposentar-se é para daqui uns dez, quinze anos, Angelisa nem sabe direito. Agora ele vem com a novidade de se aposentar. Se aposentar como? E o que a mão tem com isso?

— Esta mão... Se eu, num acidente, lá embaixo da mina...

— Um acidente?

— É, um acidente. Anteontem, na venda do Orestes, fiquei notando uns tropeiros descarregando as bruacas. Tinha um homem assim da minha idade com um braço só. Tu precisava ver como ele trabalhava. Fazia tudo, tudo,

187

acho que até melhor do que se tivesse os dois braços. Então eu resolvi: vou ter um acidente com a minha mão.

— Que bobagem, Neném.

— Isso já foi feito. Tem operário que já cortou o dedo, esmagou o pé, a mão. Aí se encosta na Caixa, depois se aposenta. Invalidez.

— Gente louca.

— Se livra da mina com um dinheiro e mais o aposento. E continua trabalhando num serviço mais leve.

Ela nunca tinha ouvido falar nisso, o que sabe de mina é que os homens entram por um poço, vão pelas galerias explodindo e arrancando carvão, enchendo e empurrando com os ombros e a cabeça os malés para fora, tudo muito pesado e perigoso; sabe que as galerias são cheias d'água e que muitas vezes os homens têm que trabalhar agachados, por isso Tobias se queixa de dor nas costas e frio nas pernas; sabe que na mina é bem mais verdadeiro ainda aquilo que alguém já disse, que a velhice começa surgindo é de dentro da mocidade. Desconhecia isso de cortar dedo, mão, pé de propósito. Sair da mina é o sonho de seu marido, e é o sonho dela também sendo dele, só que é preciso ver como o sonho pode virar realidade, não pode ser assim com qualquer loucura, pode?

— Uma loucura... — ela repete. Pega a mão que Tobias quer perder e examina-a, tão escura e maltratada. Esmagá-la? Cortá-la? Ficar sem ela, defeituoso para sempre? Loucura. Acaricia-a. — Nem pensa nisso, Neném. Nem pensa.

Ele responde que é um assunto já bem pensado, bem calculado, resolvido. Basta um pequeno acidente para recomeçarem tudo em outro lugar.

— Arrancar tua mão é acidente pequeno, seu tonto?

— Acidente mesmo é esmagar as pernas, a espinha, uma mão não é nada.

Se machucar para melhorar de vida? Tirar a mão fora, isso tem sentido? Meu Deus, até um dedo já ia ser maluquice...

— Até este dedinho — brinca Angelisa apertando o dedo minguinho de Tobias. Mas não é hora de brinquedo.

Ele diz que pensou num, dois dedos. Bobagem. Dedo é muito arriscado, a Caixa já encostou e até aposentou quem cortou o dedo, só que começou a haver muitos casos, então endureceram. Tem acontecido de gente perder o dedo, não levar nada e ainda ser posto na rua, provaram que foi de propósito, tramóia. Acidente com a mão desconfiam menos.

— A mão... Não, nem fale, Neném.

Que medrosa! Decerto a boba está pensando na dor, como se ele não fosse capaz de suportar uma dor até maior, ainda mais sendo para sair da mina. Ou é agora ou não vai ser nunca. Faz oito anos que ele pateja na lama preta, ajudante de um, de outro, agora do Arão Espíndola, que é outro prepotente, e, mesmo que fosse ajudante do melhor sujeito do mundo, quando que isso ia ter futuro? Vai dar sempre murro da madrugada até o meio da tarde, no fim de semana vai receber sempre o mesmo boró miserável para comprar comida. Melhorar? O que pode um homenzinho como ele trazer do fundo da terra? Dor nas costas, friagem nas pernas, desânimo. Vida é aqui fora, é poder largar tudo e ir para a Serra, antes que fique ruim duma vez, o reumatismo invadindo o corpo por inteiro, os pulmões entupidos não cabendo mais carvão, ele já não prestando para mais nada, somente para rastejar pelo meio da vila à procura duma distração qualquer. Como o Gabriel Pianço, que é encostado na Caixa, arrombado dos peitos, um ofego sem fim, que sai à noite no frio para jogar dominó, pois é mesmo um cabeça-dura, quando dizem que deve ir embora responde que pior do que anda não pode ficar, é sempre o último a sair. É o que mais ri dos versinhos que Almerindo Cruz vive fazendo. Almerindo, sim, é um privilegiado pela natureza: anos de mina, já aposentado, e está quase inteiro, mal e mal reclama duma canseira, não mais que uma dorzinha nas juntas, uma dorzinha de nada, ele garante, e do que mais gosta é daquilo: jogar dominó, enticar com os outros versejando ("Tobias, tu tá quieto, / que foi que te arrenegou? / Seu porqueira, tu te acorda, / que um pescoção já te dou").

— Não dá pra tentar outro serviço, Neném?

— Onde?

— Uma vez tu disse que ia falar com Seu Orestes pra ver se ele te botava de caixeiro na venda.

Angelisa bem sabe que ele já desistiu disso, quantas vezes falou que foi um pensamento bobo? Um arigó que mal sabe escrever o nome, o que é que vai fazer por trás dum balcão? Ela ouvia e animava, dizia que ele era esperto, sabia fazer conta, não adiantou. Tobias não sonhava mais em ser caixeiro, Angelisa lembrou por lembrar, não vem mais nada na cabeça.

— Tudo vai dar certo — ele volta a se referir ao seu plano, que já tomou forma, afinal foram dois dias inteiros pensando nele. Quem o via assim absorvido de mão espalmada se perguntava que diabo estava havendo com o Tobias, nunca ia imaginar que o que ele estava fazendo era estudar o melhor jeito de ficar sem a mão, um jeito rápido e garantido. Por trás de tudo, o dominador desejo de se libertar da mina. Não era um escravo? Era, sempre suportando tudo que é gato e cão de quem manda e pode. Tristezas tumultuam a mente: a gente nasce com esta mão, vive anos com ela, nem tem como calcular o que ela já fez, ajudou a comer, a brincar, a amar, a trabalhar, que peça mais valiosa uma simples mão — e então, por um bem maior, um mundo novo, nos separamos dela com violência! Mas a coragem é forte: — Esta mão vale a minha vida, Angelisa.

Angelisa olha a mão estendida e, por um momento, sente-se uma estranha diante dela. Nunca pensou no valor sem preço dessa mão, nem dessa nem da outra que vai, se ele fizer o que pensa, ficar para uma luta redobrada. De tão familiares, elas nunca lhe mereceram uma atenção particular. E são tudo — carinho, amparo, alimento. O que uma mulher como eu, Angelisa, deve às mãos de seu marido! O que dizer à mão esquerda, à querida mão que

Tobias está condenando? Tudo o que dissesse seria tão pouco, tão mesquinho.

— Como é que vais fazer, Neném? — ela se resigna a perguntar.

Ele gosta da pergunta, mostra que ela vai aos poucos se acostumando com a decisão. Dito em palavras, como vai fazer é simples: ele empurra o vagonete carregado de carvão até o alto da lomba que fica quase à saída da galeria, escora-o mal e mal com uma pequena pedra de carvão, ele desce a uma distância de uns dez metros, logo logo a roda de ferro, com o peso, vai esmagando a pedra, a pedra vai deixando de segurar o vagonete, Tobias já está deitado com a mão esquerda em cima do trilho, os segundos levam séculos, é ter paciência, rezar para que ninguém apareça e veja o que está havendo, quem sabe, se Deus quiser, aparecendo só na hora do acidente mesmo, o que seria ótimo, aí não há como deixar de provar que foi apenas um escorregão que teve e que não houve nenhum tipo de arranjo, é isso, repetindo, é ter paciência, é esperar que a pedrinha vá cedendo ao peso do vagonete, e então, bendito seja Deus, lá vem ele, deu certo, ele ganha velocidade e... é um acidente perfeitamente possível.

— Que louco!

— São mil quilos, é como cortar manteiga com a faca — ele compara, quase com um sorriso, logo pedindo que ela não se preocupe, pois assim que tudo acontecer ele grita, o pessoal que está mais embaixo vem prestar socorro, é uma gritaria, logo vão ver que por sorte é somente a mão,

192

o que não deixa também de ser grave, e enleiam rápido uma camisa para estancar o que der do sangue que jorra, e dado o tamanho do corte não o levam para a enfermaria, no Escritório, aquilo não é para as mãos do Alfredinho, ou para a farmácia do Lindomar, levam direto para o hospital de Orleans, onde há todos os recursos. Lá vai passar uns dias. Depois é que se apresenta na Caixa, fica encostado por uns tempos, volta a novos exames e, por fim, é aposentado por invalidez. Invalidez para já não trabalhar mais na mina, bem entendido. Sobra a mão direita para trabalhar em mil outras atividades, recomeçar a vida. A estas últimas palavras, recomeçar a vida, a mão direita de Tobias aponta para o lado em que, lá fora, fria mas tão sonhada, se encontra a Serra.

— Pra quando vai ser isso, Neném?

— Pra logo.

— Logo quando?

— Pra manhã, quem sabe...

Angelisa pega a mão condenada, abafa com ela seu impulso de chorar, mão gelada que lhe traz, num estremecimento, a aterradora idéia: e se, em vez do pequeno acidente, como ele chama, acontecer o pior? Ela procura afastar o mau agouro, pensar em nada mais além da mão, e não é pouco, a mão violentada já carrega em si mesma bastante morte, é doloroso pensar na mão morta, Tobias vivo e morta uma parte sua, a mão reduzida a carne esfrangalhada, ela sempre ali com todo o corpo e duma hora para outra assim rompidos.

— Vou dormir — ele fala, e com delicadeza tira a mão das mãos dela, já disse o que tinha a dizer, já dividiu com a companheira o seu segredo, então se arruma e logo se deita, se vira para o lado da parede. É comovente, é perturbador: não demora e o homem cansado dorme.

Ela mantém-se na mesma posição, vai recomeçar a reza que interrompeu quando ele acabou de chegar, mas antes fica se perguntando sobre este milagre da vida: como é que pode um homem dormir assim tão fácil depois de ter decidido o que decidiu, indo logo mais fazer o que vai fazer? A respiração, abafada pela manta que cobre metade da cabeça, sai admiravelmente normal. Ela sente contra o braço o despreocupado arfar das costas, a sensação é de que ele repousa com profundo gosto depois de ter realizado uma conquista, a noite que se põe a atravessar é tranqüila. Como pode ser assim?

Além do ressonar, é um distante dobre de sino, não um tique-taque de relógio, o que ela escuta. Velhas notícias que percutiam às vezes na cabeça vêm percutir de um jeito novo nesta hora arrastada: mortes de que ouvira falar, desabamentos, explosões, choques elétricos, aleijamentos, viúvas e órfãos precoces. Por que, nesta penumbra de oração, na branda meia claridade que o bico de luz da cozinha espraia, o espírito não se ocupa de melhores imagens? Neném falou tão seguro que sua idéia vai dar certo, devia acreditar nas palavras dele, sim, vai dar certo, sempre acreditou em tudo que ele disse, por que não agora? Faz anos que ele fala: saio da mina, Angelisa, saio e vamos para um lugar mais limpo, mais claro — e nunca ela deixou de compartilhar a mesma fé. Por isso reza: vai, vai dar certo, com vossa ajuda, meu Santo Anjo da Guarda, com vossa ajuda, Santo Anjo do Neném; eu vos peço, Santa Bárbara, vos peço vossa compaixão bondosa, ele está errado, eu sei, um cristão não pode arrancar do corpo nada do que Deus lhe deu, se bem que é um sacrifício de muita coragem isso que ele quer fazer, um sacrifício pela vida, Neném quer viver a vida, não num buraco encharcado sempre ameaçando cair, por uma vida melhor ele cede uma de suas mãos, um homem precisa ser muito valente para botar a mão debaixo duma roda de ferro, mil quilos são como uma faca na manteiga, quando corto a ponta dum dedo já sai tanto sangue, o que não vai sair duma mão tirada assim do braço, isso tem seu valor, não tem, minha Santa Bárbara?

Tobias não muda uma única vez de posição, não faz quase nenhum movimento além do respirar cavernoso. Chegou a ajeitar melhor a manta na cabeça, encolheu-se um pouco. Angelisa mantém-se recostada, com o rosário nos dedos flutua numa atmosfera ambígua, ouve o dobre de um relógio, o tique-taque de um sino, confusões, sombras sonolentas que se misturam, longe o uivo dos cachorros sem frio. São quase alucinações. Não é a parede que tem à frente, é um campo, não é um campo, é um cemitério, não é um cemitério, é Neném perscrutando a Serra de binóculo, não, é ela vestida de preto indo por um campo, não, não... Longa vigília, longa.

E então toca o sino, pancadas, uma estridência, não é o sino, é o relógio, são quatro horas em ponto. A hora de cada dia. Vem uma hesitação absurda: e se ela não chamar Neném? Ela entendeu muito bem que hoje é o dia da loucura. Sim, fazer de conta que o relógio, por um inimaginável defeito, ficou mudo, inventar um pressentimento, isso é sinal de que não deves fazer o que estás pensando, Neném, é um aviso de Deus para desistir, Deus vai dar outro rumo para a nossa vida, já esperamos tanto, vamos esperar mais um pouco, quem sabe Seu Orestes te bota de caixeiro, ou então Seu João Horácio ou Seu Alexandre Doneda, ou um tropeiro um dia puxa uma conversa contigo, fica sabendo da nossa vontade de ir para a Serra, te diz, sei lá, que um fazendeiro está precisando de um homem moço e trabalhador para ajudar a cuidar do gado e duma mulher também moça e trabalhadeira para limpar a casa e cuidar dos filhos dele. Por Angelisa voam quimeras simplórias, e ela vai-se sentando na beira da cama, puxada por irresistível força. O dever é chamar, não pode fugir dele. Acordar o marido todo dia é uma das primordiais tarefas que assumiu quando se casaram, sagrada como fazer comida, arrumar a casa, lavar a roupa, esfregar as costas dele no banho depois que chega da mina. Por mais que esteja tentada, seria uma traição deixar de chamá-lo agora.

— Neném.

Vira-o de leve, ele cede um pouco e volta a dormir fundo. Descobre-o até metade do corpo, encontra as mãos, segura a mão esquerda.

— Neném, Neném.

Falando assim baixinho não o acordará nunca. Tem de acordá-lo. Faz então como nos outros dias, do modo como ele sempre mandou que fizesse — sacode-o nos ombros, no peito, na cabeça, alteia a voz o quanto é necessário, chama gritado:

— Neném, Neném, Neném!

Uma auréola de neblina mal permite que a luz dos postes desvende casas e barrancos. O cheiro da terra bruta vem refinado pela noite. Tobias e Jerominho, como todos os outros do primeiro turno de trabalho, saem com suas bolsas de comida e os lampiões de carbureto acesos. Até à mina é meia hora de caminhada, vão entrar ainda assim escuro na galeria. Sol só vão ver logo à tarde na saída.

Dos dois, o vizinho Jerominho sempre é o que mais fala. Hoje, com um assunto antes de qualquer outro: quer saber se Tobias melhorou, pois ontem à noite, no bar do Dal-Bó, faça-me o favor: estava como um condenado, parecia ter acabado de receber a notícia da pior doença do mundo. Com uma cara assim não se joga dominó com os amigos. Uma cara de terneiro que se atolou no brejo.

— O Almerindo fez só uns versinhos mexendo contigo. Até me lembro: "Tobias, tu tá quieto, que foi que te arrenegou?" Tu estás doente, Tobias?

Doente? Tobias força uma risada. Doente nada, nunca andou tão bem de saúde. Estava era chateado. Chateado por quê? Ora, porque... a gente nesta vidinha de merda... só isso... é pouco? Arranca pedra, carrega pedra, arranca pedra, carrega pedra, mais nada. Tem hora que aporrinha demais, dá uma tristeza, quem que não sente? Mas já está bom, são momentos, conversou bastante com Angelisa, animou-se. Chegar em casa e contar os problemas para a mulher da gente é uma coisa boa.

— Tua mulher é uma santa.

Tobias também acha que sim, é verdade, e bem que gostaria de retribuir o elogio, dizer que a mulher de Jerominho é outra santa, o que está bem longe de ser, pois é ruim que só vendo, uma urtiga. Brigona, reclamadeira, o coitado passa um aperto sem fim. Em casa ele nem abre a boca, por isso decerto é que fala tanto aqui fora — o fato de ser ainda madrugada, o ar cortante zunindo nas orelhas, não lhe tira em nada o pique da conversa: logo já está no preço dos mantimentos, num retrato do Getúlio que o pai tinha e lhe deu para botar na parede, numa troca de galo tratada com o Souvenir Luciano, nos versinhos do Almerindo Cruz, ontem no bar, quando caprichou para tirar Tobias da tristeza, no coitado do Gabriel Pianço com a tosse cada vez pior e andando por aí de noite na friagem, nele próprio, Jerominho, pensando em parar de fumar, como se alguém que fuma seu Liberty desde guri pudesse largá-lo algum dia. Quanta palavra. Para Tobias, mais do que nunca, é uma tagarelagem que se perde no ar, dela vai-se fazendo surdo, há um sentido maior que o conduz até a galeria e, lá chegando, galeria adentro.

Angelisa, eu sei que a tua cabeça está aqui na mina, pensando no que vim fazer. Até parece que te vejo sentada naquela pedra ali, caladinha, toda nervosa, me olhando e rezando. Quando saí, depois de tanto tu me segurar, sem pedir que eu ficasse mas querendo que eu não viesse, tu falou o que todo dia me fala: para eu vir na companhia de Deus. Vim. E comigo não veio só Deus não, tu também veio junto. Tu sempre vem comigo, pode crer que nunca como hoje. Hoje é um dia especial. Vejo o Jerominho, o Nica, o Varte, o Selmo, o Nabor Guedes, o Otílio, o Tavinho, o Arão Espíndola, um montão de gente, todo mundo já molhado e já sujo cavando a vida, mas quem vejo mais do que tudo é tu, tu tão iluminada com teu jeitinho amoroso que me ajuda tanto. O Jerominho falou no caminho: tua mulher é uma santa. Então não sei?

Sei que tu nem dormiu a noite toda. Da hora que me virei pro canto até a hora que o relógio tocou, tu ficou te consumindo de preocupação e rezando. Eu sei disso. Sei, sim. E como é que eu sei? Porque eu não dormi também, sua boba. Te enganei direitinho, fiquei virado para a parede pensando o tempo todo no que vou fazer. Quem é que pode dormir com um problema assim remoendo na cabeça? Achei melhor ficar fingindo que dormia, assim tu pensava que eu estava calmo e ficava calma também. Ouvi tua reza, tu estava tão nervosa, nervosinha mais por dentro do que por fora, sem barulho. Numa hora tu chegou a rezar em voz alta, como se estivesse na igreja, depois parece que aquilo te deu medo, tu não demorou a rezar de novo baixinho. Achei até graça quando tu rezou alto. Quem passasse na rua bem rente do nosso quarto ouvindo tua voz assim na noite, pedindo ajuda a Santa Bárbara, ia dizer como a mulher do Tobias é de falar alto dormindo, ou então, a mulher do Tobias ficou variada da cabeça, ele no sono solto e ela vendo perigo tão fora de hora, rezando para Santa Bárbara.

Fico assim pensando em ti, Angelisa, e controlando o serviço. Até logo mais, pelas nove horas, quero que ande tudo normal, ninguém pode desconfiar que estou nervoso. Se estou nervoso? Imagina se não vou estar. Desde que eu vi o serrano sem um braço lá na venda do Oreste e resolvi ficar sem uma mão que ando bem nervoso. Posso até não mostrar, ando tão nervoso que até me dói o corpo, acho que nem no pior dia da mina o corpo me doeu tanto.

Sabe, Angelisa, eu pensei muito antes de te contar. Muito mesmo. Primeiro achei que não precisava tu saber de nada. Eu vinha para a mina, a desgraça acontecia, corriam lá em casa e davam a notícia, nada de ficar esperando como agora. Me levavam para Orleans, logo vinham as melhoras, depois a aposentadoria, e tu pensando a vida inteira que eu perdi a mão num acidente mesmo. Bastava só eu metido na história, para quê os dois? O que eu mais pensava era tu não ficar cheia de pensão, não sabendo que hora isso ia acontecer, nem como ia ser, decerto já vendo tudo sair errado, tu és toda medrosa — então resolvi: não, eu não devia te contar nada, se um dia, mais tarde, depois de tudo passar, até quisesse te contar, tudo bem, contava, não fazia mal, eram coisas vividas.

Depois pensei: não tá certo. Nós sempre junto, sempre dizendo um pro outro tudo quanto é bobagem, como é que eu podia fazer isso e não te contar? Desde noivo que é tudo combinado, eu e tu. Se a vida não tem sido boa para nós não é por falta de acerto. Sempre que tenho uma idéia, lá tou eu te falando ela, pedindo o teu palpite. Desde que era noivo que eu te digo que trabalhar na mina é um serviço provisório, te falei na vontade de morar na Serra, sempre te conto minha dor nas costas, minha friagem nas pernas, minha raiva da pobreza.

Então, ontem de noite, fui para o bar do Dal-Bó e fiquei o tempo todo na dúvida: conto pra ela, não conto? O dominó eu nem sabia direito como é que estava, entrei nele porque o Jerominho, o Almerindo e o Gabriel Pianço insistiram, eu pensava mesmo era na minha mão e em ti, se era para tu ficar sabendo ou não o que eu queria fazer. O Almerindo caçoando de mim, os outros rindo, eu ali com a cabeça remoendo, remoendo. Numa hora, então, resolvi duma vez, vou contar tudo para a Angelisa, pronto. Fui embora e contei. Se não contasse, ia sentir como te traindo, tu sempre minha amiga e eu sendo assim ingrato.

É isso. Daqui a pouco é hora, Angelisa. O Arão Espíndola tá me olhando diferente ou é cisma minha? É cisma, ele nem imagina o que eu tenho hoje no pensamento. Tá assim porque é o jeito dele mesmo, uma cara enjoada que eu não sei como é que pode ser tão enjoada assim. Tu não calcula, Angelisa, o que eu tou sentindo quando penso que isso tá se acabando, que hoje, se Deus quiser, vai ser a última vez que vou trabalhar neste buraco. Vejo a cara do Arão e quase que dou uma risada, mas isso sim é que ia ficar esquisito, eu de repente ficar rindo para ele. Ele ia dizer: esse arigó tá maluco. Pois eles vão ver o maluco é daqui a pouco, hein, Angelisa?

Sabe, eu tinha de te contar tudo porque a gente é assim unido, mais unido acho que nem existe, mas não posso te negar que foi também porque eu estava com um pouco de medo, sabe? Um pouco não, bastante. Fiz tudo para não mostrar que estava, acho que até fingi direitinho, tu sentiu minha mão tremendo e pensou que era só do frio, tu viu meu rosto vermelho e não pensou que era de nervoso, de medo. Resolvi assim: conto sem mistério o que vou fazer, como uma vontade qualquer que tive, depois me viro pro canto e faço que durmo.

Uma vontade qualquer... Sabe, Angelisa, se tu soubesse o medo que eu sinto... o medo de não dar certo. Todo dia a gente pensa num desabamento que pode vir, num defeito no breque do malé, num fio desencapado, numa dinamite que não explodiu, como aquela com o Divo na galeria-mestra do Itacusé, ano passado: ele esperou, ela não explodiu, ele então deu uma batida na pedra e foi aquele estouro, uma picareta atravessou o pescoço dele, a gente pensa numa dinamite que explode boba boba, como aquela com o Antônio Polucena mostrando a mina para os dois meninos da Dulcídia. Medo é que não falta, nem sei dizer como é, só sei que é um medo.

— Outra vez pensando! — bate Jerominho nas costas do amigo, não falando tão alto que Arão Espíndola, lá adiante, possa escutar e vir cobrar mais serviço. — Assim tu queima os miolos, homem.

Tobias nem sabe se andou parando de encher o vagonete que estava enchendo, vai ver parou mesmo. Diz que está com dor de cabeça, o que não deixa de ser verdade, uma dorzinha fina que há tempo lateja na testa. Logo já retoma o serviço com energia, vai deixar o vagonete bem cheio.

*

O senhor nem imagina o sofrimento que foi ver Neném sair de casa na madrugada e esperar que logo mais, numa hora qualquer da manhã ou quem sabe da tarde, tudo acontecesse. Meu juízo estava perturbado, passei a noite sem um cochilo, pensando, pensando, o que era aquilo que desabava na minha pobre vida, era assim que meu marido ia atrás de seu sonho? Uma tristeza. Eu nem sabia o que devia mesmo fazer, se era me juntar à vontade dele, aprovar sua decisão e ficar ali ajudando com minhas rezas, ou se era sair e gritar na rua que não deixassem Neném, quer dizer, Tobias, pois ele não gostava que na frente dos outros eu dissesse Neném, que não deixassem Tobias trabalhar mais na mina, não deixassem ele entrar lá mais um só dia, lhe arranjassem pelo amor de Deus outro serviço, qualquer um que não fosse aquele... mas como que eu ia fazer isso com quem tanto confiava em mim?

Fiquei tempo com ele na porta, nunca abracei tanto Neném, acho que nem na nossa primeira noite de casados, era como se ele estivesse indo para uma viagem, para ficar anos longe de mim, indo para uma guerra no outro lado do mundo, eu sabendo que de lá ele ia voltar aleijado, quem sabe até... não, não, nisso eu não queria pensar, era demais, já era bastante pensar na loucura que ele tinha planejado, mil quilos de carvão esmigalhando a mão de Neném. Fiquei segurando e beijando a mão que eu nunca mais ia ver. Mão tão fria, ele todo estava frio mas a mão parecia um gelo, por mais que eu apertasse ela nas minhas não esquentava, nem sei se era isso mesmo ou se era só uma impressão que eu tinha por causa do meu nervosismo. "Me deixa eu ir", ele falou uma porção de vezes, e eu não deixava, era como se estivesse ouvindo Nossa Senhora dizer que não largasse, que minha obrigação era fazer tudo para ele ficar comigo ou então eu ir arrastada junto, aí ele acabou fazendo força e tirando a mão, e logo foi acender o lampião que já estava pronto em cima da mesa, lá fora ainda era muito escuro e eles sempre iam de lampião aceso, e pegou a bolsa com a comida que eu sempre deixava pronta de noite, e eu mal tive tempo de dizer vai com Deus, Neném, vai com Deus, e ele já estava na rua, sem se virar mais para trás, e a luz do lampião dele logo se juntou com a do Jerominho, eu fiquei acompanhando as duas luzinhas se retirando, a do Neném eu já nem sabia mais qual era, as duas se misturaram na cerração, e então, quando não vi mais nada, voltei para a cama, triste, triste, o senhor deve imaginar que é bem triste uma mulher voltar para a cama sabendo que seu marido vai indo para o perigo, e cobri a cabeça, fechei os olhos, fiquei quieta, toda encolhida, de barulho eu só escutava o relógio na mesinha, um tique-taque que me machucava o ouvido, me levantei e levei o relógio para a cozinha, eu nem queria saber das horas, queria ficar só no meu recolhimento. Voltei para a cama. Nunca pensei tanta ruindade na vida.

Não vem pensamento bom, não é mesmo? Se ele estivesse indo para outro tipo de perigo, era bem mais fácil ficar dizendo: vai dar certo, Neném vai conseguir, Deus vai ajudar Neném, Deus é bom com quem é corajoso na vida. O problema é que era arrancar uma mão fora, o que ele ia fazer era botar a mão no trilho para que um malé de carvão, mil quilos, passasse em cima. Como é que podia ficar em casa descansada, sabendo que logo mais ia acontecer uma coisa que só pensar nela já revoltava o estômago, até me dava tontura, ali no escuro eu sentia a cabeça oca, rodando. Aquilo não estava direito. Eu apoiava Neném, sendo uma idéia dele era minha também, mas me doía demais que meu marido tivesse achado aquele caminho para sair da mina. Será que fazendo aquilo a nossa vida ia melhorar mesmo? O julgamento de Deus, que tudo vê, até as mínimas pedrinhas do fundo das minas, não ia castigar? Eu pensava: pode um homem tirar um pedaço de seu corpo, todo o corpo dele não é uma obra inteira de Deus? Se é pecado um homem se matar, não é pecado também ele matar uma parte do corpo? Deus bota a gente com duas mãos no mundo, com duas tem que passar pelo mundo. Será que era assim, destruindo aquilo que Deus fez, que um pobre podia sair da sua miséria? Eu pensei muito nisso, muito mesmo.

Pensei demais, o senhor nem calcula. Minha cabeça fervia debaixo da coberta. Fazia muito frio e eu até estava com calor, meus cabelos suavam e não me descobri, eu queria ficar assim perdida na minha escuridão, era um jeito de também estar com Neném na escuridão dele. Fiz de conta que ia agarrada no braço dele pelo caminho, que com as duas mãos me prendia nele, quero ir junto, eu dizia a mim mesma, e ele não ia falando quase nada, nem ouvindo direito o Jerominho, querendo e não querendo que o tempo passasse e que chegassem logo na mina. Meu gosto era entrar lá com ele, ao menos na minha escuridão eu fazia isso, eu queria que o primeiro pensamento dele quando descesse fosse que eu estava ali também, ainda me segurando em seu braço, as duas mãos bem apertadas, e depois, quando ele precisasse trabalhar, me sentando numa pedra qualquer, num lugar de onde pudesse ver ele arrancar carvão, todo em silêncio à espera da melhor hora para o que queria, meus olhos mandando dizer que tudo ia dar certo, que tudo ia dar certo... Ai, meu Deus, eu tinha de dizer isso, mesmo achando que tudo era um pesadelo, tinha de ter força e de mostrar coragem, mas que força, que coragem podia ter uma mulher tão medrosa e tão fraca como eu?

Na minha escuridão, pensei em tudo. Na gente ainda criança e já se gostando. Crescendo e se gostando cada vez mais. Namorados, noivos, casados. Eu só fui dele e ele só foi meu. Amor entre nós é que não faltou nunca. Sonho também não faltou. Sonho pequeno. Que sonho pode ter um ajudante de mineiro? Quer dizer, depois é que a gente vê que era sonho pequeno, naquele tempo não parecia pequeno. Neném trabalhava na mina desde os dezoito anos, sempre me dizia que aquilo era por enquanto, era só até achar um emprego melhor, e o senhor bem sabe em que lugar ele queria ter esse emprego melhor — pois é, ali na Serra. Desde menino ele tinha paixão pela Serra, nasceu e cresceu voltando os olhos para ela, e eu também, todo mundo aqui sempre achou e acha a Serra muito bonita, mas foi com Neném que eu aprendi a gostar mais dela e a querer também um dia morar lá em cima, virar uma serraninha, como ele gostava de me chamar quando ficava com mais esperança. Quantas vezes busquei a visão da Serra como um lugar que Deus tinha reservado para nós e os filhos que a gente um dia ia ter, acho que Ele estava mesmo esperando a hora da gente ir para a Serra para ter filhos. Cada dia ela parecia mais linda. E ainda é assim, cada dia é mais linda, vou aí na janela e fico tempo olhando, olhando, às vezes ela está tão azul, às vezes está tão verde, dizem que o mar é assim também, ela às vezes fica escura e eu já sei que é chuva que vem vindo, e no inverno ela tem dia de ficar branquinha de neve, o senhor morou criança aqui, sabe disso, todo mundo sabe. Tão linda. Sabe um jeito que eu tenho de pensar em Deus, na grandeza dele? É olhando a Serra. Quem fez tanta maravilha só pode ser todo-poderoso. O sonho do Neném não era pequeno não — imagine, morar num lugar que Deus fez assim com tanto capricho.

Não, nunca fui na Serra. Depois do que aconteceu, não tinha o direito, o senhor concorda? Agora... se eu lhe disser que podia ter ido... credo, Deus que me perdoe ter falado nisso, mas já falei, acho que não faz mal falar, estou velha, faz tanto tempo. Vai ver até já lhe contaram. Pois é, um serrano rico de Bom Jardim uma vez se engraçou comigo. Foi uns dois anos depois do acidente do Tobias. Ele estava de passagem, ia levar uma tropa de gado a Tubarão, me viu na venda do Belmiro Coan e gostou de mim. Eu não era feia, era até bem ajeitadinha, sabe? Mas, bem, o serrano deve ter tirado informação de mim, ficou sabendo o que houve, então veio com uma proposta. O senhor vê o que o triste fez. Me viu na venda e, lá mesmo, escreveu uma carta para mim e pediu que o Belmiro Coan me entregasse. O Belmiro Coan decerto nem sabia o que estava escrito; se soubesse, acho que ia dizer que aquilo era uma barbaridade, ele que criasse juízo. Os dois negociavam há tempo, davam-se muito bem. Li a carta. O senhor não imagina o que ele escreveu. Primeiro, que me viu assim e assim, na venda, e me achou bonita, e ficou sabendo do acidente e do trabalho que eu estava passando e também da vontade que a gente sempre teve de viver na Serra. Aí, disse que ainda era solteiro, embora já com quarenta e poucos anos, e que tinha de tudo na Serra, casa, gado, de tudo, e que, se eu quisesse, podia ir trabalhar lá, e que era um homem sério, respeitador, lá eu ia mandar, o que mais lhe fazia falta era uma mulher que botasse ordem na casa dele. A Serra é boa para se viver, ele dizia. E terminava dizendo que ia com a tropa até Tubarão, daí uma semana estava de volta, se eu tivesse uma resposta ia ficar muito contente. Ele escrevia numa letra toda floreada, acho que naquela carta procurou florear ainda mais e eu achei aquilo meio abusado, por Deus do céu achei que ele estava muito exibido. Chamava-se Cilião Palheta. Me disseram depois que era um homem bem alto, valentão, que gostava de baile e de todas as farras e que agora já estava cansado de viver assim. Imagine que idéia mais maluca, se eu ia aceitar aquilo. Não posso dizer que fiquei com raiva, eu não podia dizer que o homem estava pensando sujeira comigo, Deus é que sabe o que os homens têm na cabeça. Sei é que fui no mesmo dia na venda do Belmiro Coan e falei: Seu Belmiro, o senhor diz a esse homem que eu estou muito agradecida, muito mesmo, com a proposta dele, trabalhar eu sempre gostei e preciso, mas perdi o gosto de ir para a Serra, ela continua sendo o que tem de mais bonito para se ver aqui, mas nunca mais pensei em morar lá. O Belmiro disse que ia repetir aquilo para ele, e deve ter repetido bem direitinho e dito o que eu era para o Neném e o Neném era para mim, pois nunca mais ele me procurou. Depois, esse tal Cilião Palheta encasquetou com a irmã do próprio Belmiro Coan e também não deu certo, deu até briga com um tal de Rosalvo e... ah, a confusão que deu o senhor deve se lembrar, era criança mas deve se lembrar, foi muito falada.*

Deus que me perdoe eu ficar falando nisso, até parece que estou querendo me exibir, não estou não, acho que não tem nenhuma maldade, falei só para dizer que até podia ter dado de ir morar na Serra. Mas ir como? Como é que eu podia fazer isso depois do que aconteceu? Aqui embaixo é que era o meu lugar, não lá em cima. Daqui eu olho a Serra como o Neném olhava, como a gente olhava da janela quando queria pensar num tempo melhor. Nunca eu quis olhar diferente. Nem olhar de binóculo me dá vontade. Faz tempo que já fizeram a estrada nova, uma porção de gente vem ver como ela é, dizem que é muito linda. Pois sabe que eu nunca quis andar nela? Nunca, nunca que vou andar nela. É uma promessa que fiz a Nossa Senhora desde aquele dia.

Aquele dia... Nem sei por que estou falando daquele dia, é que sou mesmo muito faladeira, tem coisa que só dá tristeza falar. Diacho, quem é faladeira será que gosta de sofrer? Gosto de falar com o senhor porque o senhor veio aqui dizer que era criança quando aquilo aconteceu,

---

*Ver "Duelo ao sol", p. 11.

que tem lembrança do Neném e sempre ficou pensando na história dele, e que tinha vontade de me ver e de conversar um pouco comigo. Sim, sim, o senhor sempre pensou também na minha história, a história dele sempre foi a minha, não tem nada no mundo mais verdadeiro do que isso.

Com o dinheiro da indenização comprei esta casinha, com o dinheiro do aposento se vai vivendo. Estou aqui fez quarenta e nove anos em maio. Que idade eu tenho? Vou fazer setenta e três agora em outubro.

O senhor disse que se lembra do caminhão do Mané Brasil naquela manhã. Sim, era um caminhão de cabine verde, nunca que eu ia notar isso se o Neném não tivesse vindo nele, são passagens que sem querer a gente guarda para sempre. Às vezes é uma palavra que alguém diz, às vezes é uma cor, como a do caminhão. Neném gostava muito do Mané Brasil, um homem muito bom. Até o ano passado, com quase oitenta anos, ele ainda tocava na banda. A última vez que encontrei ele foi na igreja, não me disse nada, só fez um ar triste. Depois do dia que passou pela frente da minha casa levando o Neném, e parou para eu ficar sabendo o que houve, ele sempre fez esse jeito, como se quisesse me dizer algumas palavras, querendo e nunca dizendo, só me olhando triste. Ele também gostava muito do Neném. Todo mundo gostava do Neném, quem é que não ia gostar? Quer dizer, alguém podia achar ele meio esquisito, de falar pouco, mas era uma pessoa boa. O Jerominho até hoje, quando vem aqui, diz que nunca teve um amigo melhor nesta vida do que o Neném. Gabriel Pianço já faz muito tempo que morreu. E o Almerindo Cruz também. Dizem que morreu fazendo versinho. Um dia ele veio aqui e nunca me esqueço de um que fez: "Senhora Dona Angelisa, / lhe falo de coração: / homem melhor que o Tobias / no mundo não nasceu não." Disse o versinho e encheu os olhos de lágrima, chorou junto comigo. Se o Neném pudesse ouvir acho que ia ficar todo prosa.

Desculpe, o senhor chama de Tobias, eu chamo de Neném. Nunca mais chamei ele de Tobias, nunca, porque agora posso chamar de Neném a hora que quero, naquele tempo chamava só quando estava com ele, na frente dos outros ele não gostava.

Sabe o que me deixa ainda triste? É que pensaram que eu é que contei para os outros o plano do Neném de perder a mão para se aposentar e ir para a Serra. Meu Deus, se eu ia fazer isso algum dia. Hoje posso falar naquilo, todo mundo já sabe o que aconteceu, e assim mesmo eu só falo quando alguém pergunta e também para que fiquem sabendo que quem começou a contar não fui eu, nunca que ia ser eu. Eu sei que foi o Jerominho. Ele desconfiou muito dos modos do Neném, muito mesmo, Neném já estava diferente dois dias antes, naquele jogo no bar do Dal-Bó ficou todo esquisito, Jerominho disse que de madrugada, quando foram para a mina, ele continuou estranho, falou quase nada, só reclamou do que todo mundo que é da mina sempre reclama, que aquela vida não resultava em nada, não adiantou perguntar o que é que tinha, ele não respondeu, o Jerominho nem fazia idéia, mas estava certo que alguma coisa séria vinha acontecendo com o Neném. Lá na mina também foi assim, ele ficou no seu canto, tirando carvão e parecendo estar com o juízo muito longe. Jerominho disse que uma hora chegou perto dele, bateu nas costas, mandou ele deixar de pensar tanto na vida, ele levou um susto, continuou trabalhando ainda mais cismador.

O Jerominho viu o que aconteceu. Contou que não pôde fazer nada. Chegou tarde.

Falou-se por aí que o problema todo do Neném foi o medo, que ele pensou tudo direitinho e na hora de fazer não conseguiu ficar calmo e então acabou não dando certo. Tudo bem, medo ele tinha, já lhe falei disso, mas que medo era, meu Deus do céu? Era um medo diferente, não era? Sei lá, acho que dá para se dizer que era um medo cheio de coragem. Não entendo nada disso. Para mim existe medo que é covardia e medo de quem não é covarde. Se um homem bota na cabeça que, enfrentando um grande perigo, é que consegue o que quer, e vai e enfrenta, e faz tudo com muito medo, porque aquilo é muito perigoso mesmo, e fazendo acontece o pior, é um homem medroso? Acho que não. Quem é que, numa loucura como a que o Neném pensou, não ia ter medo da dor do malé cheio de carvão passando em cima da mão, medo de ver o sangue todo que ia correr pela água suja da galeria, medo também que saísse tudo errado, que, em vez de perder a mão, como ele queria, acabasse perdendo a vida,

213

se com todo esse medo ele continuou e fez o que fez, isso foi uma grande valentia, o senhor não acha? Ora, meu Deus, se o Neném não ia sentir medo. Será que existe um homem que não ia sentir? Só sendo um doido, mas um doido não ia estudar tão direitinho aquilo, tudo estudadinho, se não deu certo é porque não era para dar, isso é só Deus mesmo que rege. Eu não gosto quando dizem que o que aconteceu foi porque Neném estava morrendo de medo. Estava com medo, até com bastante medo, eu notei isso de noite, quando conversamos, e de manhã, quando ele saiu. Agora, tenho certeza: era um medo orgulhoso. Ele quis me deixar despreocupada e fingiu que estava bem, que não estava com medo. Não me enganou, coitado. Aquela mão estava fria demais, o corpo dele tremia um pouco, e não era do frio, frio ele agüentava sempre, nasceu aqui na boca da Serra e dizia que, se um dia fosse morar lá em cima, não ia estranhar nada quando nevasse. Eu sei que ele tinha medo. Me abraçou dum jeito que era para me dar consolo, mas eu sentia que ele queria que meu abraço também lhe desse coragem. Uma porção de vezes pediu para eu soltar e deixar ele ir, claro que se ele quisesse, com a sua força de homem, saía logo, ficou porque o meu abraço era bom para ele, a mão dele nas minhas lhe dava algum conforto. Quando saiu, eu sei que foi cheio de medo, e eu fiquei pensando: meu Deus, que coragem tem o Neném, como é que pode um homem escolher o caminho que ele escolheu para ver se consegue uma coisinha melhor na vida?

Vou lhe mostrar o binóculo que eu comprei quando recebi o dinheiro da indenização. Usei ele uma vez, depois vi que não devia usar mais. Não era justo. A Serra fica bem pertinho, a igreja do Doze quase que dá para passar a mão nela.

O senhor está vendo? Não é um binóculo bom? Me dá um remorso ter visto a Serra com ele uma vez. Tudo bem, foi uma tentação. Já pedi perdão a Deus, prometi deixar ele aí na gaveta, quem sabe um dia, por algum milagre, o Neném vai poder ver a Serra com ele.

O senhor quer ver o Neném? Não repare, coitadinho. São tantos anos na cama. Ele não se levanta, não fala, não ouve, não vê ninguém, mas para o meu sentimento antes assim que amortalhado, digo isso pela luz dos meus olhos. O senhor sabe do acontecido: a mão esquerda ficou perfeita, ele foi se ajeitar quando o malé vinha vindo disparado, escorregou, ai, quebrou perna, quebrou coluna, quebrou cabeça. Como entender isso, como? O senhor pode acreditar: aquilo não foi medo não. Neném não teve sorte. Vem, vem ver Neném. O senhor se lembre dele nas suas orações. Eu agradeço.

10

Jogadores

Rubinho gostava de debruçar-se no balcão de mármore para ver Dona Pina Dal-Bó fazer sorvete, ela toda compenetrada em mexer e remexer com a pá a massa cremosa, quem sabe um dia tendo a bondade de se lembrar de dizer: toma, guri, é tua, vai lamber esta pá ali na sombra; gostava de melancia, já começando quando o pai vinha com ela debaixo do braço, e a deixava refrescando no cocho de lavar roupa, e depois a partia e repartia num rito; gostava por demais de jogar bola com os amigos e de muitas outras coisas, mas tinha uma que alegrava por demais a vida dele: era ir ao encontro do pai no meio da rua, quando ele voltava do serviço, pegar a bolsa com a marmita já vazia, vir sentindo o cheiro que saía das roupas úmidas, dar-lhe a mão. Sempre que fazia isso, e era todo dia, Rubinho vinha andando e pensando: ninguém sai da galeria mais preto do que meu pai, ninguém arrancou tanto carvão, porque ninguém tem a força que ele tem, nem o Rosalvo Duas-foices, nem o Silvério Alves, ninguém mesmo. E pensava sempre: o meu pai ainda vai me levar lá embaixo onde ele trabalha, me prometeu que um dia vai fazer isso, quando eu crescer mais um pouco.

— Rubinho ficou direito hoje?

Andrino Lopes tinha o costume de falar com o filho como se estivesse falando de um menino que não estava ali. Rubinho fazia o mesmo, referia-se a si próprio na terceira pessoa:

— Ficou, sim.

Naquela tarde, vindo com o pai pela rua, Rubinho deu logo duas notícias: uma que a mãe estava na cama, meio doente, a outra que ele, Rubinho, tinha visto na venda do João Horácio uma bola de couro como as que havia na venda do Doneda. No Doneda o pai não comprava, o vale que recebia era para gastar somente no João Horácio, então agora podia comprar uma bola daquela, não podia? O pai não respondeu, vinha pensando sabe lá Deus em que assunto de homem. Rubinho ficou esperando, esperando em vão, até em casa não ouviu nenhuma palavra sobre a bola.

O pai ficou mais aliviado, a doença da Nena era uma gripe, mulherzinha forte estava ali mesmo. Ele não se cansava de dizer: morro e ela fica para casar com mais três. Disse isso de novo, botando as costas da mão na testa dela. Nena riu, ria sempre das bobagens do marido. Ele então lavou-se, vestiu roupa limpa, tomou café. Ia saindo para dar a volta costumeira, quando Rubinho lhe pegou na mão e tornou a dar-lhe a tal notícia de que havia chegado bola de couro na venda do João Horácio. E repetiu a pergunta: podiam comprar agora uma, não podiam? O pai desta vez ouviu e encarou-o bem sério. Bem sério mesmo. Estava sem dinheiro, disse, e bola de couro é cara, é preciso ter paciência quando a gente não pode ter o que quer na hora que quer; se a vida melhorasse, quem sabe... E mandou:

— Rubinho agora vai brincar, tá?

Saiu cada um para o seu lado — o pai para o bar do Dal-Bó, Rubinho para a frente da casa do Vado, um terreiro que não tinha mais o que ser limpo e socado de tanto a gurizada jogar. O Vado estava mostrando a outros três meninos a bola de meia que a mãe tinha acabado de fazer. Uma bola do tamanho duma laranja de umbigo, cheia de retalho de pano. Rubinho aprovou. Nem se comparava com a de couro do João Horácio, mas estava boa, bem boa. Dona Lélia, a mãe do Vado, era costureira e de vez em quando fazia uma bola de meia para o filho brincar com a turminha dele.

— Meu pai vai comprar uma de couro pra mim no João Horácio — disse Rubinho, não querendo com isso mostrar que estava com inveja da bola nova do Vado, apenas como uma informação que a todos interessava. Quem ali não queria jogar com bola de couro, quase como aquela em que o Alcir, o Alfeu e o Olquírio eram os craques que eram? Se havia coisa que os meninos sabiam fazer muito bem era repartir as suas bolas, mesmo porque bola que não se reparte para o que é que serve?

— O meu pai também vai comprar — disse Vado, não querendo mostrar com isso que estava replicando, e sim dando uma informação também ótima para todos eles. Bola ali era como em qualquer parte do mundo: quando uma não dava mais tinha logo que vir outra, fosse de borracha ou fosse de pano, só que se fosse de couro... se fosse de couro, tamanho 4... Rubinho ou Vado, qual dos dois viria com uma primeiro? Os outros eram menores, não estavam ainda bem na idade de ganhar bola de couro.

Vado falou:

— O pai foi pro bar do Dal-Bó, ele disse que se ganhar no jogo...

Rubinho:

— O meu também foi, se ele também ganhar...

Combinavam em tudo, até nessas coincidências. Formavam uma boa dupla, eram amigos na escola, na rua, no jogo. Então se organizaram para a partida: eles dois contra os outros três. Imaginavam-se jogadores grandes, um dizia que era o Olquírio, o outro que era o Alfeu, às vezes um era o Alcir, o outro era o Laurides. Os menores nem ousavam dizer que craques eram, porque diante de Rubinho e Vado não passavam ainda duns merdinhas.

A peleja começou e tinha tudo para durar, naquele chão duro ralando dedos, até o cair da noite. Era dia de bola nova de meia. Aquilo era motivo de muito contentamento. Os próprios atletas faziam o alarido da torcida que faltava.

Rubinho e Vado venciam. Botaram um, dois, três, um dos pequenos descontou, fizeram enorme algazarra, seria o começo duma reação, devem ter pensado, e estavam em plena refrega quando o jogo foi interrompido: alguém chegava todo ofegante para chamar a mãe do Vado. O que é que era?

— Dona Lélia, Dona Lélia, seu marido esfaqueou o Andrino Lopes no bar.

— Ai, Deus! — ouviu-se lá dentro.

Prosseguiu o rapaz, Dona Lélia já na porta:

— Avisamos Dona Nena. Ela estava de cama, levantou-se e foi pra lá.

Os meninos correram, o bar estava cheio. De onde é que sai tanta gente quando acontece uma desgraça? Foram empurrando pernas, nem pedindo licença, chegaram ao meio da roda: sangue do peito escorria no chão de ladrilho, Andrino Lopes tinha os olhões saltados, na mão uma garrafa quebrada, Dona Nena tossia sobre ele, chorava tossindo, acariciava o rosto do marido. Rubinho sentou-se, tirou a camisa, limpou um pouco do sangue, chorou baixinho. As palavras giravam ao seu redor: discussão, ladrão, baralho voando, garrafa, punhal, foi isso. Elias fugiu, pegou a estrada da Serra.

Veio o subdelegado, cobriram o corpo, quatro homens o carregaram numa tábua larga com dois paus atravessados.

Quando o morto já estava em casa sendo velado, Vado pensou: entro? não entro? Ficou na rua. Esperou tempo.

Por fim, pediu a alguém que fosse lá dentro chamar o amigo. Rubinho veio.

— O que é? — Rubinho perguntou com uma voz seca.

Vado queria saber se ele aceitava a sua bola de meia. Rubinho não hesitou, disse que não. Vado então não soube insistir, foi embora.

11

Santa Bárbara

A prima já dorme. Ela ainda não, está deitada, os olhos percorrem distraídos o quarto que uma lâmpada do corredor deixa meio iluminado. Não saem de sua cabeça a voz e os gestos do padre Tadeu.

Diz padre Tadeu, quase galante: "Meninas, moças, senhoras que me ouvem..." A voz é poderosa, bem clara. Todo mundo gostou dele — é simpático assim tão moço. Não poucos disseram: tomara que ano que vem ele venha de novo fazer a festa.

Gloriana fica recompondo momentos da grande procissão que ela e prima Alaíde acompanharam e cujo fecho foi o sermão do padre Tadeu. Todo ano, a noite da procissão é um deslumbramento. Só os velhos muito velhinhos, os doentes e algum ateu não estão ali. Crianças, mulheres, homens, no meio padre Tadeu com quatro meninos coroinhas, atrás de todos a banda com hinos, lá estão indo os fiéis buscar Santa Bárbara na casa do principal festeiro. Com orações e cânticos, vencem devagar a rua principal, tomam duas, três ruelas, chegam e se espalham na frente da casa onde a santinha se encontra. Na porta, com um sorriso de reverente orgulho, o casal anfitrião dá a todos as boas-vindas. É honroso abrigar Santa Bárbara em casa no dia de sua festa. Tudo é feito com capricho e amor, tudo é devoção. O andor é pura flor, seda e papel crepom, a santa a tudo sobrepaira numa nuvem de luz colorida. Arte, claridade, as toalhas mais ricas, grossas velas em castiçais altos trazidos da igreja, cheiro de cera e de rosas, uma religião alegre. O padre, os coroinhas e demais festeiros entram, rezam, cantam, depois quatro homens pegam o andor e vêm com ele até diante da massa de acompanhantes: é quando o céu se cobre de um foguetório que faz dia da noite, o primeiro em homenagem à querida santa.

No percurso de volta, tudo é ainda mais fervoroso, Santa Bárbara agora vai junto com o povo. De instante a instante, foguetes de vara e de cartucho sobem, milhares de estrelinhas descem, num entremeio de luz que vai preparando os olhos e o espírito para o segundo espetáculo de pirotecnia e veneração à santa, que é quando a multidão chega com a imagem diante da igreja. Tem-se a impressão de que é impossível que, no ano que vem, isso possa ser ainda maior. No entanto, vai ser maior, não haja dúvida. Não há festa mais rica em fogos que essa de Santa Bárbara, dia 4 de dezembro, no Barro Branco, berço do carvão brasileiro. Se a do Senhor do Bom Fim, primeiro do ano, no Guatá, é a mais concorrida, pois a ela comparece gente que vem até de Imaruí, até da Laguna, gente de Serra-acima, os italianos do Doze, das Capivaras e do Rio Hipólito, trabalhadores de várias minas, a de Santa Bárbara, no Barro Branco, é incomparavelmente mais iluminada, parece que nela explodem todos os fogos do mundo, os olhos se esgazeiam, os ouvidos ficam zunindo, é uma alucinação de brilhos, cores, estouros, e nem podia ser diferente, afinal Santa Bárbara é a santa dos raios e dos explosivos, sobretudo dos explosivos de trabalho, é a padroeira dos mineiros.

Encerrada a estrepitosa exibição, cheiro de pólvora esmaecendo aos poucos, a imagem é conduzida a seu lugar dentro da igreja, o povo atrás dela, se comprimindo. Gloriana e Alaíde estão ali, juntas, admiram as cerimônias. Há entre todos uma especial expectativa: o Monsenhor ficou doente, o padre este ano é outro, como será que ele vai falar aos devotos e protegidos de Santa Bárbara? O Monsenhor sempre aproveitou o encontro de tantos operários para lembrar-lhes a paciência que devem ter em sua dura vida, a necessidade de bem cumprirem os deveres, a importância de respeitarem as autoridades, de darem atenção à família, de não caírem no jogo, na bebida, nas brigas, nas conversas indecentes, a obrigação que os filhos têm de obedecer aos pais, os pais de bem encaminharem os filhos, os jovens de se prevenirem contra as tentações do mundo: Santa Bárbara há de ouvir sempre os vossos rogos, rezai, rezai a Santa Bárbara, e que ela vos ouça e vos proteja, mineiros, nas horas do perigo próprio de vossa valente profissão e em todas as horas de vossa vida. Assim fala sempre o Monsenhor, será que assim vai falar esse padre Tadeu que veio de Criciúma fazer a festa no lugar dele?

Diz padre Tadeu: que antes de mais nada sejamos gratos a Deus por ter permitido que a noite da transladação da imagem e da queima dos fogos esteja assim boa, tínhamos medo que chovesse e, no entanto, eis aí esta noite limpa, sob encomenda para saudarmos com nossas orações e cânticos e com toda a nossa alegria a querida padroeira, maravilhosa noite para todos, e sobretudo para vocês, amigos mineiros, saudarem com carinho a sua dedicada irmãzinha.

Gloriana pensa: o Monsenhor nunca chamou Santa Bárbara de irmãzinha, chamou?

Diz padre Tadeu: dedicada irmãzinha que não nos pede mais que uma confiança sincera no seu amor cristão. Escolhida para ser a protetora dos que trabalham nas minas, aqui ela se sente em sua verdadeira casa, ela que foi moça rica e desejada por muitos pretendentes. Em cada casinha deste lugar quer morar o carinhoso coração de Bárbara.

Alaíde cochicha: ele fala bonito. Gloriana ia fazer o mesmo comentário, ele fala bonito.

Diz padre Tadeu: meninas, moças, senhoras que me ouvem, quero que tenham por Santa Bárbara uma total, uma especial amizade. Os mineiros têm a deles, uma amizade feita toda de fé no amparo que ela lhes pode dar em seu trabalho diário; vocês precisam ter a de vocês, uma linda amizade firmada na compreensão, na solidariedade feminina. Vocês sabem avaliar muito bem o peso das injustiças, vocês mulheres formam a parte mais sensível da humanidade, aqui fora das minas, mesmo sem nunca terem entrado numa delas, vocês têm o perfeito sentimento do que acontece nas profundezas da terra. Vocês podem e devem ser outras tantas Bárbaras. Podem e devem, com a ajuda da jovem mártir, ser firmes defensoras da vida dos operários, defensoras de seus direitos, de sua saúde e segurança, defensoras de seus humildes sonhos, participantes também de suas conquistas.

Bonito, sim.

Diz padre Tadeu, com certeza feliz com a compenetração de todos ao tom diferente de seu sermão: Bárbara chegou a sacrifícios extremos para atender aos chamados de seu coração. Não, ninguém pede a vocês, meninas, moças, senhoras desta terra, que imitem Bárbara nos terríveis sofrimentos que ela viveu. A maioria de vocês já não sofre pouco. O que peço é que, pensando nela, sejam cada vez mais amigas dos mineiros, amigas mesmo, amigas de dar as mãos, de dar ânimo, de dar carinho.

Continua padre Tadeu: ciumento que era da beleza da filha, receoso de vir a perdê-la para alguém que não fosse de seu agrado, e não querendo que ela descesse até aos pobres com sua mão caridosa, e não querendo que ela praticasse a religião de Nosso Senhor, o pai de Bárbara foi muito cruel: trancou-a numa torre. Dali ela sairia somente quando ele quisesse. Era o que esse homem sem alma pensava. Porque todos sabem o que houve. Possuída duma força que apenas os mais ardentes propósitos do coração podem criar, Bárbara escapou da torre. Sublime e trágico inconformismo, sublime e trágica rebeldia. A reação não demorou. Nossa santa foi caçada, presa e levada a julgamento por desobediência e traição, o pai fez questão de ser ele próprio o mais severo acusador de seus crimes, e mais ainda: quis ele próprio ser o carrasco daquela insubmissa condenada à morte. Sim, condenada à morte, sim, pelo mais absurdo ódio paterno. E a pena se aplicou. A cólera de Deus, porém, não haveria de falhar, ah, ela foi terrível. No momento em que a espada cortou o pescoço de Bárbara, um inesperado raio do céu veio reduzir o pai a um punhado de cinzas. Pobres, miseráveis cinzas da intolerância e da desumanidade.

Padre Tadeu encerra abrindo a Bíblia, dizendo que vocês, mineiros, botam fim às trevas indo às profundezas da terra e escavam a pedra escura, tiram de lá riqueza para outros e pão para seus filhos, vocês são capazes disso, homens de coragem. Do quanto mais não serão capazes tendo amor a Deus, ficando longe da maldade? Santa Bárbara nos ajude a todos.

Padre Tadeu agradou. Pelo caminho, Gloriana repete e repete que gostou dele, do que disse sobre Santa Bárbara e sobre elas, moças e mulheres. Principalmente aquilo de serem outras tantas Bárbaras. Sim, ele falou muito bem mesmo, sua voz nem se compara com a do Monsenhor, que é meio de taquara rachada, e foi muito bondoso com o povo, em nenhum momento brigou por causa do jogo, da bebida, do desgosto com o trabalho, das fraquezas dos operários. Preferiu lembrar a bondade e o exemplo de Santa Bárbara. O Monsenhor quando fala nela é de um modo que a gente já conhece, nem começa e já se sabe o que vai dizer. Gloriana gostou de tudo, Alaíde também, porém com um reparo: isso que ele disse de a gente ser outra Santa Bárbara, pelo amor de Deus, Gloriana, isso é demais, é impossível. Santa Bárbara foi meio doidinha, Alaíde fala isso rindo, diz que não é desrespeito achar que ela foi na vida uma doidinha, onde já se viu uma moça igual a ela, filha de quem era, fazer o que fez?

No quarto, à meia-luz, Gloriana diz a si mesma, acompanhando o ressonar da prima: ela riu porque não entendeu nada do que o padre Tadeu falou. Ele deixou bem claro que ninguém precisa chegar até onde a santa chegou, fazer aquilo de provocar a ira do pai, fugir de casa, ir morar com os pobres, depois ser procurada e ser presa e morta. Ali naqueles ermos, o que pode uma moça fazer para lembrar Santa Bárbara? Basta um pouco de simpatia pelos mineiros, só isso. Foi o que ele disse, só não entendeu quem não quis entender ou quem não estava prestando atenção.

Porque eu acho, persuade-se Gloriana, que meu pai não vai se incomodar muito se eu chegar mais perto dos homens da mina dele, no Guatá.

Olha o quadro do Anjo da Guarda na parede do quarto da prima: ele abre amplas asas sobre o menino na travessia do rio, é um anjo meio parecido de corpo com padre Tadeu, alto e claro. Depois, já não é mais Anjo da Guarda, é Santa Bárbara abrindo os braços para homens a caminho do fundo da terra. E logo já não é também mais Santa Bárbara — agora é ela, Gloriana, fazendo isso.

Cobre a cabeça com o lençol e fecha os olhos. É mais do que hora de dormir. Vê ainda, já se diluindo, a imagem de padre Tadeu com a mão erguida, falando às moças e às mulheres; sobre essa imagem, sobrepõe-se a do pai, ele que não tem o que ser melhor para ela, sempre a fazer-lhe todas as vontades; e explodem fogos no céu, e explodem fogos debaixo da terra, e sombras de homens passam empurrando com braços e cabeça montes e montes de pedra negra, e fica escuro, fica um imenso túnel escuro, e Gloriana vai entrando nele, num geral amolecimento, e logo já não sente mais o corpo que se cansou na festa.

O pai explica que é assim: aqui as terras são todas da Companhia, ela tem concessão do governo para explorar o carvão que existe no subsolo. É muito carvão. As reservas chegam até a subida da Serra, nem os netos dos teus bisnetos vão ver tanto carvão acabar. Para tirar do chão um pouco dessa riqueza, a Companhia trabalha com gente dela mesma e também com empreiteiros como eu, como o João Horácio, o Orestes, o Firmino Ruzza, o Antônio

Amândio, o teu tio lá no Barro Branco, e mais outros. Cada um ganha um quadro para explorar, mina de céu aberto, que a gente chama de mina do dia. É preciso ter caminhão, galeotas, as ferramentas, os operários. A nossa mina está hoje com cinqüenta e seis homens. Agora, a Companhia é quem baixa as normas, ela é que governa tudo, tudo é dela. Vontade da Companhia é lei. Lei que nem vem daqui do gerente, quem olha o Castelo onde ele mora pensa: é dali que vem a lei, que nada, tudo vem de longe, do Rio de Janeiro. Desde o começo que as ordens vêm de lá. Isso já foi dum visconde, o Visconde de Barbacena, depois foi do Henrique Lage, um homem muito rico que tocava uma porção de negócios por todo o Brasil e se casou com uma cantora italiana chamada Gabriella. Nesse tempo, a Companhia foi muito forte. Mas pra nós ela ainda é forte. Empreiteiro faz o que ela quer, ela é que diz onde mexer e dá o preço do que se tira. A Companhia se entende lá com o governo. A gente tem que trabalhar certinho com ela, não tem o que inventar. Arrumo pessoal, tiro o carvão, entrego a quantidade combinada, recebo, pago os homens, é assim. Serviço duro, minha filha. Os operários às vezes reclamam, não entendem que empreiteiro não tem muito que inventar.

É o almoço, são os três, como sempre — a mãe, o pai, Gloriana, ela habitualmente calada e hoje, sem que ninguém esperasse, perguntando o que jamais perguntou, como é que é isso de ser o que o pai é, empreiteiro, e Ramiro Bertussi respondendo, cheio de surpresa. É surpreendente mesmo tão repentino interesse. Mulher, ainda mais assim mocinha, não quer saber nada de um negócio que é cavar, revirar o chão, uma atividade tão braçal, tão primária, tão sujinha. A mãe, a tia, a prima Alaíde, o que elas sabem sobre mina? Sabem o que todo mundo sabe, que é um serviço muito duro, como vivem dizendo os homens, mais nada. Que cisma deu agora em Gloriana de conhecer mais?

Ramiro Bertussi examina, discreto, a filha na mesa. Ela estava pensativa, fez uma pergunta, ouviu sua sucinta explicação, continua ainda pensando. Há idéias dando voltas na cabecinha, disso ele não tem dúvida, não pode imaginar é quais sejam. O fato de ela ter tido a súbita curiosidade sobre a mina lhe deu uma certa alegria, qualquer um gosta de ver isso, claro que nem de longe foi uma alegria parecida com a que haveria de ter se o filho homem que Deus porventura lhe tivesse dado aparecesse um dia mostrando interesse pelos negócios. Um filho... Deus dá tantos filhos homens para outros, às vezes até demais, e ele que se contentaria com um... sim, a falta que faz um filho homem... Tinha de tocar tudo sozinho, verdade que com a mão forte e leal de um capataz como o Adelício, mas gente de casa, ninguém, Deus quis que só tivessem Gloriana, e nunca, em seus planos, sonhou em vê-la metida nisso — imagine uma mulherzinha delicada como ela fiscalizando a mina, acompanhando a produção dos homens, anotando as toneladas levadas para a caixa da Tiririca, dando vale nos sábados ou mesmo ajudando no balcão da venda, ia ser até engraçado. O futuro dela é outro, planeja Ramiro: é que, no devido tempo, ela traga para a família um rapaz bem situado na vida, alguém que venha ser o filho que ele não tem, seu braço direito, seu homem de confiança. É ver Gloriana casada à altura, quem sabe com um engenheiro que, tendo vindo fazer vistorias, descobriu-a e apaixonou-se, ou então com um dos Ruzza, ou um dos Bertoncini, de Orleans, ou mesmo um dos Schwamberger de São Ludgero. Família boa não falta. E sua filha vai dar uma moça linda, isso é tão certo quanto ele se chama Ramiro.

— Empreiteiro não tem o que inventar? Não tem mesmo? — indaga Gloriana, depois de longo silêncio.

A pergunta, com aquele "Não tem mesmo?" visivelmente crítico, é uma pedrinha jogada na água parada, fica fazendo círculos na cabeça do pai e da mãe. Os dois se indagam, não estão compreendendo a conversa. Adelina já havia percebido na filha, nos últimos dias, umas maneiras diferentes. Chegou a acreditar que fosse algum rapazinho que ela tivesse conhecido na festa de Santa Bárbara, no Barro Branco, ou então alguma briga com a Alaíde. Perguntou o que é que tinha que estava assim tão quieta, ela respondeu que não era nada, queria apenas ficar assim quieta, sozinha. Bobagem de mocinha, concluiu a mãe. Continuou assim e agora, quando decidiu falar, foi sobre o inesperado assunto da mina, num tom em que, de um modo sutil e, no entanto, não tão sutil que uma mãe habituada a todos os tons de voz da filha não pudesse perceber, havia desacordo, inconformidade.

— Não me conformo — ela diz.

É bem o que Adelina acha: inconformidade. Seu entendimento de mãe aponta: isso tem a ver com o que o padre falou na festa do Barro Branco. Tem a ver, tem a ver. Não me conformo, não tem o que inventar?, não tem mesmo? são palavras de quem ouviu muito a sério o padre Tadeu pedir que as mulheres sejam outras Bárbaras para os operários. Para a mãe está claríssimo, para o pai não, pois ele é mesmo de não prestar muita atenção nas missas, ainda mais se o padre avisar que vai se dirigir em especial às mulheres.

Ramiro Bertussi sorri, mais espantado agora, quando ela diz "Não tem o que inventar? não tem mesmo? não me conformo", do que há pouco, quando indagou como é que é ser empreiteiro. Sua menina hoje está esquisita. Agora quer saber se ele, como empreiteiro da Companhia, não tem mesmo o que mudar no seu trabalho, como quem diz: o pai acha que está tudo bem, é? Pois a resposta é simples, Dona Gloriana, não mais nem menos do que já tinha falado: a Companhia é a dona de tudo, quando ela diz que é assim, tem que ser assim e não se discute. Que história é essa de inventar o quê e de não se conformar, sua italianinha boba?

Gloriana empurra o prato, zangou-se, e por certo não foi por ter sido chamada de italianinha boba, quantas vezes o pai já a chamou de italianinha ganjenta, italianinha pedinchona, italianinha boba? Levanta-se e, sem palavra, só com um empurrão na cadeira, sai lá para dentro. O que é isso? O pai fica olhando com uma certa apreensão, é um comportamento novo, ela já foi assim malcriadinha por mínimas bobagens de criança, nunca por um motivo como o de agora, aquelas perguntas sobre a Companhia e a mina. O que é que está havendo? Devia ter falado sobre isso com a mãe, não?

Nem dá tempo de Adelina responder: Gloriana vem de volta. Percebe-se, pelo andar resoluto, que vem com alguma proposta. Senta-se, encara a mãe como que pedindo apoio, encara o pai, que está confuso, e diz firme, de queixo bem erguido e os pequenos seios em ponta:

— Quero trabalhar.

Ramiro Bertussi ri. Essa é boa.

— Trabalhar? Trabalhar onde?

Ela diz que esteve pensando, já está com catorze anos, acha que pode ajudar o pai no serviço.

— Me ajudar? — ele ri de novo.

— É, ajudar. Não posso?

A mãe não ri, nem fala, prefere ficar acompanhando calada a discussão que forçosamente vem aí, até que peçam uma opinião sua. Vai chegar um momento em que isso será inevitável, não porque a palavra dela seja considerada de muito peso, necessária para firmar uma conciliação, um ponto de encontro, apenas porque é próprio dos teimosos, pelas tantas, buscarem a adesão dos que estão por perto assistindo às suas brigas.

— No quê que a minha filha pode ajudar?

Gloriana entende o significado do que acaba de ouvir: o pai não quer saber no quê que ela pode ajudar, ele está é afirmando, num tom em que até uma criança vê que há zombaria, que ela não tem o que ajudar, imagina se uma menina pode ser de alguma serventia nos seus negócios. Por isso ela responde gritando, já com raiva:

— Posso ajudar muito!

— Eh, italianinha esquentada!

A mãe é calma, se em quinze anos de casada deu três gritos dentro de casa foi muito. O pai já é assim, trocista, entiquento, enjoado, às vezes ferrando o pé numa miudeza, outras vezes, sempre depois de uma discussão comprida e cheia de sarcasmo, se soltando até numa coisa grande. A filha já aprendeu que é bem assim, e bem sabe ela que hoje está botando na mesa um assunto difícil. Aqui dentro, nas simples questões domésticas, Ramiro Bertussi caçoa, discute, é ranzinza e quase sempre acaba cedendo. O que ela inventou de trazer neste dia não é uma questão doméstica qualquer. Não é uma simples vontade de menina.

— Posso ajudar no escritório, o pai me ensina que eu aprendo. Posso ajudar nos pagamentos. O pai tem tanto pra cuidar, eu posso fazer um pouco.

Ramiro não tem dúvida, a conversinha da filha é séria mesmo. Está toda acesa, os braços cruzados no peito exprimem uma determinação que ele não se lembra de ter visto antes. Nunca ela chegou com um pedido como esse. Ora, ora, se ele vai deixar a filha ir para o escritório cuidar do controle dos homens, das ferramentas, dos vales, ouvir os marmanjos que volta e meia estão com palavrão na boca, aturar os que já chegam com bafo de cachaça, ver as discussões e as brigas que acontecem entre eles, às vezes brigas bem perigosas, até de faca e picareta, ora se isso tem cabimento.

— O Hermes e o Hélio do Seu João Horácio têm a minha idade e já trabalham faz tempo. O Hermes está até aprendendo a dirigir o caminhão.

Que maravilha, a italianinha se comparando com os guris do João Horácio! Então não sabe ela que existe muita diferença entre eles e uma mocinha? Por que não se compara com a filha do Ruzza, a filha do Orestes, a filha do Doneda? Elas por acaso se metem nas ocupações dos pais? Os guris do João Horácio são rapazes, estão trabalhando, ora, ora. Se em vez de filha única ela fosse um filho homem, pensa que não estaria também no batente, fazendo até mais que os dois?

— E por quê que sendo filha não pode?

Ele busca, num franzir de testa, um apoio da mulher para o seu crescente espanto, uma busca que se frustra, pois ela está toda voltada para a filha. Embora sem saber exatamente o que Gloriana pretende com a novidade de querer ajudar o pai, é com simpatia que Adelina vê sua manifestação de coragem, de iniciativa própria. Gloriana fala em agir num campo em que nenhuma delas, mulheres, até hoje se aventurou. Sua filha está sendo diferente, tão determinada, quer porque quer. Isso é bonito. Aplaudir por enquanto não aplaude, o marido está contrariado, mas vontade é que não falta.

— Viu, mulher? Nossa filhinha quer virar homem.

Adelina faz que não ouve. A voz dele está ficando enjoativa, ela pensa, falando assim só vai deixar a menina ainda mais decidida e teimosa.

— Tu não diz nada, Adelina?

Diz, sim:

— Filha, o teu pai vai pensar. Depois ele conversa contigo.

— Quê! Eu pensar? Não tem o que pensar. Nunca ouvi uma maluquice assim aqui em casa.

Gloriana resiste:

— Pai, não é maluquice. Não quero fazer tudo o que o Hermes e o Hélio fazem. Eles vão pra mina, puxam carvão pra caixa, não quero isso. Isso eu sei que não posso fazer. Quero é ajudar no escritório. Não tem uma porção de coisa pra anotar? O pai vive reclamando que não tem tempo. Pois eu fico no escritório de tarde, arrumo aquilo tudo, atendo os operários.

— Não é serviço pra ti.

— Por quê?

— Não é serviço pra moça fazer. É tudo gente bruta, sem modos. Sempre tem algum revoltado que fala o que vem na cabeça e o que vem não é coisa boa, eu vivo nisso.

— Eu estando lá fica diferente.

— Esquece, esquece. Minha filha tem o estudo, tem a casa pra cuidar com a tua mãe, tem as amigas. Deixa que do meu serviço eu cuido.

— Pai, eu quero.

— Eu não quero!

A mãe, de novo:

— Filha, o pai vai pensar, depois vocês conversam.

Ela então sai, derrubando a cadeira. Ficam os dois se encarando, cada um com sua raiva. A mulher com raiva do marido, afinal o que a filha está querendo não é nenhum bicho-de-sete-cabeças, ele devia mais era estar se sentindo feliz e não ficar ali dizendo que a filha não pode conviver com os operários, que eles não são gente para ela. Como não são gente para ela? Ela é de ouro? É alguma princesa? Homem orgulhoso, Adelina pensa. Vê com aprovação, sim, o desejo da menina, acha que seria ótimo ela participar do trabalho do pai, cuidar das anotações, até mesmo fazer o pagamento dos vales aos sábados, ajudar no armazém, por que não? Tem que dizer isso a ele com toda a franqueza, chega uma hora em que é preciso perder um pouco do medo e falar o que deve ser falado para o bem da filha e do pai cabeçudo também, só vai aguardar a oportunidade, é só ele ficar mais calmo. Que ele se encheu de raiva não tem dúvida, a cara fechada diz tudo, pergunta onde já se viu uma menina que mal deixou de brincar com as bonecas ser atacada por um capricho assim tão sem pé nem cabeça.

— Mulher, vai dizer pra ela não pensar mais nisso, vai, é obrigação tua!

É o que Adelina esperava, uma ordem assim bem direta. Pois não vai. Não, senhor, não vai. A menina não está pedindo nada demais, está?

— Quê?

— Ela não está pedindo nada demais. Quer te ajudar, quer trabalhar também. Deixa de ser ciumento.

Isso ele concorda, já concordou outras vezes que é bem ciumento mesmo, afinal Gloriana é sua filha única. Adelina vive falando que não é bom ser assim, isso ainda acaba dando errado, gostar de uma filha ou de qualquer pessoa é uma coisa, pensar que ela é nossa propriedade é outra bem diferente. E ele, qualquer um vê, é mesmo demais. Se a filha sai para passear com uma amiga, quer saber aonde vai e quando volta; não passa um dia sem recomendar algum cuidado, sobretudo agora que ela já nem é mais uma menina, ah, idade perigosa, ele vive dizendo, ah, idade diante da qual toda atenção do pai e da mãe é pouca: aí já vem namoro, vêm os que querem se aproveitar, os sem-vergonha, os interesseiros, e de repente a bobinha, sem que ninguém nem desconfie, está aí se encantando por um deles, lá se vão água abaixo todos os desejos que havia para ela, ah, idade perigosa que não dá sossego. Ramiro tem seus projetos para a filha, à altura do que ela é e do que pode ser. Pelo futuro dela e por tudo mais, é ciumento, não nega.

— Não posso pensar na Gloriana lidando com esses homens — diz.

Adelina lembra que Gloriana é muito ladina. Ele faz que sim com a cabeça, como discordar disso? Ela continua: ser mulher não quer dizer nada, é só se fazer respeitar, e isso não é tão difícil para quem é filha de Ramiro.

240

Se a filha de Ramiro Bertussi não se fizer respeitar, quem vai se fazer?

— Estás do lado dela.

— O que ela quer é ter um servicinho junto com o pai, que maldade tem isso?

— Estás com ela, como é que pode? Eu sei onde é que está a maldade.

— Maldade e bondade andam por tudo. Deixa de ser tão preocupado.

Adelina sabe como deve ir com a discussão: a melhor maneira de falar com o marido é mesmo assim, ora meio firme, como quem também pensa, ora meio humilde, como quem pede. Arrastar-se aos pés dele é bobagem, levantar a voz é mais bobagem ainda. O certo é nem tanto lá e nem tanto cá, como está sendo agora. É um sistema vagaroso, ele está bem contrariado, é turrão, mas vai escutando:

— Gloriana tem modos, tem juízo. Sabe agradar as pessoas. Ela fazendo o pagamento, os operários vão até ficar mais contentes.

Ah, mulher desmiolada: dizer que os operários vão ficar mais contentes... Será que ela não pensa o que é uma mocinha como Gloriana, sempre tão limpinha, no meio deles sempre sujos quando vêm do serviço e passam no escritório, sempre sem cuidado no falar e de tão rude aspecto mesmo quando, aos sábados, saem da mina, vão em casa, se lavam, botam a roupa melhor, vêm pegar seus vales e seguem depois para o armazém onde fazem as compras da semana?

241

— Vão ficar contentes, sim, mas sei bem o pensamento deles. Conheço a raça que são.

— Será que são tão ruins?

— São, são. Homem é bicho danado.

— Será que alguém inocente como Gloriana não ajuda a melhorar a maneira deles?

— Que mulher boba!

— Pensa na tua filha — Adelina agora mais manda do que pede.

Ele se cala. Chega. Fica pensando: pensar um pouco não custa.

O capataz Adelício é fiel cumpridor das obrigações. Todo mundo sabe que falar com ele é o mesmo que falar com o patrão. Não há ninguém no mundo, com a exceção talvez de sua mulher Adelina, em que Ramiro Bertussi bote mais confiança. São muitos anos trabalhando juntos, dia após dia, um já sabendo como o outro se acordou só pelo jeito de se cumprimentarem. Dão-se bem, respeitam-se.

Adelício sabe que hoje vai estragar o resto do dia do patrão, que vai deixá-lo bem chateado, bem queria que fosse outro o informante do que está acontecendo. Quando se pode levar uma novidade boa, é ótimo, quando não se pode, paciência. Aí se espera uma hora bem calma, de preferência no fim do dia. E se diz o que tem de ser dito usando a voz mais normal possível.

— Seu Ramiro, tenho notícias não muito boas.

Que notícias não muito boas Adelício pode estar trazendo? Acidente não deve ser, a hora de serviço já acabou. Briga de morte envolvendo algum conhecido? Alguém doente? Ele, Adelício, com algum problema?

— Diz, homem.

Nunca Adelício hesitou tanto na comunicação de qualquer ocorrência. Cria coragem, é duro ter de falar nisso:

— Bem, Seu Ramiro, é a sua menina.

Comentários sobre a conduta de Gloriana nos vinte e poucos dias que ela tem ajudado no escritório e no armazém já houve vários, todos muito elogiosos: que é uma moça educada, atenciosa, que atende sempre com um sorriso e uma boa palavra, que nem parece ser a filha do patrão de tão simples. Os operários, contrariando as expectativas de Ramiro Bertussi, vêm demonstrando o maior respeito por ela. A mãe está contente, vê Gloriana entusiasmada com o trabalho e se entusiasma também, acha que valeu a pena ter lutado para que ela conseguisse o que queria. Ramiro escuta tudo, no começo cheio de desconfiança, agora menos, ele é sempre contido no seu julgamento, se já não vê a pretensão da filha com o mesmo rigor de antes, sempre tem seus receios, de repente um safado mete os pés pelas mãos, sai com besteira. Pois agora chega o Adelício dizendo que tem notícias não muito boas para lhe dar sobre ela. Seus receios estarão certos? Algum safado andou mesmo fazendo bobagem?

— Seu Ramiro, andam falando por aí um negócio meio esquisito.

— O que é?

— Parece que sua menina tem dado dinheiro a mais pra alguns operários nos dias de vale. Eles pedem trinta, ela faz que se engana, dá quarenta e marca trinta. Não é com todos, não. Ela vê os que estão ganhando menos, os que têm mais filhos, os que têm mais fiado no armazém. Três sábados seguidos já tem sido assim. Na primeira vez eles estranharam, disseram que havia engano, ela falou que não, que era aquilo mesmo, só pediu que não comentassem com ninguém. O senhor sabe como é, um segredo desses não fica guardado. Acabei sabendo.

— Loucura...

— Tenho que contar mais, Seu Ramiro. Quando ela vai atender na venda, ela não marca tudo o que eles compram. Marca umas coisas, outras não. Fala-se isso também.

— Mais alguma coisa, Adelício?

— Por enquanto, não.

É, não foi uma notícia nada boa mesmo. Em quinze minutos, Ramiro Bertussi está com a mulher, em casa. Chega aos gritos:

— Olha o que a tua filha inventou de fazer — e conta tudo. — Ela nunca te falou nada?

— Nunca. Se eu soubesse...

— Está vendo por que que ela queria tanto me ajudar no serviço?

— Fraqueza de criança, Ramiro.

— Pois chega, acabou, chama ela aqui!

Gloriana vem preparada, pela expressão alarmada da mãe pode ter acontecido o que não devia. Sim, as nuvens estão negras, o pai nunca esteve com vincos tão fundos na testa, ela encara-o sem medo.

— Infeliz, fiquei sabendo o que andou fazendo. Dar dinheiro a mais pro pessoal, vender e não marcar no caderno, o que é isso? Hein?

O silêncio diz tudo, é muito mais que uma declaração de culpa. Se a mãe, quando o marido falou, chegou a ter dúvida, já não tem mais.

— Minha filha, teu pai está chateado. Ele concordou com a experiência, tu tens que...

— Não tem mais experiência, acabou! — interrompe Ramiro. — Chega, ela abusou da minha confiança, acabou. E não me sai mais de casa. Sai pra escola e pra mais nada, pra mais nada!

— Ramiro, calma...

— Calma uma merda, cuida dela, isso sim, cuida que eu vou cuidar do meu trabalho, do meu dinheiro. Isso é demais, demais, distribuindo dinheiro...

São quase uns dois meses que pai e filha não se falam. Inúteis as tentativas da mãe para que deixem daquilo. Ele não esquece o que houve, foi ingratidão demais — trabalhando, trabalhando, e a filha dando dinheiro a torto e a direito aos empregados. Ela se mantém fechada no seu orgulho, a cabeça Deus sabe onde. Vai para a escola, o resto do tempo é ajudando na arrumação da casa, ou no quarto, quieta. A mãe se preocupa, aquilo não é vida, não pode acabar direito. Aos domingos, as duas vão à igreja. As amigas souberam logo da proibição de sair, todo mundo tomou conhecimento das razões daquilo. Para uns, então, Gloriana é agora a maluquinha do Ramiro Bertussi. Para outros, uma moça de bom coração proibida de fazer o bem que quer fazer. Quando ela passa, sai um dos dois comentários.

Mas hoje há um fato novo. O capataz Adelício aproxima-se do patrão com os gestos cautelosos de quem, outra vez, não traz boas notícias.

— O que é, Adelício?

— Seu Ramiro, me entregaram isto. É um bilhete do Juremir Jaques para a sua filha. Alguém encontrou, não se sabe se ele é que perdeu, ou se foi ela, me trouxeram. Achei que o senhor tinha que ficar sabendo.

Ramiro desdobra o bilhete, lê: "Gloriana. Preciso de cinqüenta cruzeiros. Preciso muito. A mãe está doente. Pode arrumar? Juremir Jaques."

Esse Juremir Jaques é o mais novo diarista da mina, tem dezoito anos, é filho único da viúva Madalena Jaques. É meio metido a bonitinho, Adelício comenta isso e Ramiro Bertussi diz que, pelo pouco que já pôde ver, ficou com a mesma opinião. Força o bicho tem, é um cavalo, uns vinte dele e a mina seria outra, pena que o que tem de forte tem de atrevido, já andou até reclamando do que ganha. Ramiro não costuma ligar para isso, pode reclamar, desde que trabalhe. Agora, mandar bilhete para a filha... pelo amor de Deus, é demais. Desaforado: preciso de cinqüenta cruzeiros... Fala como se ela fosse uma pessoa muito chegada, uma irmã. Pergunta se pode arrumar dinheiro mostrando quase a certeza de que ela vai arrumar. Atrevido.

— Obrigado, Adelício.

Quantos pedidos iguais ou parecidos, cada um por seu motivo, já não foram feitos, quantos já não terão sido atendidos? Acesso ao dinheiro ela tem. Mesmo não indo mais ajudar no armazém, aos sabádos, vai lá de vez em quando buscar coisas para casa. Numa hora em que o Lúcio, o caixeiro, está distraído ela bem pode abrir a gaveta, tira o que quer, quem sabe aos poucos para não dar na vista, e o tolo do Lúcio nem nota. Ainda bem que o bilhete apareceu. E que bilhete... Sem nenhuma cerimônia, diz o rapaz, nos seus garranchos, que precisa de cinqüenta cruzeiros porque a mãe está doente, todo confiante, todo confiado.

Ramiro vai para casa sem saber bem o que fazer. O caso toma uns rumos muito problemáticos. Aonde isso vai parar? Interpela Gloriana? De que maneira? Como obrigá-la a dizer em que pé se encontra a última novidade, essa de operário pedindo dinheiro? Adianta perguntar, discutir? É preciso pensar. Vai pensando muito. Quando chega em casa, já tem resolução tomada. Prepara o espírito da mulher:

— Está muito sério, Adelina. Descobriram que nossa filha é uma boba, agora eles mandam bilhetinho contando uma tristeza qualquer, e pronto, ela dá dinheiro. Sabe Deus o que já não deu. Que descanso posso ter?

Adelina propõe:

— Vamos falar com ela. Conversando a gente...

— Não, não tem conversa. Já se conversou demais. Tem sabe o quê? Ela tem é que ir pro colégio na Laguna.

— Ramiro, não...

— Tem que ir. Vais sentir falta, mas é preciso. Ela tem que tomar juízo.

Adelina nem defende a filha, sabe que a decisão não tem volta. No fundo, reconhece que, considerando o que já aconteceu e o que ainda pode acontecer, é uma medida acertada.

Adelina esteve no colégio algumas vezes, Ramiro não foi nenhuma. Ela pediu, pediu: vamos comigo, esquece isso, mas ele sempre ali feito uma pedra, não foi. Depois de quatro meses, hoje é que vai ver a filha, que vem em casa de férias. Ele quer fingir que está em paz, mas que nada, só Deus sabe o tamanho da ânsia que tem no peito. O trem não demora. Quer dizer, demora, demora sim, como custa a passar cada minuto. Quatro meses... Veio exibido, todo arrumado, botou a jaqueta de couro que ganhou de aniversário. E trouxe a surpresa maior: o Studebaker recém-comprado. Antes era só caminhão, se tinham de fazer um passeio, era de caminhão. Imagine: vir buscar Gloriana de caminhão... Será que ela vai gostar do Studebaker?

Quem também veio esperá-la é a prima Alaíde. Está com muita saudade da doidinha, ela diz para tia Adelina. Fala em doidinha e se lembra da noite da festa de Santa Bárbara, as duas indo para casa. Ela, Alaíde, dizendo que a santa era uma doidinha. Pensa nisso e ri: duas doidinhas, a santa e a prima. Todo mundo ficou sabendo do dinheiro que Gloriana deu para os operários, das compras que entregou sem marcar no caderno de fiado. Tio Ramiro não fez segredo disso a ninguém. Como será que está a doidinha?

O trem apita no Km 107, seu anúncio de chegada ecoa pelos eucaliptos, vai até os costões da Serra. Aí vem Gloriana. Tem tudo para ser um reencontro alegre e pacífico. Deus queira que sim, fica desejando Adelina.

Ela desce do trem encontrando o pai já ao pé da escadinha: abraça-o com certa demora, sem palavras. Abraça a mãe, abraça a prima. Está mais crescida, parece. Está séria.

— Teu pai anda todo faceiro com o carro — diz a mãe, querendo que Gloriana também fique faceira. Ela entra sem comentário, contida, até parece que no caminhão entrava mais contente.

Ramiro dá a partida com uma reflexão melancólica: sua filha veio muda, ao menos para ele. Sente que no coração dela ficou uma sombra de amargura, o que houve entre eles não se apagou, o silêncio diz tudo. A prima

Alaíde puxa conversa, quer saber como estão as aulas, se as freiras são boazinhas, como é Laguna, e outras curiosidades, tudo também com pouco resultado, não mais que duas, três frases curtas. De riso, então, nem sinal. Os sete quilômetros da estação até a vila são vencidos na maior falta de graça.

Chegam em casa, as primas vão para o quarto, lá quem sabe Gloriana perde a mudez. São quase oito horas. Ramiro e Adelina ficam na cozinha, à beira do fogão de lenha, pois faz muito frio. É pelos fins de junho, nas ruas os meninos brincam com fogueiras, de vez em quando se ouve longe um estampido.

— Ela está sem jeito, Ramiro. Logo já vai estar aqui falando com a gente.

— Ela é que sabe — ele responde, como se não estivesse interessado no assunto.

— Está também cansada da viagem, agora ela toma um banho, come, depois dorme. Amanhã está diferente.

— Ela é que sabe — repete.

Adelina vai lá dentro vê-la, encontra-a conversando baixinho com Alaíde, as duas sentadas na cama. Devem ter muito o que conversar mesmo.

Ramiro fica esquentando as mãos, o pensamento está todo na filha. Que saudade teve dela! Passou os últimos dias à espera, imaginando-a chegar com abraços, beijos, sorriso, depois com algum sinal de mudança: pai, perdão por minhas bobagens, umas palavras assim reveladoras de mais juízo. Perdão? Sim te perdôo, italianinha. Vã expectativa: ela não lhe disse uma sílaba. Nem sobre o Studebaker — e, ah, pai bobo, chegou a esperar até um comentário sobre a sua jaqueta nova de couro. Nada. Verdade que ele também não falou, mas quem devia fazer isso primeiro? Tê-la agora ali perto, silenciosa e ausente, como que numa prisão e não na sua casa de sempre, isso é de deixar um pai desorientado. O que vai ser dela? O que vai ser deles? Eta menina que dá preocupação.

Súbito, a concentração de Ramiro é rompida por um ruído: algo emaranhado que, logo logo, vai-se revelando como sendo de muitas vozes na rua. É gente falando, não há dúvida, e não é gente por acaso passando, nem é pouca. É gente que vem chegando e ficando em frente da casa.

— O que será? — fala Adelina, que lá de dentro também ouviu o barulho.

— Vou ver.

Jamais podia passar pela cabeça de Ramiro Bertussi que algum dia ia ver o que vê agora da varanda de sua casa — seus empregados, com as mulheres e filhos. Vai identificando todos eles, a noite se fez dia, pois cada um traz uma tocha na mão. Na frente, o rapaz meio atrevido, o do bilhete, Juremir Jaques. Dá para sentir logo que se trata de uma reunião organizada, sabe-se lá com que propósito.

— Viva a nossa amiga! — começa o tal Juremir. — Viva Gloriana!

Todos respondem, forte de fazer eco na noite gelada:

— Viva!

Alguém grita:

— Queremos Gloriana!

Todos repetem:

— Queremos Gloriana!

Mais uma vez:

— Queremos Gloriana!

Calam-se. Ela certamente ouviu, certamente logo estará ali na varanda também, junto com o pai e a mãe. Ninguém fala, ninguém se mexe. Ela não deixará de vir até eles, todos têm certeza disso. Ela já vem vindo, não há quem não esteja esperando.

— Viva Gloriana! — comanda de novo Juremir Jaques, ao vê-la apontando na porta. Ela está espantada, as luzes ferem-lhe a vista, assusta-se com o coro que repete, entusiasmado: — Viva Gloriana!

Ramiro Bertussi não quer acreditar, é demais. O que está se passando diante de sua casa, nas suas barbas, não dá para contar a ninguém, contando ninguém acredita. Seus empregados, que nunca se reuniram para nada, vêm juntos dar boas-vindas à sua filha que chegou de férias. Tudo bem arranjado, ensaiado, Juremir Jaques na frente, com seu arzinho de descarado, a puxar os vivas, e a turma a responder num uníssono que só acontece em torcida de futebol ou na chegada dos capuchinhos das Santas Missões — contando ninguém acredita mesmo, se embasbaca Ramiro Bertussi.

— Viva Gloriana! — continuam.

O que é isso que Juremir Jaques pega agora de alguém do lado? Já mostra o que é: é um foguete. Acende-o. O estouro é para pedir silêncio. Para anunciar que o Albano vai dizer umas palavras.

O Albano, também conhecido como Doutor Albano porque fora da mina usa óculos, é um operário sempre inquieto, já trabalhou em Criciúma, onde participou de greves, veio para cá e esteve com o Ruzza e o Antônio Amândio, há meio ano está com o Ramiro. Vive falando na necessidade de um sindicato, porque aqui, desculpem a franqueza, é como aquela tropa de porcos que os tropeiros traziam Serra abaixo pela trilha, todos bem juntinhos depois de terem ficado dias e dias se amansando na mangueira, e uns ainda tinham os olhos lavados com creolina para não enxergarem na viagem ou até mesmo costurados para não saírem do rumo. Doutor Albano tem retórica. Em todo lugar, diz ele, já existe sindicato para cuidar dos direitos do trabalhador, por que que aqui, onde se começou a tirar carvão, não se tem? Ele é também, como o Juremir Jaques, um trator para trabalhar, sozinho vale por três, pena que é assim, cheio de manhas. Agora vai falar para Gloriana. Contando ninguém acredita, a italianinha vai ter discurso. Isso está ficando muito perigoso. Não demora e vem provocação — tudo por causa da louquinha que está aqui toda arregalada, na certa toda faceira com o que estão fazendo. Como é que eles sabiam o dia em que ela ia chegar de férias? Ramiro não tem dúvida: andaram se escrevendo, ela escrevendo para eles, por isso aí estão com esses vivas. Também, não é para menos, ganhando dinheiro de presente, comprando na venda sem pagar, tinham mesmo é que fazer festa.

Vai falar o Albano.

— Prezada Gloriana Bertussi, os empregados do teu pai vieram te fazer uma homenagem. Foste nossa amiga. Trataste tão bem a gente. Te queremos muito, sentimos bastante a tua falta. Estás longe. Todo mundo sabe que pelo teu gosto tu ficavas aqui. Teu pai não quer. Não te compreende.

Ramiro não se agrada do que ouve. O doutorzinho (agora está de óculos) fala como se o patrão não estivesse ali, só Gloriana e os amigos. Isso não vai dar certo.

— A gente sabe que ele não queria te deixar trabalhar, ele achava que a gente não ia te respeitar, que ia te fazer mal. Imagina se a gente ia fazer mal pra quem foi tão boazinha com a gente. Teu pai te mandou estudar lá longe por causa de nós.

Não, não vai dar certo, Ramiro comenta com a mulher. Albano está abusando. Um pai cria uma filha com carinho, vem um dia e acontece isso, um arigó metido a falante aparece com intriga. Teu pai não te compreende...

— Não faz mal, teu pai te mandou pra longe, nós ficamos esperando a tua volta. Um dia tu vais voltar. Pode demorar, a gente sabe que vais voltar, mais nossa amiga ainda do que hoje. Palmas pra Gloriana!

Todo mundo bate palmas e grita:

— Viva Gloriana!

Juremir Jaques solta mais um foguete, pedindo outra vez silêncio. Dirige-se a Gloriana:

— E agora, uma homenagem dos teus amigos.

O que pode ser ainda?, pergunta-se Ramiro Bertussi. Já fizeram o que queriam, tem mais o quê? Não, isso não vai dar certo, é provocação demais.

— Atenção! — anuncia Juremir Jaques.

É coisa mesmo de olhar: cada homem, cada mulher, cada criança está empunhando seu foguete. É a dita homenagem: vai haver uma salva de fogos.

— Agora! — ordena Juremir Jaques.

Todos acendem seus foguetes. Num instante, é um clarão, um rebôo. Por alguns momentos, a casa de Gloriana é como um palácio rodeado de pacíficos trovões, raios de festa e de enfeite. Fumaça e cheiro de pólvora adensam a noite fina.

— Viva Gloriana!

Ela não esperava aquilo tudo. Agarra-se à prima Alaíde, a vontade que está sentindo é ir lá abraçar Juremir Jaques. Que doido... que doido, fazer isso...

— Viva!

Quando ele escreveu para o colégio, falou apenas na saudade dos mineiros, que eles queriam ainda vê-la de volta, então perguntou quando era mesmo que ela vinha passar as férias em casa. Mas, meu Deus, terminou a carta assim: com carinho. Bem assim: com carinho, seu amigo Juremir Jaques.

— Viva Gloriana!

A vila toda deve estar se perguntando que animação acontece para os lados do Ramiro Bertussi. Ele nunca foi de fazer festa de São João ou São Pedro, está fazendo agora?

— Viva!

Juremir é meu amigo, ela pensa. Será mais que meu amigo?, se indaga, sempre lembrando o fecho da carta: o carinho. O que o pai ia dizer do pensamento dela, se tivesse o poder de lê-lo? O pensamento de que Juremir Jaques quem sabe é mais que um amigo. O pai está ali de rosto crispado, transparente é o ódio que está sentindo. Que ódio ele não sentiria se lesse o que está na minha cabeça?, excita-se Gloriana.

O caso é que Juremir Jaques é mesmo ousado. Ele não terminou ainda a sua agitada noite. Está fazendo de tudo para que isso acabe muito mal, insiste em pensar Ramiro Bertussi. Muito de dar viva, muito confiado. E o que é que está inventando agora? Contando ninguém acredita: agora ele vem vindo até aqui ao pé da varanda: ignora pai, ignora mãe, ignora respeito, ignora medo, ignora tudo, para bradar o mais alto de todos os vivas:

— Viva a minha querida... — sente um vazio nos pés, dá-se conta do absurdo que acaba de pronunciar e procura corrigir: — Viva a nossa querida Gloriana! — mas já é tarde, Ramiro Bertussi entendeu tudo, o povo sente que o rapaz bobeou, foi fundo no coração do pai. A resposta ao viva sai fraca, receosa. Alguma coisa vai acontecer, é o pressentimento de todos. Ramiro não há de aturar que um arigozinho de terceira categoria, o lambidinho da viúva Madalena Jaques, venha se declarar, na frente de todo mundo, para a sua filha, uma menina que, além de ser quem é, mal chegou aos catorze anos. Onde fica aquilo, que é uma lei sagrada, de cada qual com seu cada qual?

Ramiro está de revólver. Armou-se quando veio ver que barulho estava havendo na frente de sua casa. Não é homem de briga, não tem inimigos declarados, é apenas de se prevenir. Por aqui, riscos não faltam. Uma vez um operário posto para a rua tentou meter-lhe o punhal, a sorte é que contiveram o agressor e ele se acalmou. Ramiro comprou o revólver desejando de coração que jamais tivesse de usá-lo, que só o usasse num caso extremo. Será que temos hoje um caso extremo? Qualquer um dirá que não, está longe de ser um caso extremo, é um caso apenas de amizade e talvez de ingênuo amor entre duas crianças, mas o incrível é que, talvez nem percebendo bem o que faz, Ramiro Bertussi desce da varanda com a mão direita no bolso da jaqueta, desce e vem se colocar frente a frente com Juremir Jaques, que não se intimida, pois ele é mesmo um sujeito bem atrevido.

— Como é que tu falou mesmo? — Ramiro pergunta. Juremir responde com calma:

— Viva a nossa querida Gloriana!

— Tu falou outra coisa antes.

Todos sabem que o rapaz é valente e já estão convencidos de que isso não vai mesmo dar certo. Juremir Jaques não renega sua palavra. Por isso já há gente se afastando.

— Viva a minha querida... eu disse. Não ia dizer, saiu sem querer. Aconteceu.

Como se explicam certos descontroles que se dão na vida? O sangue em desmando, o orgulho por demais sensível, o inflamado ciúme? Estava tudo acumulado, agora Ramiro libera seus demônios. A mão vem do bolso com o revólver, se a intenção é matar nem ele mesmo talvez saiba, o fato é que vem, ligeira, mas Juremir Jaques é um rapaz ágil de vista e de gesto — vê o enorme perigo e empurra a arma, que sai de seu alvo e ganha outro, e dispara nessa fraçãozinha de tempo, e o atingido, sob o queixo atravessando toda a cabeça, é o próprio Ramiro Bertussi, que tomba sem largar o revólver e sem desmanchar as exaltadas linhas do rosto.

Homem infeliz, tanto ciúme. Adelina chora sobre o seu corpo, a sobrinha Alaíde também. Gloriana ampara-se no braço de Juremir, o atrevido, o choro dela é mudo e invisível.

12

Onde o trem bebia

Como acreditar? Ela contrariava a passagem das Escrituras que diz: toda filha, para o pai, é causa secreta de insônia. Dalvinha preocupando? Nunca. Se alguma vez Uriel perdeu o sono, nunca foi por ela. Não por causa de Dalvinha.

E vem agora esta notícia:

— Fico sem jeito de te contar, Uriel, mas sabe o que o sem-vergonha disse? Que não agüentava mais os pensamentos que vinha tendo, que o que mais estava querendo na vida era... era fazer aquilo com a tua filha.

— Aquilo?

— É, aquilo. Ele não usou nenhuma palavra feia, nesse ponto até que foi direito. Só disse fazer aquilo.

Seria mesmo verdade o que o Ataliba estava contando? Um pai ouvir aquilo doía. Considerando a pessoa do acusado, a primeira inclinação era achar que não podia ter acontecido, que algum desafeto dele andou inventando a história e espalhou-a pela rua para ver a desgraça que podia dar. Quem não conhece o mundo? Sabendo como se sabe quanta maldade há por ele, homens até mais velhos fazendo das suas com meninas até mais novas, o que o Ataliba contava era muito possível, sim, por que não? Se acontece com a filha dos outros, por que não com a sua? Uriel estava de vista turva, o sol do meio-dia perturbava-o, ele suava e queria saber mais:

— Como foi, onde, quando?

— Deve fazer uns três dias. Minha mulher é que me contou hoje e aí eu pensei: vai ver o Uriel nem sabe, ele precisa saber, pai é pai. Se eu tivesse uma filha e um qualquer falasse o que o Aldírio falou pra tua, bem que eu ia querer que um amigo chegasse e fosse bem sincero comigo: Ataliba, é triste vir te contar, um filho-da-puta assim e assim se aproveitou assim e assim da tua menina, falou imoralidades pra ela no meio da rua, toma providência antes que o bandido faça o pior. Eu agradecia, muito obrigado, amigo, o que vens dizer derruba a gente mas não se pode fugir das duras verdades, muito obrigado, agora me dá licença que eu vou ver o que faço com o desgraçado.

— Como foi, onde?

O que Ataliba sabia é que a moça ia andando perto do Ruzza e que o Aldírio vinha do Escritório, só isso. Foi logo depois das cinco e meia, quando ele sai do serviço.

— É, às cinco e meia a Dalvinha sai da casa da Olga, está aprendendo costura com ela — conferiu Uriel.

— Pois é. Quando iam se cruzar, ele pediu que ela parasse um instantinho, disse que precisavam conversar. A bobinha parou, nem fazendo idéia do que ia ouvir, ele então falou bem o que te contei: que não agüentava mais os pensamentos que vinha tendo, que a coisa que mais queria na vida era... era fazer aquilo com ela.

— Quem que ouviu ele falar isso?

Aqui, o inevitável mistério. Ataliba explicou que fez a mesma pergunta à sua mulher e que ela respondeu que fez também a mesma pergunta a quem lhe veio contar o ocorrido e que essa pessoa também disse ter feito a mesma pergunta a quem lhe veio contar e... já viu, né? Ficava bem difícil, agora que tudo já estava espalhado, saber quem testemunhou a cena e deu a primeira notícia. Quem podia ter ouvido? Qualquer um podia. O sujeito com o diabo na cabeça nem liga para o resto da Humanidade, fica atrevido e cego, não entende que sempre é possível haver olhos e ouvidos registrando tudo. Era o que devia ter acontecido, ele falando a dita indecência para a Dalvinha e alguém passando ou alguém parado ali por perto ouviu tudo, quem é que sabia a esta altura? Sem falar que a própria Dalvinha podia ter contado para alguma amiga e que essa já foi levando a história adiante, é fácil que até tenha sido assim.

— Sempre achei que o Aldírio fosse de respeito — murmurou Uriel, ainda sem acreditar bem no que acabara de ouvir.

261

Ataliba começou um riso, logo se deu conta de que rir, num momento assim, era uma maldade, Uriel ficou abalado, ele que já era um homem meio triste (há seis meses encostado na Caixa, com doença de pulmão) recebia agora tamanha afronta. Isso me bate na cara como um soco, lia-se na voz queixosa e na expressão dele. Podia algum dia esperar que um homem casado e de boa posição e conduta como Aldírio Patrício fosse parar Dalvinha na rua para dizer safadeza? Que porcaria ordinária um homem se revela, duma hora para a outra! Um aproveitado. Como se ela, mal entrada nos dezesseis anos, moça obediente e prendada, filha de Maria e cantora no coro, de família pobre porém direita, fosse o quê? Uma rolinha que um gavião-carijó maligno pega e maltrata quando bem entende? Uma putinha que pode ouvir sem reclamar o que um abusado resolve dizer? Que pai não se machuca com isso? Ataliba sentiu que Uriel penava, então disse:

— Um homem é de respeito até a hora em que parte pro desrespeito, amigo Uriel.

Ataliba tinha razão. Aqui, como em toda parte do mundo, qualquer um é um bom sujeito até a hora em que deixa de ser. Uriel já tinha uma boa idade para saber isso.

— E a Dalvinha? — lembrou-se de perguntar. — O que foi que ela disse?

— Não sei. Deve ter ficado até zonza, coitada. Imagine, ouvir isso assim sem mais nem menos.

— Ela andava mesmo muito pensativa e eu não sabia o que era. Está na casa da tia, em Lauro Müller. Foi hoje.

Vai ver foi por causa disso tudo, aborrecidinha. Eu sem saber, a Genilda sem saber...

Não conseguiu esconder a cara de desgosto. A mulher quis logo saber o que tinha, ele tentou desconversar, acabou dizendo: vinha para casa, quando o Ataliba Simas o parou na rua para contar que o Aldírio Patrício, uns dias atrás...

— Te contaram?

Genilda vinha receando essa hora. Escondeu o que já sabia, na esperança de que tudo não passasse de uma conversa boba e sem fundamento que logo sumisse como uma nuvem, porém aí estava Uriel, ombros caídos, de aparência irada, a dizer que ficou sabendo das malditas palavras que Dalvinha andou ouvindo na rua do descarado Aldírio Patrício.

— Tu já sabia e não me contou nada — ele reclamou.

— Não queria te incomodar.

Tudo bem, não ia brigar com a mulher, queria mesmo era saber a opinião dela sobre o que houve, se é que houve mesmo o que o Ataliba falou.

— Será que ele mexeu mesmo com a nossa filha?

— Mexeu, sim. Um homem que parecia tão bom...

— Tu falou com ela?

— Falei. Perguntei se era verdade que alguém andou dizendo bobagem pra ela na rua. Ficou muito espantada porque eu estava sabendo, respondeu que não.

— Então ele não mexeu, deve ser mentira.

— Ela disse que não mexeu. Eu vi que estava muito quieta, perguntei de novo. Não, não, a mãe está sonhando?, falou. Ontem pediu pra ir na casa da tia Lena. Vai, vai. Eu não quis perguntar de novo, senti que estava bem perturbadinha. Tenho certeza que ele mexeu com ela.

— Como é que tu tem certeza?

— A Dona Elza não ia mentir.

— A Dona Elza do Seu Francelício?

— É. Foi bem na frente da casa dela que aconteceu. Ela ia fechar a janela, viu os dois parando, escutou ele dizer que...

— Que...?

— Que não agüentava mais os pensamentos que tinha e o que mais queria na vida era fazer... fazer aquilo com ela. Dona Elza não ia inventar isso.

— Foi bem o que o Ataliba me contou. Será que era a Dalvinha mesmo?

— Era, era. Dona Elza disse até a cor do vestido que ela estava usando.

Então se confirmava: o cachorro mexeu mesmo com a Dalvinha. Casado com moça de boa família, pai de dois filhos já grandinhos, funcionário graduado da Companhia, membro da diretoria do Clube Recreativo Primeiro de Maio, todo mundo achando que fosse um cidadão na linha, sem mais nem menos vinha de baixeza com a filha de um operário, o prevalecido. Pensava que só porque trabalhava no Escritório e andava sempre todo arrumado era o senhor do mundo? Que podia chegar e dizer à filha dos outros a porcaria que quisesse? Que lição o patife merecia?

Genilda procurou serenar o marido. Amanhã ele iria ao médico, em Tubarão, bater outra chapa do pulmão, não era bom ficar se incomodando. E, afinal, o que houve não era o fim do mundo. Era uma nojeira, só mesmo quem não tem sangue nas veias não há de ficar brabo, mas afinal tudo não passou de palavras. A Dalvinha ficou bem chateada, qual a moça direita que não fica?, mas ia esquecer, bastava não ver mais a cara do sem-vergonha.

— Homem, esquece. Vem almoçar.

— Esquece... Como é que vou esquecer, sua louca?

Ela bem sabia que é assunto que não se esquece, somente queria que ele não ficasse muito nervoso. Insistiu:

— Decerto ele bebeu, ou foi uma veneta qualquer. Aconteceu, não vai se repetir mais, acabou-se. Anda, vem almoçar. O Ageu já está chegando.

Ageu era o filho homem, trabalhava de caixeiro no Doneda. Forte, levantava uma saca de feijão e botava na cabeça, brincando. Chegou diferente. De aspecto feio.

— Pai, já soube?

— O quê?

— O Aldírio Patrício andou mexendo com a Dalvinha.

— Foi, sim.

— Quando que o pai soube?

— Ainda há pouco.

— Eu vou lá na casa dele.

— Te sossega.

— Pai, eu...

— Te sossega. Eu é que vou falar com ele.

— Eu vou junto.

— Não vai. Vou sozinho.

— Quando que o pai vai?

Uriel não respondeu. Pois é, ia quando? Hoje ainda? Ou deixava para a volta de Tubarão, amanhã à noite?

— Vai agora, pai. Agora ele está em casa, almoçando. Vamos lá.

Em casa? Que idéia, não regulava bem. Por que a coitada da mulher do Aldírio tinha de ficar sabendo do que houve? Ia falar com ele, sim, em particular, num lugar em que estivessem só os dois, ninguém olhando. São problemas que sempre merecem cuidado, ainda mais se o acusado não é um pé-rapado qualquer mas alguém bem considerado. Depois, o fato, embora grave, não era nenhuma sangria desatada, nada para desespero, podia estudar com calma o que dizer, queria ser duro, como um pai precisa ser, e também queria ser jeitoso, sempre deixando margem para a possibilidade de algum engano, pois quantas e quantas vezes se tem visto um homem ser acusado sem crime? Genilda garantiu que Dona Elza viu e ouviu tudo direito. Perfeito, respeitava Dona Elza, era uma pessoa muito séria, quem vai negar, porém, que mulher séria também vê e escuta mal? Com qualquer um sempre pode haver um erro. Aldírio era um alto funcionário da Companhia, todos os assuntos de aposentadoria, licença médica, faltas, encosto, adiantamentos, tudo passava pela mão dele. Um homem assim sempre tinha quem não gostasse dele. E se fosse inocente? Como bater na casa dele para acusá-lo sem certeza? É verdade que um pai dá até a vida por uma filha. Também é verdade que precisa saber direito por que faz isso. Tinha de pensar, pensar bastante.

— O pai vai agora?

O guri era mesmo um abusado, não entendia que um caso tão delicado não se resolve assim de supetão, como queria resolver. Calma, calma.

— Vou amanhã, depois que voltar de Tubarão.

— Amanhã, pai?

Uriel bateu nervoso na mesa:

— Amanhã, sim, porcaria. E não me desrespeite.

Às segundas, quartas e sextas, era o chamado trem horário, que não pegava carga nas estações, só levava passageiros. Saía de Lauro Müller às seis em ponto, chegava a Tubarão, a uns sessenta quilômetros, mais ou menos às oito e meia. Um passeio cheio de curvas e lavouras, sempre costeando o rio. Às terças, quintas e sábados, era o trem cargueiro, que não se recomendava a ninguém. Quem quisesse ir nele tinha de ter toda a paciência do mundo e mais um pouco para agüentar as intermináveis paradas — saía também às seis e chegava ao meio-dia. O passageiro descia de corpo moído, enfulijado de carvão, a roupa, o nariz, as orelhas, tudo.

Era uma quarta-feira, dia de trem horário. Às cinco e quinze, saía o ônibus do Germano Spricigo levando a Lauro Müller os que iam viajar. Fortíssima neblina dominava quase tudo e o cheiro da pirita entrava úmido nos pulmões. Eram como que uns fantasmas os que vinham chegando. Sabia-se que devia ser gente, mas só se tinha a inteira evidência disso e se reconhecia quem era a cinco passos de distância. Uriel foi o primeiro, depois o Adão Zapellini, o Lenoir Godinho, o Zezinho Luciano, a Ciríaca e o filho, o Adjalma Mendes, Seu Pereirinha. Seriam os viajantes do dia. Conversavam, a voz meio roufenha, ainda sonolentos. Não demorava o ônibus ia chegar. Embora da vila até Lauro Müller não fossem mais que uns sete quilômetros, a estrada sinuosa obrigava Germano Spricigo a ir devagar, por isso era rigoroso no horário, o trem não queria saber de atrasos. Chegava sempre com folga para o pessoal poder comprar as passagens e se ajeitar sem atropelo.

Enfim, o ônibus apontou sua luz (que, em manhãs limpas, ia até a curva do Doneda) amortecida e ainda assim poderosa, o ronco crescendo rápido. Mais uns instantes e os oito passageiros já estariam subindo.

Oito? Ou nove? Quem, vindo pela rua Juquinha, era o desesperado retardatário praticamente apostando corrida com o ônibus de Germano Spricigo? Quem era aquele que, se demorasse mais um minuto, ia perder a viagem? Uriel teve um frio na barriga: era Aldírio, o homem que, conforme os relatos que lhe fizeram, invadiu-lhe de repente a vida e se fez agressor de sua tranqüilidade. Conseguiu chegar um pouquinho antes do ônibus. Deu bom-dia a todos, resfolegante. Uriel teve a sensação de que ele se espantou ao vê-lo, à tíbia luz do poste deu para perceber a testa contrair-se, como que nervosa: o encontro não lhe fez bem, transpareceu isso na rapidez dos segundos. Todos embarcaram, Uriel sentou na frente, atrás do motorista (o próprio Germano Spricigo), em cujas manobras foi pondo os olhos sem nelas pensar, pois pensava mesmo era nesse que foi mais para o fundo, o possível caco de gente ofensor de sua filha. Que acaso desagradável pegarem o trem no mesmo dia.

Uriel tinha até decidido uma extravagância: hoje, dia de chapa do pulmão, ia de primeira classe. Os dois carros de primeira classe eram os últimos, longe da locomotiva, lá chegava bem menos daquela fumaça que entrava por tudo. Para quem passou anos na mina, não seriam umas pitadas a mais de carvão que iam comprometer o resultado do novo exame, certamente não; ir de primeira classe teria mais um valor simbólico, seria como que a manifestação de um desejo de que tudo desse certo, de que as manchas perigosas tivessem desaparecido. Entretanto, ali estava Aldírio Patrício, e ele sem dúvida iria de primeira classe, de modo que Uriel mudou de plano, ia de segunda como sempre foi. Nada de ter o desprazer de encontrar o homem que podia estar sendo o pior inimigo que já teve em vida, dele queria agora toda distância. Hoje não era dia de um ficar perto do outro.

269

Bufadas que pareciam a resistência de um bicho mal-acordado, alguns socos para desemperrar-se da noite de descanso, era o trem partindo. No vagão de Uriel ia uma meia dúzia de pessoas, entre elas Seu Pereirinha e Dona Ciríaca com o filho; os demais conhecidos se espalharam pelos outros carros. O vidro embaciado da janela sugeria casas, postes deitando na terra preta um resto de luz brumosa. Dominava ainda o mundo uma escuridão alvacenta e sobre ela Uriel punha uma curiosidade imprecisa. Pensava na ida ao médico: se Deus quisesse, tudo ia dar certo, a chapa haveria de mostrar seus pulmões melhorados, muita saúde, parabéns, diria o doutor Otto Feurschuette batendo-lhe nas costas com uma certa força para mostrar que estava mesmo curado. Pensava no lado bom da vida, trabalhar ainda um tempo, depois se aposentar e arrumar um serviço leve que desse mais uns cobres, casar a filha, ver o filho também casado, firme no Doneda, longe da mina. O filho... pensava nele e lá veio a imagem de ontem na hora do almoço, o guri nervoso, zangado, querendo briga com Aldírio; mandava-o calar-se, ele parava e voltava logo, de olhos ainda mais transtornados e uma expressão ainda de mais ódio, insistindo que fossem lá, já, isso é assunto, pai, que se resolve duma vez. Via-se a dizer que esperasse, tivesse calma, depois da viagem a Tubarão ia fazer isso. Filho esquentado, puxou a quem senão a ele? Ele também, Uriel, teve seu tempo de pavio curto, qualquer desfeita tinha de ser cobrada de imediato, foi bom de briga esse Uriel que ia ali de nariz quase colado no vidro procurando concentrar-se na paz e só encontrando Ageu, o esquentado... Vai, pai, ele continua dizendo. No fundo, com sua razão. No fundo, o que o Aldírio Patrício fez, e tudo leva a crer que fez mesmo, era para receber logo a merecida resposta: miserável, o que está pensando que minha filha é? pede perdão aí e jura que nunca mais vais fazer isso, demônio, pede senão te enfio uma picareta na cara! Ah, envolventes mandamentos da honra. Uriel deixou de lado os desejos de uma boa chapa dos pulmões mostrando que já estava curado, agora acompanhava a voz de ontem do seu filho Ageu, sim, a voz dizendo que malfeitorias como a do Aldírio não podiam ficar para depois duma viagem, não, não podiam, o certo, a atitude de macho, a obrigação de quem tem vergonha na cara era correr logo lá onde o desgraçado estivesse e dizer a ele tudo o que precisava ser dito. Dizer tudo, desse no que desse. Desse no que desse, desse no que desse, o cérebro ficou acompanhando o estalo das rodas nas juntas do trilho, acompanhando sem se deixar embalar, adormecer, pensamento vivo indo adiante: Aldírio estava lá atrás, na primeira classe, ele Uriel precisava deixar de ser vagaroso e covarde e ir agora mesmo falar com o safado — nem pedir licença, já ir sentando do lado dele e dizendo logo de saída que estava ali para que confirmasse ou não o que andavam falando a respeito de uma certa conversa com sua filha. Ah, na certa faria uma cara de espanto. Por mais culpado que por acaso se sentisse, não ia nunca esperar que o arigó Uriel Caetano tivesse a coragem de, saindo de um carro de segunda para um carro de primeira da Estrada de Ferro Dona Teresa Cristina, vir questioná-lo em plena viagem.

O trem já ia por perto do Oratório.

Intimado assim de chofre a responder se fez ou não o que andavam dizendo, qual seria a reação de Aldírio? Talvez fizesse valer a sua condição de mais poderoso, dissesse: epa, que confiança é essa, onde nós estamos que alguém como Uriel Caetano senta ao meu lado sem ser convidado e vem me fazer tal pergunta? Vê se te enxerga, eu aqui na minha primeira classe, sentado no meu banco de palhinha, e tu saindo do teu enfumaçado vagão de segunda, me perturbando; se quer falar comigo, fala quando a gente voltar, vais ter mesmo que ir no Escritório me entregar tua chapa de pulmão, aí aproveita e pergunta tudo o que tens a perguntar, até mesmo sobre os falatórios bobos que o povo inventa; volta para o teu lugar, se o Antônio Francisco vem conferir as passagens e te vê aqui, ele vai ficar bem zangado.

O trem foi fazendo a sua primeira parada, o Oratório era tão minúsculo que nem estação chegava a ter, o tempo ali ia ser mínimo.

Qual seria mesmo a reação do Aldírio? Podia nem dar resposta, todo cheio de si, como também podia, com cara de ofendido, negar que tivesse algum dia falado aquilo para a Dalvinha. Mas se dissesse isso, ia logo saber que não era o que andavam depondo as testemunhas, não senhor, e eram testemunhas da maior confiança, não tinham por que estar com mentiras. Se insistisse ainda na inocência, Uriel diria então que o fato ia ser mais bem investigado, ficasse ele prevenido de que tudo seria posto em pratos bem limpos e a justiça, mesmo que demorasse, ia acontecer. E isso não era palavra da boca para fora, era uma decisão dele, Uriel Caetano, firme e acabada. Aldírio Patrício precisava saber que por um homem ser pobre e sem posição no mundo nem por isso qualquer um lhe há de desmerecer a honra. Assim pensava e repensava Uriel.

Foi mesmo uma parada rapidíssima, se havia alguém para subir subiu logo, um breve silvo marcou o recomeço da marcha. Agora havia uma descida em que o trem se soltava, se bem que não por muito tempo, pois logo adiante, a nem seis quilômetros dali, já estava Orleans.

Uriel prosseguiu nos seus cálculos: ia de carro em carro até encontrar o filho-da-puta, aí se sentava com ele, sem cerimônia, e perguntava se falou tal e tal bandalheira para a sua filha, em tal dia, em tal lugar, assim e assim. Se ele, arrogante como era, resolvesse dizer sim, falou mesmo, o que ia ser preciso fazer com o canalha? Não era boa a reflexão de Uriel enquanto o trem corria.

As rodas cantavam, o dragão lambia com línguas de fogo desabalados milharais. No balanço dele ia Uriel matutando agora sobre um problema: se saísse do carro de segunda para o de primeira com o trem em marcha podia encontrar o velho Antônio Francisco, fiscal de passageiros, que embarcava ali em Orleans, onde morava. Um homem rigoroso, com anos e anos de estrada de ferro,

colonos havia que até pensavam que o trem fosse propriedade dele. Alto, magro, fechadão, uma imponência militar
com o uniforme cáqui e o boné com as iniciais EFDTC,
conferia com absoluto cuidado tíquete por tíquete, e ai de
quem, sendo de segunda, quisesse ter a pretensão de viajar de primeira. Pensava enganar o velho Antônio Francisco? Pois sim. Tinha de pagar a diferença ali mesmo ou
voltava para seu lugar de origem. Que isso se desse com
um rapazote, tudo bem, era farra, rapaz não liga levar uns
cascudos na frente dos outros, mas não ia ficar nada bem
com um homem feito. Uriel se imaginava sentando ao
lado de Aldírio para lhe cobrar o malefício que fez na filha
e, nesse justo momento, ser cutucado pelo fiscal para
mostrar a passagem. O senhor é da segunda classe, diria
ele, sem se preocupar com o volume da voz. Isso era feio,
muito feio. Uriel exagerava no pudor: sentia-se envergonhado só em pensar no risinho de Aldírio Patrício e nos
olhares e comentários dos outros passageiros.

Orleans, situada em cima do morro, escondia-se na
cerração costumeira. A estação era cá embaixo, na beira do
rio, nela o trem parava alguns minutos a mais do que no
Oratório, tempo até para, quem quisesse, se fosse ligeiro,
ir no barzinho tomar um café com rosca de polvilho. Que
tal, chegou a pensar Uriel, eu aproveitar e ir ter agora com
Aldírio? Antônio Francisco embarcava ali, não ia andar
pelos carros com o trem parado, e, mesmo que andasse,
não teria por que proibir que alguém da segunda classe,
aproveitando a pausa da viagem, fizesse uma visita à pri-

meira classe, teria? Calculou a duração da parada, uns cinco minutos; calculou a duração que uma conversa bem-feita devia ter, no mínimo uns quinze; concluiu que Orleans não era o melhor lugar para chamar o filho-da-mãe às puas.

Onde então?

Ora, onde ia ser, se tinha de ser já? A resposta se impunha: ia ser na parada seguinte, que era Santa Clara, na qual o trem se abastecia de água. Ali ele bebia sem pressa, por longos vinte minutos, para matar a sede de toda a viagem.

O trem foi parando na espaçosa curva do rio em que havia a caixa d'água. Tempo ainda para Uriel sentir-se hesitante. Ia, ia, embora preferisse deixar para logo à noite, quando voltasse, ou para amanhã de manhã, pois o trem não lhe parecia o lugar mais próprio para um encontro tão delicado, havia ali muitos estranhos, formava-se um bate-boca aceso, quem sabe bem mais que isso, e vinha logo o Antônio Francisco ver a confusão. Escândalo. Seria tão mais acertado se fosse na volta, no Guatá todos se conheciam e já estavam sabendo do acontecido. Mas ia, ia, a lembrança do filho briguento não o deixava em paz com seus olhos crescidos, suas mãos crispadas. Agora já não tinha como mudar, e precisava agir logo porque a esta altura o trem já ia se pôr a beber água, e uma outra parada longa como aquela não havia mais até Tubarão. Vamos lá, pai, pai tem que ser pai, vamos lá!

Levantou-se.

Entretanto, estava escrito que não era para Uriel, nesse dia, botar os pés na primeira classe. Um fato singelamente inesperado o fez sentar-se de novo: na porta de trás do carro postava-se ninguém menos que ele, Aldírio Patrício, parado e vagando os olhos.

Ele me procura, vou me levantar, dizer que estou aqui no fundo do vagão, pensou Uriel. Não foi preciso, Aldírio localizou-o. Pois que venha, me peça licença, sente e diga duma vez o que tem a dizer. Aldírio aproximou-se, resoluto. Devia ter feito os mesmos cálculos de tempo e chegado também à conclusão de que a longa parada em Santa Clara era um bom momento para o inevitável encontro.

— Uriel, vamos conversar — disse, de pé ainda, com a superioridade de um funcionário graduado da Companhia que saía da sua primeira classe e vinha até a segunda atrás de um operário ruim dos pulmões.

Aldírio acomodou-se e foi ao assunto:

— Saíram umas coisas a meu respeito com a tua filha. Estou sabendo disso.

— Pois é. Saíram.

— Não iam deixar de te encher a cabeça. É uma gentinha muito ruim. O teu filho chegou a me mandar recado.

— Recado? O Ageu?

— Foi. Que ia me pegar. Que eu me cuidasse. Não tenho medo dele, só respondi que deixasse eu explicar.

Uriel estava gostando da conversa. O filho-da-puta sentia medo, o filho-da-puta veio ali para se explicar. Que se explicasse.

— Pode explicar.

Ouvia-se o chiado da locomotiva, parada, bebendo água. Fora já brilhava sol sobre o rio. Os dois estavam bastante isolados dos outros passageiros, não precisavam cochichar, podiam falar à vontade.

— Vou explicar.

— Explica.

— Uriel, eu falei mesmo pra tua filha tudo o que andam dizendo que falei. Falei, não posso negar.

Uriel fechou a mão. Se tivesse ali uma faca, um canivete... ainda bem que não tinha, seria um feroz criminoso. Fechou a mão, em soco. Ah, um soco. Se não estivessem num lugar público, um trem, onde com certeza existiam regras, se estivessem em casa, entre conhecidos, todos já sabedores do que houve, com que decisão meteria a mão nos queixos de Aldírio, com que fúria pularia sobre ele, os dez dedos ferrados no pescoço. Ali, agora, Deus o ajudava a manter o controle.

— Admite que falou? — perguntou, gritado.

— Admito. Falei bem como andam dizendo que falei.

Uriel sabia palavra por palavra o que andavam dizendo: que ele não agüentava mais os pensamentos que tinha, que o que mais queria na vida era... era fazer aquilo com Dalvinha. Procurou ser firme:

— Nunca que eu ia esperar que um homem tão respeitado...

Aldírio, como quem vai fazer uma confidência a um amigo, pousou a mão sobre a perna de Uriel:

— Nem eu esperava.

Como? O maldito estava querendo dizer o quê? Que tudo não passou duma tentação do diabo, que praticou aquilo contrariando a vontade própria, que era inocente, que foi tão-somente um momento de fraqueza, que com as forças do diabo não teve como resistir?

— Nem eu esperava. Aconteceu. Um homem está com sua vida certinha, de repente...

— De repente, o quê?

— Nunca passaste por uma tentação?

Era isso mesmo, o maldito queria fazer crer que foi vítima de uma tentação do diabo, que viu Dalvinha passando um dia na rua, ou no clube, em noite de baile, ou até na igreja, e o diabo soprou no ouvido dele que podia se aproximar dela e dizer gracinhas, quem sabe ela até gostasse, como se ela não fosse o que era, uma filha de Maria cheia de devoção, uma moça de boa conduta.

Uriel respondeu:

— Tentação com a filha moça dos outros, depois de casado, nunca tive não. O diabo deve saber quem é mais fácil de ser tentado.

Aldírio deu um tapa na própria perna, um gesto significativo: algo assim como uma decisão que tinha de ser tomada sem mais demora. Bateu uma vez, ficou em silêncio, bateu de novo, para dizer:

— Uriel, um momentinho que eu já volto.

Foi em direção de onde viera. O que era aquilo? Aonde ia? Mais uns dez minutos e o trem ia acabar de se abastecer, o que agora já nem tinha importância, pois ir na primeira classe sendo de segunda é uma coisa, e vir na de segunda sendo de primeira é bem outra. Aonde é que o endemonhado foi?

O diabo... Muito fácil botar a culpa no diabo por ele ter dito para uma mocinha a patifaria que disse. Muito fácil. Vou mexer com a mulher dele, digo que foi o diabo, vou mexer com a mãe dele, foi o diabo, que costas largas o diabo tem. Nojento, tentação...

Uriel não tirava a atenção da porta. Teria Aldírio, com medo da reação que o pai ofendido podia ter com seu ofensor, ido pegar alguma arma? Talvez só agora tivesse se dado conta do perigo que corria, foi lá na pasta dele pegar talvez um revólver, talvez uma faca, e ele, Uriel, ali sem nada, mãos limpas, apenas com sua moral elevada. Não, não devia ser arma, o encontro dos dois até que estava sendo tranqüilo.

Enfim, lá apareceu o ordinário de novo. Parado na porta, indeciso. Por pouco tempo. Logo tomou coragem e veio. E atrás dele... Uriel sentiu uma tontura, empertigou o corpo para a cabeça ficar mais a jeito de poder ver melhor, atrás dele, puxada pelo braço, viu que vinha ela, sim, sem dúvida alguma vinha ela, a sua filha Dalvinha. Pôs-se de pé, o que podia estar fazendo Dalvinha no trem? Gritou:

— Filha!

Aldírio colocou-a adiante, agora entre os dois.

— Filha, tu aqui?

Ela se manteve calada.

— Fala, Dalvinha. Tu aqui?

Aldírio Patrício fez Dalva e o pai se sentarem, sentou-se no banco em frente, ia explicar.

— Uriel, eu e a tua filha... A gente, um dia...

— Um dia o quê?

— Um dia a gente se olhou... se olhou e...

— E o quê?

Ela levantou a cabeça para o pai, meio tristinha, depois procurou Aldírio com um sorriso — ele estava muito sério. Veio ali para contar logo toda a história e dar um fim nela.

Era uma história como tantas que já houve, há e haverá no velho mundo. No último baile no Primeiro de Maio, os dois se olharam de um jeito diferente, ele dançando com a mulher, ela com algum rapaz de quem nem mais se lembrava. Se olharam, ela sorriu para ele, ele sorriu para ela, sem qualquer maldade, mas quem disse que já não estava ali a mão do diabo?

— O diabo... — murmurou Uriel.

Aldírio concordou: o diabo. Outra hora, no mesmo baile, foi de novo dançar com a mulher, outra vez ele e Dalvinha se encontraram no meio do salão apinhado, se olharam e sorriram mais, desta vez o juízo dele já se desnorteando.

— Ela é uma moça bonita, qualquer um vê isso, é bonita mesmo, mas eu sou um homem casado, tenho meus filhos, sou um homem de respeito. Agora, a gente é homem, quem é homem sabe o que quer dizer ser homem, e a gente mais sabe disso quando é tentado por uma mulher, aí é que...

— Quer dizer que ela é que...

— Bem... Me dói dizer... Logo no outro dia depois do baile, eu estava no Escritório, me entregaram um envelope, abri, era um bilhete da Dalvinha.

— Tens ele aí?

— Tenho no Escritório. Achei que devia guardar. Sei lá, achei que podia dar uma confusão...

— Dizia o quê?

— Dizia assim: te amo, te amo, te amo.

Dalvinha permanecia cabisbaixa. O pai levantou a cabeça dela, queria que confirmasse ou negasse aquilo. Ela entendeu a muda pergunta, respondeu muda também, fez que sim. Uriel sentia o caso mudando de rumo.

— Dois dias depois, de novo: veio outro bilhetinho, e aí ela dizia bem mais. Que tinha inveja da minha mulher. Que com a minha mulher eu...

— Escreveu isso, Dalvinha?

Ela confirmou.

— E eu, Uriel, me controlando. Tua filha é bonita. Bonita mesmo. Eu me controlando, meu juízo não querendo fraquejar. Então, mais uma vez, outro bilhetinho: dizia que queria... fazer aquilo comigo.

281

— Aquilo?

— Foi, ela escreveu assim mesmo: aquilo. Meu Deus, fiquei transtornado. Era demais. Sou um homem normal. Quem é homem normal sabe como se fica, tu sabe disso.

O trem soltou um breve apito, devia estar anunciando que já havia tomado toda a água de que precisava.

— E então?

— Então, no outro dia, a gente se encontrou na rua, falei o que andam dizendo que falei. Que eu não agüentava mais os pensamentos que tinha, que o que eu mais queria na vida era fazer aquilo com ela. Falei e fui embora, fiquei com medo que alguém ouvisse... Isso foi na sexta-feira. Na segunda, ela esperou eu sair do Escritório e me disse que ia a Lauro Müller, na casa da tia, e que a gente podia se encontrar num lugar qualquer. Falei que ia na quarta, que é hoje, a Tubarão, depois a gente conversava. Aí eu já tinha decidido que ia te avisar disso tudo, Uriel, assim que voltasse da viagem. Te encontrei vindo viajar também. Fiquei meio atordoado, não esperava. Entrei no trem pensando muito: conto agora ou não conto? Estava já sentado, e então quem que vejo?

Um outro apito. O trem ia recomeçar a viagem.

— Minha filha louca — disse Uriel.

— Tua filha louca — confirmou Aldírio.

O trem deslizava. Aos poucos adquiria ritmo. Logo já desfilavam pela janela as belas plantações do vale. Dalvinha, o rosto entre as mãos, parecia chorar.

— Minha filha louca...

E então, num ímpeto, ela se ergueu. Correu. Aldírio foi atrás, Uriel também, não chegaram a tempo: a doida abriu a porta, só viram o vulto de branco (estava de branco, como uma noiva) se jogando no vão entre os dois vagões.

Dona Ciríaca e Seu Pereirinha, que estavam no mesmo carro de Uriel, disseram que foi tudo muito rápido, jamais iam imaginar que a moça passou correndo para fazer o que fez. Sabiam do falatório que havia e ficaram também muito surpresos com a presença de Dalvinha no trem. Não ouviram nada do que eles falaram.

Coisas do diabo, insistiu Aldírio. O diabo entra na vida da gente num momento qualquer e estraga tudo. Tinha em casa os três bilhetes dela. Para mostrar a quem duvidasse de sua palavra. Provas inúteis. Sua vida não seria nunca mais a mesma. Nem seria mais vida, disse.

Uriel conseguiu conter a ira do filho. Coisas do diabo mesmo, todos entenderam.

13

Asas

É Valmira na janela, consigo mesma:

Aonde ele vai tão apressado? São duas e meia, o sol tão quente, era para estar na mina trabalhando e vai ali quase correndo. O que é isso? Ele estará doido?

A avó está sentada na cama, feixinho de ossos na pele cor de zinabre, cabeça baixa e pensadora, mãos a mexer nos bordados. Diz de lá com voz ranhosa:

— Ele está indo, ele está indo.

— Quem, vó? — pergunta Valmira, por perguntar, pois bem sabe que ela bem sabe quem é.

— Ele está indo, o Irineu da Mirta.

— Sim, sim, é o Irineu da Mirta. E pra onde é que ele vai, vó Querubina?

— Ele está indo pra casa, ele está indo pra casa, bem ligeirinho.

É ele mesmo, o Irineu Albino, que elas dizem o Irineu da Mirta. Vai que nem olha para os lados, mal dá uma virada para a janela de Valmira e logo se desvira, pois ali está ela de novo, sabe Deus com que maus desejos, vai que não vê pedras nem buracos, não quer saber quem passa, talvez nem reconhecesse a própria mãe de tão transtornado. Vai de calção e sem camisa, como até agora estava na mina, a camisa agitada na mão direita, na esquerda os dedos nervosos se apertando, formando um soco, os sapatões ainda molhados batendo no chão que escalda.

— Bem ligeirinho, é o Irineu da Mirta. Já vai indo, já passou.

Dizem que era assim: Maria Querubina de dentro do quarto anunciava os acontecimentos cá de fora, via através das paredes. A neta ficava na janela, espreitando o movimento, era como se por seus olhos a avó enxergasse. Poderes amplos, dizem que eles conseguiriam ir longe, até os costões da Serra, se ela quisesse. Não queria tanto. Por outras ruas, vindos de outras minas, passavam homens na mesma pressa do Irineu da Mirta — vó Querubina podia gritar quem eram, é Fulano assim, é Beltrano assim e assim, mas a jurisdição dela era mais ali, no caminho da Mina 7, onde o Irineu trabalhava desde solteiro.

— Vó?

— Sim, Mirinha.

— O que é que está acontecendo na casa dele que vai tão ligeirinho?

A velha junta as duas mãos, como que para rezar. Dizem que sempre fazia assim diante de determinadas perguntas. Responde:

— Foi a santíssima vontade de Deus Pai, minha neta, a vontade do Senhor Deus todo-poderoso.

É pouco, Valmira quer saber mais:

— A vontade de Deus Pai foi hoje com quem, vó Querubina?

Silêncio. Dizem que ela sempre custava um pouco a responder isso. Como se estivesse sentindo uma vertigem ou um transe, algum prazer especial, algum especial sofrimento. Valmira vem da janela, fica esperando que ela diga com quem terá sido a soberana vontade de Deus Pai. Com quem terá sido? A velha como que medita, ou como que faz contas num imaginário caderno, por fim levanta o juízo dos paninhos, olhos que brilham com naturalíssima frieza:

— Deus quer seus anjos, seus anjos.

Valmira é minuciosa:

— Que anjo Deus quis hoje, vó?

— O do Irineu e da Mirta, ai meu anjinho — e tosse que tosse a velha Querubina, pede água, espragueja: — Oxa, vida de velha, oxa.

Nós que aqui fomos meninos às vezes nos tratamos de sobreviventes. Brincamos, achamos graça. Sobreviventes. É como, mais do que nunca, estou me tratando (mas, assim sozinho, sem graça nenhuma) neste giro que, com o carro em marcha vagarosa, faço pelas ruelas da vila.

Um pouco de música, sobrevivente — e boto no aparelho o CD com o clarinetista De Peyer, programo-o numa determinada faixa. O que sai é uma clarineta pura, quase tão pura, quem sabe, quanto queria a imaginação de Mozart.

A música, creio que bem apropriadamente para o momento, é o adágio do Concerto. É um movimento que bate fundo em meus estados d'alma. Dias atrás, no topo da Serra, chegando para este passeio que já se aproxima do fim, procurei o melhor belvedere para admirar a paisagem. Botei o *larghetto* do Quinteto. Sobre a vastidão desdobrou-se a meditativa luz de Amadeus, olímpico e humano por entre os séculos e as distâncias, e nesse rastro cintilante busquei localizar a vilazinha das minhas lembranças. É ela, naquela mancha, acho que cheguei a dizer, como se houvesse alguém ao meu lado. Agora, o adágio do Concerto me leva a um fato preciso. Descubro a verdade de que a clarineta que meu *cd-player* vai tocando sempre existiu (Nilton Faustino tirava dela belezas extraordinárias nos dobrados e valsinhas da Banda Santa Bárbara), sempre existiu e volta a rolar por minhas antigas ruazinhas, não aquelas por onde estou indo em lenta rodagem, e sim aquelas por onde íamos em vagaroso andamento, as mesmas e tão outras ao mesmo tempo. Não as estou vendo em dia de festa, abrindo-se às procissões do Senhor do Bom Fim, de Santa Teresinha ou de Corpus Christi, esta mais preciosa que todas com seus tapetes de flores, serragem, pó de café, papel prateado, tampinhas de gasosa; nem as vejo, animadíssimas, em dia de jogo, gente de diversos lugares vindo ver os inigualáveis Dante, Tota e Tié, Lauro, Euclides e Cambota, Laurides, Alcir, Olquírio, Alfeu e Nilton mostrarem que não adiantava ninguém aparecer diante de nós de cara feia, que cara feia nós é que orgulhosamente tínhamos, e ai, infeliz de quem fizesse pouco da gente; nem as vejo, mais longínquas, em alguma tarde de Carnaval, quando alguns mascarados com tambor as percorriam cantando *Jardineira*, *Quebra, quebra, gabiroba*, *Nega do cabelo duro*. Vejo-as, sim, em outros dias — nos seus dias mais mal-lembrados, vários, quando por elas (por estas) passa um cortejo, os meninos de um lado e as meninas de outro, à frente o caixãozinho branco enfeitado de galão azul ou rosa conforme o sexo de quem vai nele. São estas ruazinhas que vejo, elas mesmas e ao mesmo tempo tão outras. Vamos rezando: Padre nosso, que estais no céu, Ave, Maria, cheia de graça, Salve, Rainha, mãe de misericórdia, vida, doçura e esperança nossa... Nas janelas há mulheres assustadas olhando a gente passar, muitas nos acompanham nas orações, e devem continuar rezando, abraçadas aos filhos, mesmo depois que dobramos a curva do Doneda. Homens param e assistem sérios à nossa caminhada. Nem se pergunta mais de quem é a criança que vai sendo levada, são acontecimentos que pelos dias se repetem, sem nenhuma novidade. Às vezes, a rua é toda solidão, toda para esse dia único que não é mais de existência, mas ainda de presença, ainda de convivência com o serzinho que está indo embora. Vamos já acostumados. Pedras e rezas, descalços, é um sacrifício que, repetido, já nos vai doendo menos, embora haja momentos especialmente tristes. Para chegar até o cemitério Santa Clara andamos sob muitos eucaliptos. No inverno, eles estendem uma sombra penosa na estrada, ficamos desejando passar logo por ela e que nos venha de novo a proteção do Sol: ah, nossos insensíveis corações, não se lembram eles que no caixãozinho fechado um corpo vai gelando, gelando, e que logo mais já estaremos de volta aos brinquedos que por uns instantes suspendemos e que nos aquecem. Há também momentos agradáveis. No verão, a sombra dos eucaliptos restaura o ritmo de nosso corpo, as preces debaixo dela perdem a sua dureza de chão batido, há um cheiro balsâmico que se entremeia às emanações da pirita.

A clarineta se repete triste na sombra dos eucaliptos.

Foi o Monsenhor que, chegando à região para estabelecer a paróquia e vendo desde logo as atrasadas condições de vida do povo, garantiu: gente, gente, são essas águas cheias de veneno que no Guatá matam tanta criança. Ele encontrou muito o que recuperar: valentões, cachaceiros, jogadores, maus pagadores, mulheres rixentas, desencontros conjugais, crendices, relaxamento na religião e, mais que tudo, tantos meninos e meninas roubados à vida tão novinhos. São essas águas, não acreditem em forças estranhas de estranhas bruxarias, isso não existe, acreditem sim que tudo é da água estragada, é a pirita, é o enxofre, é a imundície que tudo corrompe, vem daí toda a mortandade. Acreditem. Assim foi falando o Monsenhor e o povo foi acreditando, suas palavras tinham sentido, quem as dizia era alguém que estudou muitos anos e que só podia querer o bem das pessoas. Pressionados, os homens da Companhia buscaram água mais em cima, antes dos montes de rejeitos. Um caminhãozinho-pipa passou a vir de rua em rua com uma água clara e sem cheiro. Maus hábitos aos poucos se corrigiram, por este chão rigoroso foram rareando as duas filas com o caixãozinho no meio, as bruxas se dispersaram Serra acima, rios abaixo.

Sobrevivente, eu me pergunto, onde morava a tal Valmira com sua avó Querubina?

O sobrevivente era bem menino, mínima é a imagem que tem da casinha delas, como tantas outras enegrecidas pelas chuvas. Do que bem se lembra é que ficava para os lados da serraria, por onde iam e vinham os que trabalhavam na Mina 7. Era o território de Maria Querubina, dizia-se.

Era por esta rua. Hoje as casas são outras, menos pretas, a Mina 7 não mais existe, foram-se os caminhões que passavam carregados derrubando carvão pelo caminho, as chuvas nesse chão antigo já não sujam tanto. É uma ruazinha em paz com sua pequena história acabada, por ela a clarineta passeia em contida melancolia.

E as duas? Fiquei sabendo que Valmira, a neta que era uma moça vendo da janela o Irineu da Mirta passando, morreu velha há uns dez anos, e que a fama de vó Querubina se esgarçou no tempo.

"Irineu, tenho medo", repetiu Mirta algumas vezes nos últimos dias. Falava do pouco apetite que o menino estava tendo, das ânsias de vômito quando, às vezes, comia. Irineu procurava espantar logo qualquer mau pressentimento, garantia que Ivinho era um menino com saúde, inventava (quem sabe acreditando mesmo) que tudo era próprio da idade, do crescimento. Doença mesmo qual foi que ele já teve? Só a tosse comprida, que dá em toda criança. Mirta concordava, de doença mesmo ele só teve a tosse comprida, isso era verdade, como era verdade que muitos meninos começaram assim como estava o Ivinho e foram indo, foram indo e... Irineu dizia: "Ô Mirta, pensa coisa boa!", e falava em fé, apontava o quadro na parede em que aparecia Jesus com as crianças, procurava mudar de assunto, mas também ficava pensativo. Muita criança andava morrendo, muita mesmo, quem que não sabia disso?

Outro dia, Mirta veio falar de um sonho. Enquanto Irineu se preparava para ir trabalhar, ela disse que tinha sonhado com um grande morcego batendo as asas em cima da casa, um morcego preto maior do que a casa e que fez tudo ficar na sombra, fez tudo ficar gelado, meu Deus, temos cada sonho esquisito na vida, como é que pode? Ele não disse nada. Apenas pensou que sim, que era muito esquisito. "Irineu, tenho tanto medo", ela murmurou. Ele brigou: diacho, só tinha aquilo na cabeça? Queria mostrar que era um pai de coragem e fé; logo adiante, no entanto, a emoção o traiu: caminhando para o serviço, sentiu-se vendo o que Mirta vira em sonho — sim, sim, as asas de um grande morcego batendo em cima da casa, asas pretas e peludas, e debaixo delas uma sombra muito fria, e em seguida, sem forças para poder evitar, Irineu viu um caixãozinho branco com enfeites de azul no meio da sala, e viu duas filas, meninos de um lado, meninas de outro, levando mais outra alminha para o céu. Mirta sonhou, ele também estava sonhando? Que idéias!

Ele, que antes passava altivo diante da casa de Valmira, altivo porque não lhe devia nada, começou a passar pensando nela e na velha avó Querubina. Falava-se na velha, em seus poderes de realizar desejos, ele até graça sentia. Um homem com Deus no coração ia acreditar naquilo? Mas o que acontecia com Ivinho, as asas de morcego no sonho de Mirta, esses pensamentos seus que nunca teve, tantos meninos se indo... isso vinha em nuvem junto com a imagem poucas vezes vista de Querubina e com a imagem desgostosa de Valmira, agora sempre na janela na hora em que ia e vinha. Ah, bobagens, bobagens. Não tinha mais nada com Valmira, de nada ela podia ter queixa, se não deu certo entre os dois é porque assim tinha de ser, cada qual tem seu caminho na vida, por que pensar que ela lhe pudesse desejar o mal, a ele e aos seus dois entes mais queridos, e que a avó Querubina... não, não, tudo é bobagem que sai da cabeça.

Mas passava pensativo diante da casinha. E então Valmira indagava, tornando cada vez mais desejo o seu desejo:

— Vó, quem está passando?

Vinha a voz roufenha:

— O Irineu da Mirta, Mirinha.

— Vai pra onde, vó?

— Vai pra casa descansar. A vontade de Deus todo-poderoso hoje é essa.

Não havia paredes de madeira ou de barro que Maria Querubina não transformasse no vidro mais transparente, dizia-se. Forças, forças. Contra elas a religião de Irineu vacilava. Por Deus do céu que não queria admitir nada, mas um potente sopro lhe repetia que por trás do olhar ciumento de Valmira havia outro, malfazejo. De longe, quando confirmava a presença dela na janela, passava cabisbaixo, sem pensar em mais nada que não fosse no bem de seu menino. Ia rezando: a raiva de inconformada que ela pode sentir que caia toda sobre mim, nunca no meu filho Ivinho, nunca em Mirta. Corrigia: a raiva que pode sentir não, a raiva que ainda sente, pois está mais que visto que essa guria ruim ainda sente raiva.

A raiva pior de todas, sabia Irineu.

— A vontade de Deus vai ser sempre essa, vozinha? — tornava Valmira.

Rouquidão, um pigarro, como que um riso:

— Cada vontade de Deus tem seu dia, não sabe?

— Sei, sei, vó Querubina.

Cada vontade de Deus...

— Irineu, tenho medo — havia falado Mirta na manhã daquele dia, com Ivinho no colo.

Ele encostou a mão no rostinho, sentiu que estava quente. Não muito, talvez fosse só a quentura normal da cama, mas também podia ser, sim, um começo de febre. Podia ser, Deus ia querer que não fosse. Sossegou a mulher, não era nada, uma criança às vezes sonha ninguém sabe com quê, fica agitadinha, acorda assim, ele inventou. A gente quantas vezes tem um sonho ruim, não se levanta todo suado? Em todo caso, preveniu: se por acaso Ivinho ficasse um pouco mais quente, mandasse alguém avisar na mina que vinha depressa para levar na farmácia do Lindomar ou no doutor Rodrigues, em Lauro Müller.

O certo é que foi trabalhar querendo e não querendo ir. Nos modos de Mirta dizer que tinha medo havia um tom mais sentido, mais doído, de quem estivesse sofrendo como nunca com a incerteza. Dizem que mãe tem um sentimento melhor, adivinha longe a vinda do que não presta, será mesmo? Se foi trabalhar é porque, não indo, ia deixar Mirta mais temerosa ainda, ela que já é tão ruim dos nervos, e aí acabava tendo em casa mãe e filho com problema, qual dos dois com mais perigo? Saiu decidido a não permitir que pressentimentos ruins lhe viessem maltratar a cabeça, lembrou-se de sua santa religião, de tudo (como se fosse ontem) o que aprendeu com a mãe e no catecismo, tinha confiança em Deus, era com Ele que ia caminhando. Lembrava o quadro que tinha em casa, perto da fotografia do presidente Getúlio, na parede da sala, presente de Deolino e de Dione, que batizaram Ivinho: Jesus entre dez criancinhas. Mirta até dizia que o menino mais próximo de Jesus, com as mãozinhas entre as dele, era parecido com Ivinho. Irineu ria, eram diferentes, o menino do quadro era louro, Ivinho era moreno; de tanto ela dizer acabou achando que sim, se pareciam mesmo. Os dois nunca se voltaram tanto para um quadro na parede. E Irineu nunca acreditou tanto na mensagem de amparo que havia nele como agora, nesta manhã de cores imprecisas, nunca a imagem de Jesus, tão carinhoso com os pequenos, foi mais resplandecente. Nem de longe ia hoje avistar a janela de Valmira, ia com Cristo, guia e refúgio dos aflitos, Cristo da mansa face amiga dos limpos de coração, do olhar benigno para os olhinhos de Ivinho. Entretanto, ai, ai quantas forças acima das nossas neste mundo... Irineu teve uma sensação no corpo: um calafrio e aquele vívido agitar de asas. Foi muito rápido, talvez o tempo duma piscada, o suficiente, no entanto, para poder ver que eram as escuras asas que voltavam a ruflar em seu espírito. Asas vivas. Embora fosse manhã já se iluminando, viu como num entardecer tristonho as asas do grande morcego, iguais às que viu uma vez num filme. O corpo gelou, as pernas se sentiram fracas, as asas nunca lhe pareceram tão concretas, chegou a ouvir delas o rumor, o ar deslocado. À direita, também num triz de mau presságio, não pôde evitar Valmira de cotovelos no parapeito, o queixo voluntarioso entre as mãos, quem sabe um feio sorriso.

Foi trabalhar querendo e não querendo, eram mãos a contê-lo, eram mãos a empurrá-lo, volta para casa, Irineu, pai descuidado, aquilo depressa se complica, o que agora é uma leve febre logo vira um febrão acompanhado de vômitos e contorções, em questão de horas teu menino toma o caminho triste de tantos outros, anda, volta, não, não, Irineu, não volta, homem que tanto diz ter fé afasta os pensamentos loucos, vai trabalhar em paz, vai arrancar teu pão da terra, pensa na terna face de Jesus entre as crianças, Ivinho tão perto dele, resguardado de todas as maldades, vai sem medo. Ia, ia. Padre nosso, que estais no céu, foi Irineu orando, passos agora largos, e logo se aprofundando na mina, santificado seja o vosso nome, até chegar à frente de trabalho, onde queria se concentrar na pedra e não mais que na pedra, onde nunca tirou tanto carvão como ia tirar hoje, seja feita a vossa vontade, e que vossa vontade, Jesus, isso eu peço, isso eu imploro, seja a de cuidar sempre do nosso Ivinho, assim na terra como no céu. Por que pensar no mal? por que pensar no mal? no mal, no mal? Então Irineu se fez máquina sem cabeça e sem alma, só músculos cavando, "eh, Valmirê!", gritava por dentro saudando o exemplar apontador de picaretas Valmirê Matias que tão bem apontou a sua, "eh, Valmirê!", tentava esquecer tudo mais, o sentido posto na pedra e não mais que na pedra. E assim queria ir até o fim da jornada, após a qual voltaria cansado e nunca tão certo de que Deus era mesmo amigo de Ivinho. Mas, ah, o poder de tentação do que é ruim: levantando os olhos da pedra, na úmida obscuridade, uns poucos passos à frente, Irineu sentiu bem presente o seu inimigo, ele, ele, sentiu que a mina era toda ela as sinistras asas do sonho de Mirta e de sua visão ainda há pouco, lá fora, diante da casa de Valmira e da velha Querubina, asas agora não se agitando, agora imóveis, abertas na prontidão de um vôo, cheirando a veneno exposto. Tudo à sua frente era um só morcego. "Irineu!", gritaram para tirá-lo da estranha estupefação. Eram vozes muito longínquas. Bateram-lhe no ombro, perguntaram o que tinha que estava assim tão quieto, "Parece até que andaste vendo o demônio", alguém falou e todos riram. Rissem, rissem. Não se importava nem respondia. Estava abafado, entre suas mãos havia um rostinho agora mais quente, à sua frente uma mulher em crescente pânico. Voltou a bater na pedra. Rissem também do seu novo e mais agitado rompante, a cabeça de novo abaixada, nunca Irineu esteve assim, o que estará hoje havendo com ele? Passou a manhã sem voz e sem ouvidos para ninguém, uma vez ou outra (movimento tão doloroso quanto inevitável) procurando ver se ainda estavam lá as tenebrosas asas, ah, que lá estavam elas, as tenebrosas asas, em posição de alçar vôo.

Mais de uma vez Irineu pensou em deixar o serviço e ir correndo para a casa ver bem de perto como Ivinho estava. Vou? Hesitava. Puxava da memória a bendita cena de Jesus com as crianças, Ivinho em primeiro plano. Eu que acredito no bom Deus posso duvidar da misericórdia dele? Não, não vou. Não duvidava, não ia.

Meio-dia, mal e mal tocou na comida que tinha na bolsa, descansou apenas o necessário para logo voltar à picareta. Voltou sempre cabisbaixo, a força concentrada, nada de ruindade em mente. Mas, de vez em quando, de esguelha, aquelas asas.

Às duas e pouco, deu-se o que não queria: um guri da vizinhança veio chamá-lo. Saiu como estava. De calção, os sapatões encharcados, a camisa agitada na mão direita, na esquerda os dedos se apertando num soco.

É Valmira na janela, consigo mesma:

Aonde ele vai tão apressado? São duas e meia, o sol tão quente, era para estar na mina trabalhando e vai assim ligeiro, está doido? O que é isso, vó Querubina?

Dizem que havia tais forças.

Bobagem.

Vem uma quase festa na tarde gris: é o buliçoso rondó do Concerto, um menino a tocar clarineta entre meninos de alegres asas, indo, se indo por um céu que se abre em azul triunfante para alem da Serra.

[*Saída*]

Entrei no Guatá descendo a Serra, vou sair por baixo, pela estrada mais ou menos paralela ao que foi um dia o caminho do trem, no vale do Tubarão. Verei que do trem resta a estação, transformada hoje em rodoviária, e algum trilho comido pela ferrugem. O pouco carvão que ainda é tirado vai de caminhão para os lavadores. Quem quer viajar pega o ônibus.

Chão pedrento, à margem dele a vegetação é tímida. Essa florzinha amarela é a flor-das-almas; dizem que é venenosa, não sei; sei é que nela se aninham uns ínfimos bichinhos sugadores de sangue, a coceira que provocam é demorada e penosa; apesar disso, a flor-das-almas dá um magnífico mel e minha avó Palmira usava suas folhas secas para curar feridas. Chão pedrento, flor-das-almas: vai, memória.

O rio estará bonito, embora certamente outro.

Não vou ver crianças vendendo pencas de laranjas-cravo, como faziam nas estações do trem, nem moças de Pindotiba, Pedrinhas ou Pedras Grandes abanando das janelas.

Por um momento, sinto vontade de parar e de tocar minha clarineta amadora, olhando ainda uma vez o azul triunfante aqui e além da Serra que já se afasta. Toquei alguns solos na varanda da pensãozinha onde parei, tocarei mais num outro passeio.

Como que ouço Gabriella Besanzoni Lage cantando "Printemps qui commence" nos jardins do Castelo. A voz dela chama meninos e agita de leve as folhas dos eucaliptos.

Boto uma música alegre, é um resplendor de manhã. Vamos embora?

Este livro foi composto na tipologia Aldine
BT, em corpo 11,5/16, e impresso em papel off-
white 80g/m², no Sistema Cameron da Divisão
Gráfica da Distribuidora Record.